齊白石「葫蘆圖」：齊白石，湖南湘潭人。湘潭與本書主角狄雲的故鄉相距不遠，因此選用一些他的作品，以顯示湖南風物。

秦仲文「瞿唐寫意」（部分）：秦仲文，當代國畫家。瞿塘峽是長江三峽之一。丁典在險峽急流中救梅念笙，或與此情景相似。

力羣「綠菊」：力羣，當代木刻家，此為套色木刻。凌小姐給丁典看的綠菊花，或與此類似。任何花卉，以綠色者最為名貴。

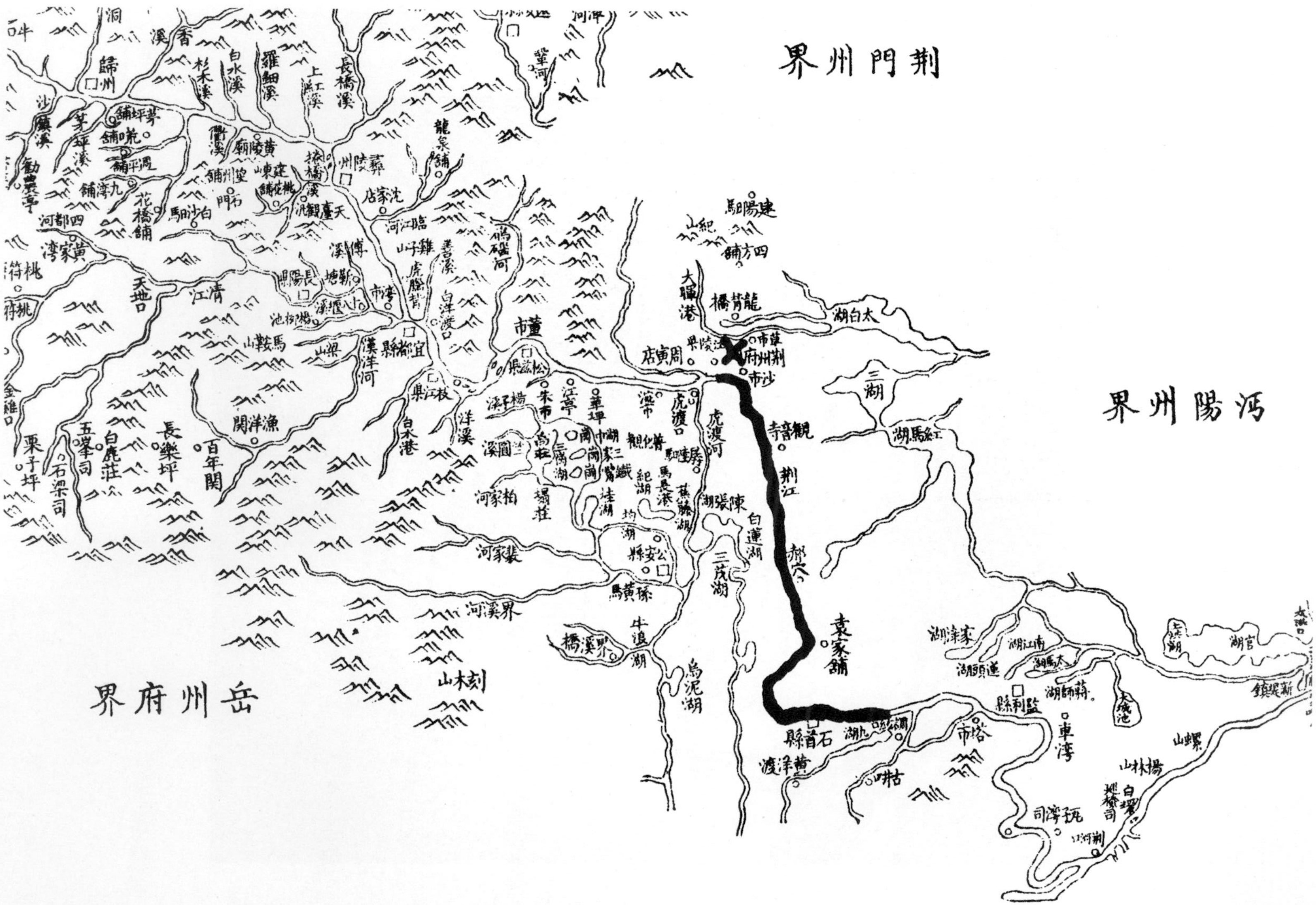

「荊州府附近圖」：狄雲在荊州受傷後，即循圖中紅線，乘小舟自長江順流而下。原圖錄自《古今圖書集成》。

仇英「秋冬山水圖」(部分)：仇英，字實父，號十洲，明代四大家之一。此圖為其精心傑構，原圖著色，現為日本人所藏。圖中情景，有點像湘鄂羣豪追趕血刀僧和狄雲而深入川邊雪地。

黃公望「九峯雪霽圖」（部分）：黃公望，元代大畫家。圖中所繪為羣峯積雪，開始消融。

大字版

連城訣

金庸

①神照奇功

連城訣. 1,神照奇功 / 金庸作. -- 二版. -- 臺北市：
遠流, 2019.04
面； 公分. --(大字版金庸作品集；39)
大字版
ISBN 978-957-32-8500-7 (平裝)

857.9 108003414

大字版金庸作品集㊴

連城訣 (1)神照奇功 「公元2004年金庸新修版」

A Deadly Secret, Vol. 1

作　者／金　庸

封面設計／唐壽南　內頁插畫／姜雲行

發 行 人／王 榮 文
出版・發行／遠流出版事業股份有限公司
臺北市中山北路一段11號13樓
電話／2571-0297　傳真／2571-0197　郵撥／0189456-1

□2004年9月16日　初版一刷
□2022年3月16日　二版三刷

大字版　每冊380元（本作品全二冊，共760元）
〔另有典藏版共36冊（不分售），平裝版共36冊，新修版共36冊，新修文庫版共72冊〕

ISBN 978-957-32-8502-1（套：大字版）
ISBN 978-957-32-8500-7（第一冊：大字版）
Printed in Taiwan

YLib 遠流博識網
http://www.ylib.com　E-mail:ylib@ylib.com

「金庸作品集」新序

金庸

小說是寫給人看的。小說的內容是人。

小說寫一個人、幾個人、一羣人、或成千成萬人的性格和感情。他們的性格和感情從橫面的環境中反映出來，從縱面的遭遇中反映出來，從人與人之間的交往與關係中反映出來。長篇小說中似乎只有《魯濱遜飄流記》，才只寫一個人，寫他與自然之間的關係，但寫到後來，終於也出現了一個僕人「星期五」。只寫一個人的短篇小說多些，尤其是近代與現代的新小說，寫一個人在與環境的接觸中表現他外在的世界、內心的世界，尤其是內心世界。有些小說寫動物、神仙、鬼怪、妖魔，但也把他們當作人來寫。

西洋傳統的小說理論分別從環境、人物、情節三個方面去分析一篇作品。由於小說作者不同的個性與才能，往往有不同的偏重。

基本上，武俠小說與別的小說一樣，也是寫人，只不過環境是古代的，主要人物是有武功的，情節偏重於激烈的鬪爭。任何小說都有它所特別側重的一面。愛情小說寫男女之間與性有關的感情，寫實小說描繪一個特定時代的環境與人物，《三國演義》與《水滸》一類小說敘述大羣人物的鬪爭經歷，現代小說的重點往往放在人物的心理過程上。

小說是藝術的一種，藝術的基本內容是人的感情和生命，主要形式是美，廣義的、美學上的美。在小說，那是語言文筆之美、安排結構之美，關鍵在於怎樣將人物的內心世界通過某種形式而表現出來。甚麼形式都可以，或者是作者主觀的剖析，或者是客觀的敘述故事，從人物的行動和言語中客觀的表達。

讀者閱讀一部小說，是將小說的內容與自己的心理狀態結合起來。同樣一部小說，有的人感到強烈的震動，有的人卻覺得無聊厭倦。讀者的個性與感情，與小說中所表現的個性與感情相接觸，產生了「化學反應」。

武俠小說只是表現人情的一種特定形式。作曲家或演奏家要表現一種情緒，用鋼琴、小提琴、交響樂、或歌唱的形式都可以，畫家可以選擇油畫、水彩、水墨、或版畫的形式。問題不在採取甚麼形式，而是表現的手法好不好，能不能和讀者、聽者、觀賞者的心靈相溝通，能不能使他的心產生共鳴。小說是藝術形式之一，有好的藝術，也有不好的藝術。

好或者不好，在藝術上是屬於美的範疇，不屬於眞或善的範疇。判斷美的標準是美，是感情，不是科學上的眞或不眞（武功在生理上或科學上是否可能），道德上的善或不善，也不是經濟上的值錢不值錢，政治上對統治者的有利或有害。當然，任何藝術作品都會發生社會影響，自也可以用社會影響的價值去估量，不過那是另一種評價。

在中世紀的歐洲，基督教的勢力及於一切，所以我們到歐美的博物院去參觀，見到所有中世紀的繪畫都以聖經故事爲題材，表現女性的人體之美，也必須通過聖母的形象。直到文藝復興之後，凡人的形象才在繪畫和文學中表現出來，所謂文藝復興，是在文藝上復興希臘、羅馬時代對「人」的描寫，而不再集中於描寫神與聖人。

中國人的文藝觀，長期以來是「文以載道」，那和中世紀歐洲黑暗時代的文藝思想是一致的，用「善或不善」的標準來衡量文藝。《詩經》中的情歌，要牽強附會地解釋爲諷刺君主或歌頌后妃。陶淵明的〈閒情賦〉，司馬光、歐陽修、晏殊的相思愛戀之詞，或者惋惜地評之爲白璧之玷，或者好意地解釋爲另有所指。他們不相信文藝所表現的是感情，認爲文字的唯一功能只是爲政治或社會價值服務。

我寫武俠小說，只是塑造一些人物，描寫他們在特定的武俠環境（中國古代的、沒有法治的、以武力來解決爭端的不合理社會）中的遭遇。當時的社會和現代社會已大不相同，人的性格和感情卻沒有多大變化。古代人的悲歡離合、喜怒哀樂，仍能在現代讀者的心靈中引起相應的情緒。讀者們當然可以覺得表現的手法拙劣，技巧不夠成熟，描寫殊不深刻，以美學觀點來看是低級的藝術作品。無論如何，我不想載甚麼道。我在寫武俠小說的同時，也寫政治評論，也寫與歷史、哲學、宗教有關的文字，那與武俠小說完全不同。涉及思想的文字，是訴諸讀者理智的，對這些文字，才有是非、眞假的判斷，讀者或許同意，或許只部份同意，或許完全反對。

對於小說，我希望讀者們只說喜歡或不喜歡，只說受到感動或覺得厭煩。我最高興的是讀者喜愛或憎恨我小說中的某些人物，如果有了那種感情，表示我小說中的人物已和讀者的心靈發生聯繫了。小說作者最大的企求，莫過於創造一些人物，使得他們在讀者心中變成活生生的、有血有肉的人。藝術是創造，音樂創造美的聲音，繪畫創造美的視覺形象，小說是想創造人物、創造故事，以及人的內心世界。假使只求如實反映外在世界，那麼有了錄音機、照相機，何必再要音樂、繪畫？有了報紙、歷史書、記錄電視片、社會調查統計、醫生的病歷紀錄、黨部與警察局的人事檔案，何必再要小說？

武俠小說雖說是通俗作品，以大衆化、娛樂性強爲重點，但對廣大讀者終究是會發生影響的。我希望傳達的主旨，是：愛護尊重自己的國家民族，也尊重別人的國家民族；和平友好，互相幫助；重視正義和是非，反對損人利己；注重信義，歌頌純眞的愛情和友誼；歌頌奮不顧身的爲了正義而奮鬥；輕視爭權奪利、自私可鄙的思想和行爲。武俠小說並不單是讓讀者在閱讀時做「白日夢」而沉緬在偉大成功的幻想之中，而希望讀者們在幻想之時，想像自己是個好人，要努力做各種各樣的好事，想像自己要愛國家、愛社會、幫助別人得到幸福，由於做了好事、作出積極貢獻，得到所愛之人的欣賞和傾心。

武俠小說並不是現實主義的作品。有不少批評家認定，文學上只可肯定現實主義一個流派，除此之外，全應否定。這等於是說：少林派武功好得很，除此之外，甚麼武當派、崆峒派、太極拳、八卦掌、彈腿、白鶴派、空手道、跆拳道、柔道、西洋拳、泰拳等等全部應當廢除取消。我們主張多元主義，既尊重少林武功是武學中的泰山北斗，而覺得別的小門派也不妨並存，它們或許並不比少林派更好，但各有各的想法和創造。愛好廣東菜的人，不必主張禁止京菜、川菜、魯菜、徽菜、湘菜、維揚菜、杭州菜、法國菜、意大利菜等等派別，所謂「蘿蔔青菜，各有所愛」是也。不必把武俠小說提得高過其應有之份，也不必一筆抹殺。甚麼東西都恰如其份，也就是了。

我寫這套總數三十六冊的《作品集》，是從一九五五年到七二年，前後約十五、六年，包括十二部長篇小說，兩篇中篇小說，一篇短篇小說，一篇歷史人物評傳，以及若干篇歷史考據文字。出版的過程很奇怪，不論在香港、臺灣、海外地區，還是中國大陸，都是先出各種各樣翻版盜印本，然後再出版經我校訂、授權的正版本。在中國大陸，在「三聯版」出版之前，只有天津百花文藝出版社一家，是經我授權而出版了《書劍恩仇錄》。他們校印認眞，依足合同支付版稅。我依足法例繳付所得稅，餘數捐給了幾家文化機構及支助圍棋活動。這是一個愉快的經驗。除此之外，完全是未經授權的，直到正式授權給北京三聯書店出版。「三聯版」的版權合同到二〇〇一年年底期滿，以後中國內地的版本由廣州出版社出版，主因是廣州、香港鄰近，業務上便於溝通合作。

翻版本不付版稅，還在其次。許多版本粗製濫造，錯訛百出。還有人借用「金庸」之名，撰寫及出版武俠小說。寫得好的，我不敢掠美；至於充滿無聊打鬥、色情描寫之作，可不免令人不快了。也有些出版社翻印香港、臺灣其他作家的作品而用我筆名出版發行。我收到過無數讀者的來信揭露，大表憤慨。也有人未經我授權而自行點評，除馮其庸、嚴家炎、陳墨三位先生功力深厚、兼又認眞其事，我深爲拜嘉之外，其餘的點評大都與作者原意相去甚遠。好在現已停止出版，出版者正式道歉，糾紛已告結束。

有些翻版本中，還說我和古龍、倪匡合出了一個上聯「冰比冰水冰」徵對，眞正是大開玩笑了。漢語的對聯有一定規律，上聯的末一字通常是仄聲，以便下聯以平聲結尾，但「冰」字屬蒸韻，是平聲。我們不會出這樣的上聯徵對。大陸地區有許許多多讀者寄了下聯給我，大家浪費時間心力。

爲了使得讀者易於分辨，我把我十四部長、中篇小說書名的第一個字湊成一副對聯：「飛雪連天射白鹿，笑書神俠倚碧鴛」。（短篇《越女劍》不包括在內，偏偏我的圍棋老師陳祖德先生說他最喜愛這篇《越女劍》。）我寫第一部小說時，根本不知道會不會再寫第二部；寫第二部時，也完全沒有想到第三部小說會用甚麼題材，更加不知道會用甚麼書名。所以這副對聯當然說不上工整，「飛雪」不能對「笑書」，「連天」不能對「神俠」，「白」與「碧」都是仄聲。但如出一個上聯徵對，用字完全自由，總會選幾個比較有意思而合規律的字。

有不少讀者來信提出一個同樣的問題：「你所寫的小說之中，你認爲哪一部最好？最喜歡哪一部？」這個問題答不了。我在創作這些小說時有一個願望：「不要重複已經寫過的人物、情節、感情，甚至是細節。」限於才能，這願望不見得能達到，然而總是朝著這方向努力，大致來說，這十五部小說是各不相同的，分別注入了我當時的感情和思想，主要是感情。我喜愛每部小說中的正面人物，爲了他們的遭遇而快樂或惆悵、悲傷，有時會非常悲傷。至於寫作技巧，後期比較有些進步。但技巧並非最重要，所重視的是個性和感情。

這些小說在香港、臺灣、中國內地、新加坡曾拍攝爲電影和電視連續集，有的還拍了三、四個不同版本，此外有話劇、京劇、粵劇、音樂劇等。跟著來的是第二個問題：「你認爲哪一部電影或電視劇改編演出得最成功？劇中的男女主角哪一個最符合原著中的人物？」電影和電視的表現形式和小說根本不同，很難拿來比較。電視的篇幅長，較易發揮；電影則受到更大限制。再者，閱讀小說有一個作者和讀者共同使人物形象化的過程，許多人讀同一部小說，腦中所出現的男女主角卻未必相同，因爲在書中的文字之外，又加入了讀者自己的經歷、個性、情感和喜憎。你會在心中把書中的男女主角和自己或自己的情人融而爲一，而每個讀者性格不同，他的情人肯定和你的不同。電影和電視卻把人物的形象固定了，觀眾沒有自由想像的餘地。我不能說那一部最好，但可以說：把原作改得面目全非的最壞，最自以爲是，最瞧不起原作者和廣大讀者。

武俠小說繼承中國古典小說的長期傳統。中國最早的武俠小說，應該是唐人傳奇的《虬髯客傳》、《紅線》、《聶隱娘》、《崑崙奴》等精彩的文學作品。其後是《水滸傳》、《三俠五義》、《兒女英雄傳》等等。現代比較認眞的武俠小說，更加重視正義、氣節、捨己爲人、鋤強扶弱、民族精神、中國傳統的倫理觀念。讀者不必過份推究其中某些誇張的武功描寫，有些事實上是不可能的，只不過是中國武俠小說的傳統。聶隱娘縮小身體潛入別人的肚腸，然後從他口中躍出，誰也不會相信是眞事，然而聶隱娘的故事，千餘年來一直爲人所喜愛。

我初期所寫的小說，漢人皇朝的正統觀念很強。到了後期，中華民族各族一視同仁的觀念成爲基調，那是我的歷史觀比較有了些進步之故。這在《天龍八部》、《白馬嘯西風》、《鹿鼎記》中特別明顯。韋小寶的父親可能是漢、滿、蒙、回、藏任何一族之人。即使在第一部小說《書劍恩仇錄》中，主角陳家洛後來也對回教增加了認識和好感。每一個種族、每一門宗教、某一項職業中都有好人壞人。有壞的皇帝，也有好皇帝；有很壞的大官，也有眞正愛護百姓的好官。書中漢人、滿人、契丹人、蒙古人、西藏人……都有好人壞人。和尚、道士、喇嘛、書生、武士之中，也有各種各樣的個性和品格。有些讀者喜歡把人一分爲二，好壞分明，同時由個體推論到整個羣體，那決不是作者的本意。

歷史上的事件和人物，要放在當時的歷史環境中去看。宋遼之際、元明之際、明清之際，漢族和契丹、蒙古、滿族等民族有激烈鬪爭；蒙古、滿人利用宗教作爲政治工具。小說所想描述的，是當時人的觀念和心態，不能用後世或現代人的觀念去衡量。我寫小說，旨在刻畫個性，抒寫人性中的喜愁悲歡。小說並不影射甚麼，如果有所斥責，那是人性中卑污陰暗的品質。政治觀點、社會上的流行理念時時變遷，不必在小說中對暫時性的觀念作價值判斷。人性卻變動極少。

在劉再復先生與他千金劉劍梅合寫的《父女兩地書》（共悟人間）中，劍梅小姐提到她曾和李陀先生的一次談話，李先生說，寫小說也跟彈鋼琴一樣，沒有任何捷徑可言，是一級一級往上提高的，要經過每日的苦練和積累，讀書不夠多就不行。我很同意這個觀點。我每日讀書至少四五小時，從不間斷，在報社退休後連續在中外大學中努力進修。這些年來，學問、知識、見解雖有長進，才氣卻長不了，因此，這些小說雖然改了三次，相信很多人看了還是要嘆氣。正如一個鋼琴家每天練琴二十小時，如果天份不夠，永遠做不了蕭邦、李斯特、拉赫曼尼諾夫、巴德魯斯基，連魯賓斯坦、霍洛維茲、阿胥肯那吉、劉詩昆、傅聰也做不成。

這次第三次修改，改正了許多錯字訛字、以及漏失之處，多數由於得到了讀者們的指正。有幾段較長的補正改寫，是吸收了評論者與研討會中討論的結果。仍有許多明顯的缺點無法補救，限於作者的才力，那是無可如何的了。讀者們對書中仍然存在的失誤和不足之處，希望寫信告訴我。我把每一位讀者都當成是朋友，朋友們的指教和關懷，自然永遠是歡迎的。

二〇〇二年四月　於香港

目錄

「我決不放手，人家買了大黃去，要宰來吃的，我無論如何不捨得。」

一　鄉下人進城

托！托托托！托！托托！

兩柄木劍揮舞交鬥，相互撞擊，發出托托之聲，有時相隔良久而無聲息，有時撞擊之聲密如聯珠，連綿不絕。

那是在湘西沅陵南郊的麻溪鋪鄉下，三間小小瓦屋之前，晒穀場上，一對青年男女手持木劍，正在比試。

屋前矮櫈上坐著個老頭兒，嘴裏咬著一根短短的旱煙袋，雙手正在打草鞋，偶爾抬起頭來，向這對青年男女瞧上一眼，嘴角邊微微含笑，意示嘉許。淡淡陽光穿過他口中噴出來的一縷縷青煙，照在他一頭花白頭髮、滿臉皺紋之上，但他向吞吐伸縮的兩柄木劍瞥上一眼之時，眼中神光炯然，凜凜有威，他年紀其實也還不老，似乎五十歲也還不到。

那少女十七八歲年紀，圓圓的臉蛋，一雙大眼黑溜溜地，這時累得額頭見汗，左頰上一條汗水流了下來，直流到頸中。她伸左手衣袖擦了擦，臉上紅得像屋簷下掛著的一串串紅辣椒。那青年比她大著兩三歲，長身黝黑，顴骨微高，粗手大腳，那是湘西鄉下常見的年輕莊稼漢子，手中一柄木劍倒使得頗為靈動。

突然間那青年手中木劍自左上方斜劈向下，跟著向後挺劍刺出，更不回頭。那少女低頭避過，木劍連刺，來勢勁急。那青年退了兩步，木劍大開大闔，一聲吆喝，橫削三劍。那少女抵擋不住，突然收劍站住，竟不招架，嬌嗔道：「算你厲害，成不成？把我砍死了罷！」

那青年沒料到她竟會突然收劍不架，這第三劍眼見便要削上她腰間，一驚之下，急忙收招，只是去勢太強，噗的一聲，劍身竟打中了自己左手手背，「啊喲」一聲，叫了出來。那少女拍手叫好，笑道：「羞也不羞？你手中拿的若是眞劍，這隻手還在嗎？」

那青年一張臉黑裏泛紅，說道：「我怕削到你身上，這才不小心碰到了自己。若是眞的拚鬥，人家肯讓你麼？師父，你倒評評這個理看。」說到最後這句話時，面向老者。

那老者提著半截草鞋，站起身來，說道：「你兩個先前五十幾招拆得還可以，後面這幾招，可簡直不成話了。」從少女手中接過木劍，揮劍作斜劈之勢，說道：「這一招

『哥翁喊上來』，跟著一招『是橫不敢過』，那就應當橫削，不可直刺。阿芳，你這兩招是『忽聽噴驚風，連山若布逃』，忽然聽得風聲大作，劍勢該像一疋布那樣逃了開去。阿雲這兩招『老泥招大姐，馬命風小小』倒使得不錯。不過招法既然叫做『風小小』，你出力的使劍，那就不對了。咱們這一套劍法，是武林中大大有名的『躺屍劍法』，每一招出去，都要敵人躺下成為一具死屍。自己人比劃餵招雖不能這麼當眞，但『躺屍』二字，總是要時時刻刻記在心裏的。」

那少女道：「爹，咱們的劍法很好，可是這名字實在不大……不大好聽，躺屍劍法，聽著就叫人害怕。」

那老者道：「聽著叫人害怕，那才威風哪。敵人還沒動手，先就心驚膽戰，便已輸了三分。」他手持木劍，將適才這六招重新演了一遍。他劍招凝重，輕重進退，每招俱狠辣異常，青年男女瞧得心下佩服，同時拍起手來。那老者將木劍還給少女，說道：「你兩個再練一遍。阿芳別鬧著玩，剛才師哥若不是讓你，你小命兒還在麼？」

那少女伸了伸舌頭，突然挺劍刺出，迅捷之極。那青年不及防備，忙迴劍招架，但給那少女佔了機先，連連搶攻，那青年一時竟沒法扳回。眼見敗局已成，忽然東北角上馬蹄聲響，一乘馬快奔而來。

那青年回頭道：「是誰來啦？」那少女喝道：「打敗了，別賴皮！誰來了跟你有甚相干？」唰唰唰又連攻三劍。那青年奮力抵擋，喝道：「我還當眞怕了你不成？」那少女笑道：「你說不怕，心裏可怕了！」左刺一劍，右刺一劍，兩招去勢甚爲靈動。

馬上乘客勒住了馬，大聲叫道：「『天花落不盡，處處鳥啣飛！』妙啊！」

那少女「咦」的一聲，向後跳開，打量乘客，只見他約莫二十三四歲年紀，服飾考究，是城裏有錢人家子弟的打扮，不禁臉上一紅，輕聲道：「爹，他……他怎麼知道？」

那老者聽得馬上乘客說出女兒這兩招劍法的名稱，也感詫異，正待相詢。那乘客已滾鞍下馬，上前抱拳說道：「請問老丈，麻溪鋪有一位劍術名家，『鐵鎖橫江』戚長發戚老爺子，請問住在那裏？」那老者道：「我便是戚長發。甚麼『劍術名家』，那可萬萬不敢當了。大爺尋我作甚？」

那青年壯士拜倒在地，說道：「晚輩卜垣，跟戚師叔磕頭。晚輩奉家師之命，特來叩見。」戚長發道：「不敢當，不敢當！」伸手扶起，雙臂微運內勁。卜垣只感半身酸麻，臉上一紅，退後一步，說道：「戚師叔考較晚輩，晚輩可出醜啦。」

戚長發笑道：「你內功還差著點兒。你是萬師哥的第幾弟子？」卜垣臉上又微微一紅，道：「晚輩是師父第五個不成材的弟子。師父他老人家日常稱道戚師叔內功深厚，晚輩今日受教了。多謝師叔。」戚長發哈哈大笑，道：「萬師哥好？我們老兄弟十幾年不見啦。」卜垣道：「託你老人家福，師父安好。這兩位師哥師姊，是你老人家的高足罷？劍法眞高！」

戚長發招招手，道：「阿芳，阿芳，過來見過卜師哥。」又向卜垣道：「這是我的光桿兒徒弟狄雲，這是我的光桿兒女兒阿芳。嘿，鄉下姑娘，便這麼不大方，都是自己一家人，怕甚麼醜了？」

戚芳躲在狄雲背後，也不見禮，只點頭笑了笑。狄雲道：「卜師兄，你練的劍法跟我們的都是一路，是嗎？不然怎麼一見便認出了師妹劍招。」

戚長發「呸」的一聲，在地下吐了口痰，說道：「你師父跟他師父同門學藝，學的自然是一路劍法了，那還用問？」

卜垣打開馬鞍旁的布囊，取出一個包袱，雙手奉上，說道：「戚師叔，師父說一點兒薄禮，請師叔賞面收下。」戚長發謝了一聲，便叫女兒收了。

戚芳拿到房中，打開包袱，見是一件錦緞面羊皮袍子，一隻漢玉腕鐲，一頂氈帽，一件黑呢馬褂。戚芳捧了出來，笑嘻嘻的叫道：「爹，爹，你從來沒穿過這麼神氣的衣衫，穿了起來，那還像個莊稼人？這可不是發了財、做了官麼？」

戚長發一看，也不禁怔住了，隔了好一會，才忸忸怩怩的道：「萬師哥……這個……嘿嘿，眞是的……」

狄雲到前村去打了三斤白酒。戚芳殺了一隻肥鷄，摘了園中的大白菜和空心菜，滿滿煮了一大盤，另有一大碗紅辣椒浸在鹽水之中。四人團團一桌，坐著吃飯。

席上戚長發問起來意。卜垣說道：「師父說跟師叔十多年不見，好生記掛，早就想到湖南來探訪，只是師父他老人家每日裏要練『連城劍法』，沒法走動……」戚長發正端起酒碗放在唇邊，將剛喝進嘴的一口酒吐回碗裏，忙問：「甚麼？你師父在練『連城劍法』？」卜垣神情很是得意，道：「上個月初五，師父已把『連城劍法』練成了。」

戚長發更是一驚，將酒碗重重往桌上一放，小半碗酒都潑了出來，濺得桌上和胸前衣襟都是酒水。他呆了一陣，突然哈哈大笑，伸手在卜垣的肩頭重重一拍，說道：「他媽的，好小子！你師父從小就愛吹牛。這『連城劍法』連你師祖都沒練成，你師父的玩藝又不見得怎麼高明，別來騙你師叔啦，喝酒，喝酒……」說著仰脖子把半碗白酒都喝乾了，左手抓了一隻紅辣椒，大嚼起來。

卜垣臉上卻沒絲毫笑意，說道：「師父知道師叔定是不信，下月十六，是師父他老人家五十歲壽辰，請師叔帶同師哥師妹，同去江陵喝杯水酒。師父命晚輩專誠前來相邀，無論如何要請師叔光臨。師父說道，他的『連城劍法』只怕還有練得不到之處，要跟師叔一起來琢磨琢磨，他好改正。師父常說師叔劍法了得，師父他是大大不如。我們師兄弟如得師叔指點幾招，大夥兒一定大有進益。」

戚長發道：「你那言二師叔，已去請過了麼？」卜垣道：「言二師叔行蹤無定，師父曾派二師哥、三師哥、四師哥三位，分別到河北、江南、雲貴三處尋訪，去了三個多月，回來都說找不到言達平師叔。戚師叔可曾聽到言師叔的訊息麼？」

戚長發嘆了口氣，說道：「我們師兄弟三人之中，二師哥武功最強，若說是他練成了『連城劍法』，我倒還有三分相信。你師父嘛，比我當然強得多，嘿嘿，但說已練成這套劍法，我眞不信，對不住，我不信！」

他左手抓住酒壺，滿滿倒了一碗酒，右手拿著酒碗，卻不便喝，忽然大聲道：「好！下月十六，我準到江陵，給你師父拜壽，倒要瞧瞧他的『連城劍法』是怎麼練成的。哈哈！嘿嘿！」

他將酒碗重重在桌上一頓，又有半碗酒潑了出來，濺得桌上、衣襟上都是酒水。

「爹爹，你把大黃拿去賣了，來年咱們耕田怎麼辦啊？」

「來年到來年再說，那管得這許多？」

「爹爹，咱們在這兒不好好的麼？到江陵去幹甚麼？萬師伯做甚麼生日，他做他的，關我們甚麼事？賣了大黃做盤纏，我說犯不著。」

「爹爹答應了卜垣的，一定得去。大丈夫一言既出，怎能反悔？帶了你和阿雲到大地方見世面，別一輩子做鄉下人。」

「做鄉下人有甚麼不好？我不要見甚麼世面。大黃是我從小養大的。我帶著牠去吃草，帶著牠回家。爹爹，你瞧瞧大黃在流眼淚，牠不肯去。」

「傻姑娘！牛是畜生，知道甚麼？快放開手。」

「我決不放手。人家買了大黃去，要宰來吃的，我無論如何不捨得。」

「不會宰的，人家買了去耕田。」

「昨天王屠戶來跟你說甚麼？一定是買大黃去殺了。你騙我，你騙我。你瞧，大黃在流眼淚。大黃，大黃，我不放你去。雲哥，雲哥！快來，爹爹要賣了大黃……」

「阿芳！爹爹也捨不得大黃。可是咱們空手上人家去拜壽，那成麼？咱們三個滿身破破爛爛的，總得縫三套新衣，免得讓人家看輕了。」

「萬師伯不是送了你新衣新帽麼？穿起來挺神氣的。」

「唉，天氣這麼熱，老羊皮袍子怎麼背得上身？再說，你師伯誇口說練成了『連城劍法』，我就是不信，非得親眼去瞧瞧不可。乖孩子，快放開了手。」

「大黃，人家要宰你，你就用角撞他，自己逃回來。不！人家會追來的，你逃得遠遠的，逃到山裏……嗚嗚嗚……」戚芳跟大黃一起流眼淚，緊緊抱住了黃牛的脖子，不肯鬆手。

半個月之後，戚長發帶同徒兒狄雲、女兒戚芳，來到了江陵。三人都穿了新衣，初來大城，土頭土腦，都有點兒心虛膽怯，手足無措。打聽「五雲手」萬震山的住處，途人說道：「萬老英雄的家還用問？那邊最大的屋子便是了。」

狄雲和戚芳一走到萬家大宅之前，瞧見那高牆朱門、掛燈結綵的氣派，心中都暗自嘀咕。戚芳緊緊拉住了父親的衣袖。戚長發正待向門公詢問，忽見卜垣從門裏出來，心中一喜，叫道：「卜賢姪，我來啦。」

卜垣忙迎將出來，喜道：「戚師叔到了。狄師哥好，戚師妹好。你們正好在師父生日的正日趕到！師父這幾天老是說：『戚師弟怎麼還不到？』請罷！」

戚長發等三人走進大門，鼓樂手吹起迎賓的樂曲。嗩吶突響，狄雲吃了一驚。大廳上一個身形魁梧的老者正在和衆賓客周旋。戚長發叫道：「大師哥，我來啦！」那老者一怔，似乎認不出他，呆了一呆，這才滿臉笑容的搶將出來，呵呵笑道：「老三，你可老得很了，我幾乎不認得你啦！」

師兄弟正要拉手敘舊，忽然鼻中聞到一股奇臭，接著聽得一個破鑼似的聲音喝道：「萬震山，你十年前欠了我一兩銀子，今日該還了罷？」戚長發一轉頭，只見廳口一人提起一隻木桶，雙手一揚，滿桶糞水，疾向他和萬震山二人潑將過來。

戚長發眼見女兒和徒弟站在身後，自己倘若側身閃避，這一桶糞水勢須兜頭潑在女兒身上，他應變奇速，雙手抓住長袍，運勁一崩，啪啪啪啪一陣迅速輕響，扣子崩斷，左手抓住衣襟向外一崩，長袍已然離身，內勁貫處，一件長袍便如船帆鼓風，將潑來的糞水盡行兜在其中。他順手一送，兜滿糞水的長袍向來人疾飛過去。

那人擲出糞桶，便即躍在一旁，砰嘭，啪啦，糞桶和長袍先後著地，滿廳臭氣瀰漫。只見那人滿腮虬髯，身形魁梧，威風凜凜的站在當地，哈哈大笑，說道：「萬震山，兄弟千里迢迢的來給你拜壽，少了禮物，送上黃金萬兩，恭喜你金玉滿堂啊！」

萬震山的八名弟子見此人如此前來搗亂，將一座燈燭輝煌的壽堂弄得污穢不堪，無不大怒。八個人一擁而上，要揪住他打個半死。

萬震山喝道：「都給我站住了。」八名弟子當即停步。二弟子周圻向那大漢破口大罵：「操你奶奶的雄，你是甚麼東西？今天是萬老爺的好日子，卻來攪局，不揍你個好的，你王八羔子，也不知道五雲手萬家的厲害。」

萬震山已認出這虬髯漢子的來歷，說道：「我道是誰，原來是太行山呂大寨主到了。呂大寨主這幾年發了大財哪，家裏堆滿了黃金萬兩使不完，隨身還帶著這許多。」

衆賓客聽到「太行山呂大寨主」這七個字，許多人紛紛交頭接耳的議論：「原來是太行山的呂通，不知他如何跟萬老爺子結下了樑子。」「這呂通是北五省中黑道上極厲害的人物，一手六合刀六合拳，黃河南北可是大大的有名。」「善者不來，來者不善！今日有一番熱鬧瞧的了。」

呂通冷笑一聲，說道：「十年之前，我兄弟在太原府做案，暗中有人通風報信，壞了我們的買賣。那也不打緊，卻累得我兄弟呂威壞在鷹爪子手裏，死於非命。直到三年之前，才查到原來是你萬震山這狗賊幹的好事。這件事你說怎麼了結？」

萬震山道：「不錯，那是我姓萬的通風報訊。在江湖上吃飯，做沒本錢買賣，那也沒甚麼，可是你兄弟呂威強姦人家黃花閨女，連壞四條人命。這等傷天害理之事，我姓萬的遇上了可不能不管。」

衆人一聽，都大聲叫嚷起來：「這種惡事也幹，不知羞恥！」「賊強盜，綁了他起來送官。」「採花大盜，竟敢到荊州府來撒野！」

呂通突然一個箭步，從庭院中竄到廳前，橫過手臂，便向楹柱上擊了過去。連擊數下，再轉身以背脊在柱上猛力撞去，只聽得喀喇喇一聲響，一條碗口粗細的楹柱登時從中斷折，屋瓦紛紛墮下，院中廳前，一片煙塵瀰漫。許多人逃出了廳外。衆人見他露了這手鐵臂功和鐵背功，無不凜然，均想：「若是身上給他手臂這麼橫掃一記，那裏還有命在？」

呂通反身躍回庭院，大聲叫道：「萬震山，你如當眞是俠義道，明刀明槍的出來打抱不平，我倒佩服你是條好漢。爲甚麼偷偷的去向官府通風報信？又爲甚麼吞沒了我兄弟已經到手了的六千兩銀子？他媽的，你卑鄙無恥！有種的就來拚個死活！」

萬震山冷笑道：「呂大寨主，十年不見，你功夫果然大大長進了。只可惜似你這等人物，武功越強，害人越多。姓萬的年紀雖老，只得來領教領教。」說著緩步而出。

忽然間人叢中竄出一個粗眉大眼的少年，悄沒聲的欺近身去，雙臂一翻，已勾住呂通的兩條手臂，大聲叫道：「你弄髒了我師父的新衣服，快快賠來！」正是戚長發的弟子狄雲。

呂通雙臂力震，要將這少年震開，不料手臂給狄雲死命勾住了，沒法掙脫。呂通這鐵臂功須得橫掃直擊，方能發揮威力，冷不防給他勾住了，臂上勁力使不出來。他大怒之下，右膝挺舉，撞正狄雲小腹，喝道：「快放手！」狄雲吃痛，臂力鬆了。呂通一招「風雲乍起」，掙脫了他雙臂，揮拳呼的擊出，正是「六合拳」中的一招「烏龍探海」。

狄雲急竄讓開，叫道：「我不跟你打架。我師父這件新袍子，花了三兩銀子縫的，咱們賣了大牯牛大黃，才縫了三套衣服，今兒第一次上身……」呂通怒道：「楞小子，胡說八道甚麼？」狄雲衝上三步，叫道：「你快賠來！」他是農家子弟，最愛惜物力，眼見師父賣去心愛的大牯牛縫了三套新衣，第一次穿出來便讓人給蹧蹋了，教他如何不深感痛惜？

萬震山道：「狄賢姪退下，你師父的袍子由我來賠便是。」狄雲道：「要他賠，他要是走了，你又不認帳，那便糟了。」說著又去扭呂通的衣襟。呂通一閃，砰的一拳，擊在狄雲胸口，只打得他身子連晃，險些摔倒。萬震山喝道：「狄賢姪退下！」語氣已頗嚴峻。

狄雲紅了雙眼，喝道：「你不賠衣服還打人，不講理麼？」呂通笑道：「我打你這渾小子便怎樣？」狄雲道：「我也打你！」縮身退挫，左掌斜劈，右掌已從左掌底穿出。呂通使招「打虎式」，左腿虛坐，右拳飛擊出去。

兩人這一搭上手，霎時之間拆了十餘招。狄雲自幼跟著戚長發練武，與師妹戚芳過招比劍，從沒一天間斷，所學拳術雖不如何了得，卻甚是熟練。呂通是晉中大盜，黑道上的成名人物，一時之間竟也打他不倒，幾次要使鐵臂功，都給他乖巧避開，在他肩頭打中了兩拳，狄雲肉厚骨壯，也沒受傷。

戚長發這次到江陵來，主旨是要瞧瞧師兄萬震山是不是眞的練成了「連城劍法」，恰巧有呂通前來尋仇，正好讓他當眞一顯身手，偏偏自己這蠢徒弟不識好歹，強要出頭，不由得心下著惱。

再拆數招，呂通焦躁起來，突然間拳法一變，自「六合拳」變爲「赤尻連拳」。這套拳法亦是「六合拳」中一路，只是雜以猴拳，講究摟、打、騰、封、踢、潭、掃、掛，又加上「貓竄、狗閃、兔滾、鷹翻、松子靈、細胸巧、鷂子翻身、踩子腳」八式，式中套式，變幻多端。狄雲沒見過這路拳法，心中慌了，左腿上接連給他踹了兩腳。

萬震山瞧出他不是敵手，喝道：「狄賢姪退下，你打他不過。」

狄雲叫道：「打不過也要打。」砰的一響，胸口又讓呂通打了一拳。

戚芳在旁瞧著，一直為師哥擔心，這時忍不住也叫：「師哥，不用打了，讓萬師伯打發他。」但狄雲雙臂直上直下，不顧性命的前衝，不住吆喝：「我不怕你，我不怕你。」砰的一聲，鼻子又中了一拳，登時鮮血淋漓。

萬震山皺起了眉頭，向戚長發道：「師弟，他不聽我話，你叫他下來罷！」戚長發哼了一聲，道：「讓他吃點兒苦頭，待會讓我來鬥鬥這採花大盜。」

便在此時，大門外走進一個蓬頭垢面的老乞丐，左手拿著隻破碗，右手拄著一根竹棒，嘶啞著嗓子叫道：「老爺今日做喜事，施捨叫化子一碗冷飯。」

眾人都正全神貫注的瞧著呂通與狄雲打鬥，誰也沒去理會，那乞丐呻吟叫喚：「啊唷，餓死了，餓死了。」突然左足踏在地下的糞便之中，腳下一滑，俯身摔將下來，大叫一聲：「啊喲，跌死了！」手中的破碗和竹棒同時摔出。說也真巧，那破碗正好擲在呂通後背「志堂穴」上，竹棒一端卻在呂通膝彎的「曲泉穴」中一碰。呂通膝間一軟，左足跪倒，同時全身酸麻，似乎突然虛脫。狄雲雙拳齊出，砰砰兩聲，將呂通龐大的身子打得飛了起來，啪的一響，臭水四濺，正摔在他攜來的糞便之中。

這一下變故人人大出意料之外，只見呂通狼狽萬狀的爬起身來，抱頭鼠竄而出。衆賀客哈哈大笑，齊聲呼喝：「拿住他，拿住他！」「別讓這賊子跑了！」

狄雲兀自大叫：「賠我師父的袍子。」待要趕出，突覺左臂爲人握住，動彈不得，側頭看時，正是師父。戚長發道：「你僥倖得勝，還追甚麼？」戚芳抽出手帕，給狄雲擦去臉上鮮血。狄雲一低頭，見自己新衫的衣襟上點點滴滴的都是鮮血，不禁大急，道：「糟糕，糟糕！我……我這件新衣也弄髒了。」

只見那老乞丐蹣跚著走出大門，喃喃自語：「飯沒討著，反賠了一隻飯碗。」狄雲知道適才取勝，全靠這乞丐碰巧一跌，從懷裏掏出二十枚大錢，那是師父給他來城裏零花的，追出去塞在他的手裏。那老乞丐連聲道：「多謝，多謝！」

當晚萬震山大張筵席，款待前來賀壽的賀客。他是荊州大紳士，這日賀客盈門，壽堂中懸了荊州府凌知府、江陵縣尙知縣送的壽幛，金光閃閃，好不風光。

席上自是人人談論日間這件趣事，大家都說狄雲福氣好，眼見不敵，剛好這老乞丐進來摔了一交，擾亂了呂通心神。大家也不免稱讚狄雲小小年紀，居然有這等膽識，和這黑道上的成名人物纏鬥到數十招，也已極不容易。自然也有人說這是壽星公洪福齊天，否則那有這麼巧，老乞丐摔個仰八叉，竟然就此退了強敵，倘若萬震山自己出手，當然兩三下便打發了這惡客，不過要勞動壽星公大駕，便不這麼有趣了。

衆賓客這麼一稱讚狄雲，萬震山手下的八名弟子均感臉上黯然無光。這呂通本是衝著萬震山而來，萬門弟子不出手，卻讓師叔一個獃頭獃腦的鄉下弟子強出頭，打退了敵人。八名弟子個個心中氣憤，可又不便發作。

萬震山親自敬過酒後，大弟子魯坤、二弟子周圻、三弟子萬圭、四弟子孫均、五弟子卜垣、六弟子吳坎、七弟子馮坦、八弟子沈城一席席過來敬酒。萬門八弟子都以「土」字傍爲名，其中第三弟子萬圭是萬震山的獨子。他長身玉立，臉型微見瘦削，俊美瀟洒，倒像是個富家公子，不似大師兄魯坤、二師兄周圻那麼赳赳昂昂。

八人向來賓中有功名的進士、舉人、武林尊長敬過了酒，敬了師叔戚長發一杯，便向狄雲敬酒。萬圭說道：「今日狄師兄給家父掙了好大面子，我們師兄弟八人，每個都非敬狄師兄一大杯不可。」狄雲素來不會喝酒，雙手亂搖，說道：「我不會喝，我不會喝。」萬圭道：「日間家父連叫三次，要狄師兄退下，狄師兄置之不理，把家父的話當作耳邊風一般。我們此刻敬酒，狄師兄又是不喝，那把我們荆州萬家可忒也小看了。」狄雲愕然道：「我……我沒有啊。」

戚長發聽得萬圭的語氣不對，說道：「雲兒，你喝了酒。」狄雲道：「我……我…

……我不會喝酒啊。」戚長發沉聲道：「喝了！」狄雲無奈，只得接過每人一杯，連喝了八杯，登時滿臉通紅，耳中嗡嗡作響，腦子胡塗一團。戚芳跟他說話，他也不知如何回答。

這一晚狄雲睡上了床，心頭兀自迷糊，只感胸間、肩頭、腿上，給呂通拳打腳踢過之處都熱辣辣的疼痛。半夜裏，睡夢中聽得窗上有人伸指彈擊，有人不住叫喚：「狄師兄，狄雲，狄雲！」狄雲一驚而醒，問道：「是誰？」

窗外那人說道：「小弟萬圭，有事相商，請狄師兄出來。」狄雲一呆，下得床來，披衣穿鞋，推開窗子。只見窗外萬門弟子八人一字排開，每人手中都持長劍。

狄雲奇道：「叫我幹甚麼？」萬圭道：「咱們要領教領教狄師兄的劍招。」狄雲搖頭道：「師父吩咐過的，不可跟萬師伯門下的師兄們比試武藝。」萬圭冷笑道：「原來戚師叔倒有自知之明。」狄雲怒道：「甚麼自知之明？」突然間嗤嗤嗤三聲，萬圭隔窗向他連刺三劍。頭兩劍劍刃在他臉頰邊掠過，相差不過寸許，第三劍劍刃劃上他臉頰，登時劃出一條血痕。狄雲只感臉頰上刺痛，大吃一驚，伸手摸去，滿手是血，急忙倒退，左腳在櫈上絆了，險些跌倒，甚是狼狽。萬門八弟子縱聲大笑。

狄雲大怒，返身抽出枕頭底下長劍，躍出窗去，見萬門八弟子人人臉色不善，不禁暗自嘀咕，雖是有氣，但念及師父曾一再叮囑，千萬不可和師伯門人失和，說道：「你們要怎樣？」萬圭長劍虛擊，在空中嗡嗡作響，說道：「狄師兄，你今日逞強出頭，只道我荊州萬家門中人人都死光了，是不是？還是說我萬家門中，沒一個及得上你狄大哥的身手？」

狄雲搖頭道：「那人弄髒了我師父的衣服，我自然要他賠，這關你甚麼事？」

萬圭冷冷的道：「你在衆位賓客之前成名立萬，露了好大的臉，卻教我師兄弟八人全鬧得灰頭土臉。別說再到江湖上混，便是這荊州城中，我們師兄弟也沒立足之地了。你今日的所作所爲，不也太過份了麼？」狄雲愕然道：「我……我不知道啊。」

萬門大弟子魯坤道：「三師弟，這小子裝蒜，跟他多說甚麼？伸量他一下子。」

萬圭長劍遞出，指向狄雲左肩。狄雲識得這一劍乃是虛招，身形不動，亦不伸劍擋架。萬圭斜劍收回，給他識破劍招，更是著惱，說道：「好哇，你不屑跟我動手！」狄雲道：「師父吩咐過的，千萬不可跟師伯的門人比試。」

突然間嗤的一聲，萬圭長劍刺出，在他右手衣袖上刺破了一條長縫。

狄雲對這件新衣甚是寶愛，平白無端的給他刺破，再也忍耐不住，喝道：「你刺破我衣服，要你賠。」萬圭冷冷一笑，挺劍又刺向他的左袖。狄雲迴劍斜削，噹的一聲，格開來劍，乘勢還擊。兩人這一交上手，便即越鬥越快。兩人所學劍法一脈相承，鬥到十餘招後，狄雲興發，一劍劍竟往萬圭要害處刺去。

周圻叫道：「嘿！這小子當眞要人性命麼？三師弟，手下別容情了。」

狄雲一驚，暗想：「我若一個失手，眞的刺傷了他，那可不好。」手上攻勢登緩。萬圭還道他劍法不及自己，劍招綿綿不絕，來勢凌厲。狄雲連連倒退，喝道：「我又不跟你眞打。你幹甚麼了？」萬圭道：「幹甚麼？要刺你幾個透明窟窿！」嗤的一劍，踏中宮直刺。狄雲斜身閃左，見他右肩露出破綻，長劍倒翻上去，這一劍若是直削，萬圭肩頭非受重傷不可，狄雲手腕略翻，劍刃平轉，啪的一聲，在他肩上拍了一下。

他只道這一來勝負已分，萬圭該當知難而退，他平日和師妹比劍，一到這個地步便即罷手，不料萬圭俊臉脹紅，挺劍直刺。狄雲猝不及防，左腿上一陣劇痛，已然中劍。

魯坤、周圻等拍手歡呼，說道：「小子，躺下罷！」「認輸便饒了你！」「戚師叔調教出來的鄉巴佬門徒，原不過是這幾下三腳貓把式！」

狄雲腿上中劍後本已大怒，聽這些人出言辱及師父，更加怒發如狂，一咬牙，長劍如疾風驟雨般攻了過去。萬圭見對方勢如瘋虎，不禁心有怯意，他自幼嬌生慣養，劍法雖練得不錯，這般拚命的惡鬥究竟從未經歷過，心中一怕，劍招便見散亂。

卜垣見三師兄堪堪要敗，拾起一塊磚頭，用力投向狄雲後心。

狄雲全神貫注的正和萬圭鬥劍，突然間背心上一痛，給磚頭重重擲中。他回頭罵道：「不要臉，兩個打一個麼？」卜垣道：「甚麼，你說甚麼？」

狄雲心道：「今日你們便是八人齊上，我也不能丟了師父的臉面。」不顧腿上和背心疼痛，一劍劍向萬圭刺去，憤怒之下，早忘了師父的囑咐。這時他劍招已不成章法，破綻百出，但漏洞雖多，氣勢卻盛，萬圭狼狽閃架，已不敢進攻。

卜垣向六師弟吳坎使個眼色，說道：「三師兄劍法高明，這小子招架不住，倘若傷了他性命，戚師叔臉上須不好看，咱倆上前掠掠陣罷！」吳坎會意，點頭道：「不錯。咱哥兒倆留點兒神，別讓三師兄劍下傷人。」兩人一左一右，颼颼兩劍，齊往狄雲脅下刺去。

狄雲的劍法本來也沒比萬圭高明多少，全仗一鼓作氣的猛攻，這才佔得了上風。卜垣和吳坎上前一夾攻，他以一敵三，登時手忙足亂，唰的一聲，左腿上又已中劍。這一劍傷得不輕，他再也站立不定，一交坐倒，手上長劍卻並不摔脫，仍不住擋格三人刺來的劍招。魯坤冷哼一聲，搶上來右足飛出，踢中他手腕，狄雲拿揑不住，長劍脫手飛出，跌入樹叢。萬圭長劍直出，劍尖抵住他咽喉。卜垣和吳坎哈哈一笑，躍後退開。

萬圭得意洋洋的笑道：「鄉下佬，服了麼？」狄雲喝道：「服你個屁！你們四個打我一個，算甚麼好漢？」萬圭劍尖微微前送，陷入他咽喉的軟肉數分，喝道：「你還敢嘴硬！我再使一點力，立時割斷了你喉管。」狄雲罵道：「你使力啊，你有種便割斷我喉管。不使力的是烏龜王八蛋！」萬圭目露兇光，左足疾出，在他肚子上重重踢了一腳，罵道：「臭賊，你嘴巴還硬不硬？」

這一腳只踢得狄雲五臟六腑猶如倒轉了一般，險些呻吟出聲，但咬牙強自忍住，罵道：「臭雜種，王八蛋！」萬圭又是一腳，這一次踢在他面門鼻梁。狄雲但覺眼前金星亂冒，幾欲暈去，欲待張口再罵，卻罵不出聲了。

萬圭冷笑道：「今日便饒了你。你快向師父師妹哭訴去，說我們人多勢衆，打了你啦！料你這膿包貨定要去哭哭啼啼。」狄雲怒道：「哭訴甚麼？大丈夫報仇，只自己一個兒動手。」萬圭正要他說這一句話，更激他道：「給你臉上留些記認，好教你師父開口來問。」說著在他左眼右臉重重的各踢一腳。狄雲登時半邊臉腫了起來，左眼淚水模糊。卜垣拍手笑道：「嘿嘿，大丈夫哭啦！英雄變狗熊啦！」

狄雲氣得肚子眞要炸了開來，心想你到我師父家裏來，我好好的招待你，買酒殺鷄，那一點對你不起，此刻卻如此損我。

萬圭道：「你打不過我，不妨去向我爹爹哭訴，要我爹爹罵我，代你出了這口鳥氣。『嗚嗚嗚，萬師伯，你的八個弟子，打得我爬在地下痛哭求饒。嗚嗚嗚，萬師伯，你不主持公道嗎？』」狄雲道：「你這種沒骨頭的胚子，才向大人哭訴！」

萬圭和魯坤、卜垣相視一笑，心想今日的悶氣已出，當即回劍入鞘，說道：「好小子！你有種的明天再來打過，少爺可要失陪了！」八個人嘻嘻哈哈的揚長而去。

狄雲瞧著這八人背影，心中又氣惱，又不解，自忖：「我既沒得罪他們，更沒得罪他們師父，爲甚麼平白無端的來打我一頓？難道城裏人都這般蠻不講理麼？」勉強支撐著站起身來，頭腦一暈，又坐倒在地。

忽聽得身後一人唉聲嘆氣的說道：「唉，打不過人家，就該磕頭求饒啊，這麼白白地挨了一頓揍，這不冤麼？」狄雲怒道：「寧可給人家打死，也不磕頭！」回過頭來，只見一人弓身曲背，拖著鞋皮，慢吞吞的走來，但見他蓬頭垢面，便是日間所見的那個老丐。

那老丐道：「唉，人老了，背上風濕痛得厲害。小夥子，你給我背上搥搥。」狄雲正一肚子火，哼了一聲，沒去理他。那老丐嘆道：「誰教我絕子絕孫，人到老來，沒個親人照顧，哎唷，哎唷……」撐著竹棒，一步步的走遠。

狄雲見那老丐背影顫抖得厲害，自己剛給人狠狠打了一頓，不由得起了同病相憐之心，叫道：「喂，我這裏還有幾十文錢，你拿去買饅頭吃罷！」

那老丐一步步的挨了回來，接過銅錢，說道：「我背上風濕痛得厲害，你給我搥搥！」狄雲道：「好，我包了腿上的傷口再說。」那老丐道：「你就只顧自己，不顧人家，算甚麼英雄好漢？」狄雲給他一激，便道：「好！我給你搥！」坐倒在地，伸拳給他搥背。搥得兩拳，那老丐道：「好舒服，再用力些！」狄雲加重勁力。那老丐道：

「可惜力道太輕。」狄雲又加重了些。老丐道：「唉，不中用的小夥子啊，挨了一頓揍，便死樣活氣，連給老人家搥背的力道也沒了。這種人活在世上有甚麼用？」

狄雲怒道：「我一使力氣，只怕打斷了你的老骨頭。」老丐笑道：「你要是打得斷我的老骨頭，就不會躺在地下又給人家踢、又給人家揍了。」狄雲大怒，手上加力。那老丐道：「嗯，這樣才有些意思，不過還是太輕。」狄雲砰的一拳，使勁擊出。老丐笑道：「太輕，太輕，不管用。」狄雲道：「老頭兒，你別開玩笑，我可不想打傷你。」那老丐冷笑道：「憑你也打得傷我？你使足全力，打我一拳試試。」

狄雲右臂運勁，待要揮拳往他背上擊去，月光下見到他老態龍鍾的模樣，心中一軟，放鬆了勁力，說道：「誰來跟你一般見識！」輕輕在他背上搥了一下。

突然之間，只覺腰間給人一托一摔，身子便如騰雲駕霧般飛了起來，砰的一聲，摔入草叢之中，只跌得頭暈眼花，老半天才爬起身。他慢慢掙扎著站起，並不發怒，只是說不出的驚奇，怔怔的瞧著老丐，問道：「是你……是你摔我的麼？」

那老丐道：「這裏還有別人沒有？不是我還有誰？」狄雲道：「你用甚麼法子摔我的？」那老丐道：「舉頭望明月，低頭思故鄉。」狄雲奇道：「這是師父教我的劍法啊，你……你怎知道？」那老丐道：「拳招劍法，都是一樣。再說，你師父也沒教對。」

狄雲怒道：「我師父教得怎麼不對了？憑你這老叫化也敢說我師父的不是？」那老

丐道：「要是你師父教得對了，爲甚麼你打不過人家？」狄雲道：「他們三四個打我一個，我自然打不過，若是一個對一個，你瞧我輸不輸？」那老丐笑道：「哈哈，打架嘛，講甚麼一個打一個？你要單打獨鬥，人家不幹，那怎麼辦？要不是跪下磕頭，就得認命挨打。一個人打得贏十個八個，那才是好漢子。」狄雲心想這話倒也不錯，說道：「他們是我師伯的弟子，劍法跟我差不多，我一個怎鬥得過他們八個？」

那老丐道：「我教你幾手功夫，讓你一個打贏他們八個，你學不學？」

狄雲大喜，道：「我學，我學！」但轉念一想，世上未必有這種本領，而這年紀老邁的乞丐更加不似身有上乘武功之人，正自躊躇不定，突然背心給人一抓，身子又飛了起來，這次在空中身不由主的連翻了兩個觔斗，飛得高，落下來時跌得更重，手臂在地下一撐，關節險些折斷，爬起身來時，痛得話也說不出來，心中卻歡喜無比，叫道：「老……老伯伯，我……我跟你學。」

那老丐道：「我今天教你幾招，明兒晚上，你再跟他們到這裏來打過，你敢不敢？」

狄雲心想：「你武功雖高，我在一天之內又如何學得會？」但想到要跟萬圭、魯坤這干人再打，不由得豪氣勃發，說道：「我敢！最多再挨一頓揍，沒甚麼大不了！」

那老丐左手倏出，抓住他後頸，將他重重往地下一擲，罵道：「臭小子，我既教了你武功，你怎麼還會挨他們的揍？你信不過我麼？」狄雲給他抓住後頸，便即出力掙扎，但穴道遭拿，使不出半點力道，雖摔得甚痛，卻只有更加歡喜，忙道：「對，對！是我說錯了，請你老人家快教罷！」

那老丐道：「你把學過的劍法使給我瞧，一面使，一面唸劍招的名稱！」狄雲應道：「是！」見腿上傷處不斷流血，便草草裹好傷口，到樹叢中找回自己長劍，依著師父所授，一招招的使動，口中唸著劍招名稱，到後來越使越順，嘴裏也越唸越快。

他正練到酣處，忽聽那老丐哈哈大笑，不禁愕然收劍，問道：「我練得不對麼？」那老丐不答，兀自捧住肚子，笑彎了腰，站不直身子。狄雲微有怒意，道：「就算我練得不對，也沒甚麼好笑。」

那老丐突然止笑，嘆道：「戚長發啊戚長發，你這一番狠勁，當真了得。」搖了搖頭，道：「把劍給我。」狄雲倒轉劍柄，遞了過去。那老丐接過長劍，輕輕唸道：「孤鴻海上來，池潢不敢顧。」將長劍舞了開來。他一劍在手，霎時之間便如換了一個人一般，身形沉穩，劍勢飄逸，那裏還是適才這般龍鍾委瑣？

狄雲看了幾招，忽有所悟，說道：「老伯，日裏我跟那呂通相鬥，是你故意擲那飯碗幫我的麼？」那老丐怒道：「那還用說？六合手呂通的武功比你傻小子強得太多，憑你這點兒道行，還能打發他了？」他一面說，一面繼續使劍。狄雲聽他所唸口訣和師父所授並無分別，只字音偶有差異，但劍招卻大不相同。

那老丐左手捏個劍訣，右手長劍陡然遞出，猛地裏劍交左手，右手反過來啪的一聲，重重打了他個耳光。狄雲嚇了一跳，撫著面頰怒道：「你……你爲甚麼打人？」老丐笑道：「我教你劍招，你卻在胡思亂想，這不該打麼？」

狄雲心想原是自己的不是，當即心平氣和，說道：「不錯，是我不好。我瞧你說的招數跟我師父一樣，劍法可全然不同，覺得很奇怪。」那老丐問道：「是你師父教的好，還是我使的好？」狄雲心下明知是那老丐使得好，嘴裏卻不肯認，搖頭道：「我不知道。」

老丐拋劍還他，道：「咱們比劃比劃。」狄雲道：「我本事跟你老人家差得太遠，比你不過。」老丐冷笑道：「嘿，傻小子還沒傻得到家。」手中竹棒一抖，以棒作劍，向狄雲刺來。狄雲橫劍擋格，見老丐竹棒停滯不前，當即振劍反刺。那知他劍尖只一抖動，老丐的竹棒如靈蛇暴起，向前一探，已點中了他肩頭。

狄雲心悅誠服，大叫：「妙極，妙極。」橫劍前削。那老丐翻過竹棒，平靠他劍身，狄雲運勁反推，那老丐的竹棒連轉幾個圈子，將他勁力全引到了相反方向。狄雲拿捏不住，長劍脫手飛出。他一呆之下，說道：「老伯，你的劍招眞高。」

那老丐竹棒伸出，搭住空中落下的長劍，棒端如有膠水，竟將鐵劍黏了回來，說道：「你師父一身好武功，就只教了你這些嗎？嘿嘿，希奇古怪。」搖搖頭又道：「你門中這套『唐詩劍法』，每一招都是從一句唐詩中化出來的……」狄雲道：「甚麼『唐詩劍法』？師父說是『躺屍劍法』，幾劍出去，敵人便躺下變成了屍首。」

那老丐嘿嘿笑了幾聲，說道：「是『唐詩』，不是『躺屍』！你師父跟你說是『躺屍』嗎？可笑，可笑！這兩招『孤鴻海上來，池潢不敢顧』，是說一隻孤孤單單的鴻鳥，從海上飛來，見到陸地上的小小池沼，並不棲息，瞧也不去瞧它。這兩句詩是唐朝的宰相張九齡做的，他比擬自己身分清高，不喜跟人爭權奪利。將之化成劍法，顧盼之際要有一股飄逸自豪的氣息。他所謂『不敢顧』，是『不屑瞧它一眼』的意思。你師父卻教你讀作甚麼『哥翁喊上來，是橫不敢過』，結果前一句變成大聲疾呼，後一句成爲畏首畏尾。劍法的原意是蕩然無存了。你師父當眞了不起，『鐵鎖橫江』，教徒弟這樣教法，嘿嘿，厲害，厲害！」說著連連冷笑。

狄雲怔怔的聽著，聽得他話中咬文嚼字，雖然不大懂，卻也知他說得很對，狄雲向來敬愛師父，聽他將師父說得一無是處，到後來更肆意譏嘲，心下難過，忽地轉身，說道：「我要去睡了！不學了。」

那老丐奇道：「爲甚麼？我說得不對麼？」狄雲道：「你或許說得很對。但你說我師父的不是，我寧可不學。我師父是莊稼人，不識字，或者當眞不懂你說的那一套……」那老丐笑道：「你師父不識字？哈哈，這可奇了。」狄雲氣憤憤的道：「莊稼人不識字，有甚麼好笑？」那老丐哈哈一笑，伸手撫他頭頂，道：「很好，很好！你這小子心地厚道，我就是喜歡你這種人。我向你認錯，從此不再說你師父半句不是，行不行？」狄雲轉怒為喜，笑道：「你只要不編排我師父，我向你磕頭。」說著跪倒在地，咚咚咚的磕了幾個響頭。

那老丐笑吟吟的受了他這幾拜，隨即解釋劍招，如何「忽聽噴驚風，連山若布逃」，其實是「俯聽聞驚風，連山若波濤」；如何「老泥招大姐，馬命風小小」，乃是「落日照大旗，馬鳴風蕭蕭」。在湘西土音中，這「泥」字和「日」字卻也差不多。那老丐言語之中，當眞再也不提戚長發半句，單是糾正狄雲劍法中的錯失。

那老丐道：「你劍法中莫名其妙的東西太多，一時也說不完。我教你三招功夫，明兒你再跟這八個不成器的小子打過，用心記住了。」

狄雲精神一振，用心瞧那老丐使竹棒比劃。第一招是「刺肩式」，敵人若一味防守，那就永遠刺他不著，但他只消一出招相攻，破綻便露，立時便可後發先至，刺中他肩頭。第二招「耳光式」，便是那老丐適才劍交左手、右手反打他耳光的這一招。這一招古怪無比，就算敵人明知自己要劍交左手，反手打他耳光，但閃左打左，閃右打右，越閃避越打得重。第三招是「去劍式」，適才老丐用竹棒令他長劍脫手，便是這一招。

這三記招式，那老丐都曾在狄雲身上用過，本來各有一個典雅的唐詩名稱。但那老丐知道他西瓜大的字識不上幾擔，教他詩句，徒亂心神，於是改用了三個一聽便懂的名稱。狄雲並不如何聰明，性子卻極堅毅。這三招足足學了一個多時辰，方始純熟。

那老丐笑道：「好啦！你得答應我一件事，今晚我教你劍法之事，不得跟誰說起，連你師父和師妹也不能說，否則……」狄雲敬師如父，對這位嬌憨美貌的師妹又私戀已久，說有甚麼事要瞞住師父、師妹，那可比甚麼都難，一時躊躇不答。

那老丐嘆道：「此中緣由，一時不便細說，你若洩露了今晚之事，我性命難保，定要死在五雲手萬震山的劍底。」狄雲吃了一驚，奇道：「老伯伯，你武功這麼高強，怎會怕我師伯？」那老丐不答，揚長便去，說道：「你是否有心害我，那全瞧你自己了。」狄雲忙追了上去，說道：「我多謝老伯伯還來不及，怎會害你性命？我要是洩漏一字半句，教我天誅地滅。」那老丐點點頭，嘆了口氣，足不停步的走了。

狄雲呆了一陣，忽然想起沒問那老丐的姓名，叫道：「老伯伯，老伯伯！」但那老丐沒入樹叢之中，已影蹤不見了。

次日清晨，戚長發見狄雲目青鼻腫，好生奇怪，問道：「跟誰打架了，怎麼傷成這個樣子？」狄雲不善說謊，支吾難答。戚芳笑道：「還不是昨天給那個甚麼大盜呂通打的麼？」戚長發決計想不到昨晚之事，也不再問。

戚芳拉了拉狄雲的衣襟，兩人從邊門出去，來到一口井邊，見四下無人，便在井欄圈上坐了下來。戚芳問道：「師哥，你昨晚跟誰打架了？」狄雲囁嚅未答。戚芳道：「你不用瞞我，昨天你跟呂通相鬥，他一拳一腳打在你身上甚麼地方，我全瞧得清清楚楚，他可沒打中你眼睛。」狄雲料知瞞她不過，心想：「我只要不說那老伯伯的事，就不要緊。」於是將萬門八弟子如何半夜裏前來尋釁、如何比劍、如何落敗受辱的事一一都說了。

戚芳越聽越怒，一張俏臉脹得通紅，氣憤憤的道：「他們八個人打你一個，算甚麼好漢？」狄雲道：「倒不是八個人一齊出手，是三四個打我一個。」戚芳怒道：「哼，他們三四個聯手打你，已經贏了，其餘的就不必動手。倘若三四個打不過，還不是五六個、七八個一起下場？」狄雲點頭道：「那多半會這樣。」

戚芳霍地站起，道：「咱們跟爹爹說去，教萬震山評評這個理看。」她盛怒之下，連「萬師伯」也不稱了，竟直呼其名。

狄雲忙道：「不，我打架打輸了，向師父訴苦，那不是教人瞧不起嗎？」昨晚萬門八弟子臨走時那套說話，叫他去向師父、師伯訴苦，原是意在激得他不好意思去向戚長發、萬震山投訴，狄雲果然墮入他們計中。

戚芳哼了一聲，見他衣衫破損甚多，心下痛惜，從懷中取出針線包，就在他身上縫補。她頭髮擦在狄雲下巴，狄雲只覺癢癢的，鼻中聞到她少女的淡淡肌膚之香，不由得心神蕩漾，低聲道：「師妹！」戚芳道：「空心菜，別說話！別讓人冤枉你作賊。」

江南三湘一帶民間迷信，穿著衣衫讓人縫補或釘綴鈕扣之時，若說了話，就會給人冤賴偷東西。「空心菜」卻是戚芳給狄雲取的綽號，笑他直肚直腸，沒半點機心。

這日晚間，萬震山在廳上設了筵席宴請師弟，八個門下弟子在下首相陪，十二人團團坐了一張圓桌。

酒過三巡，萬震山見狄雲嘴唇高高腫起，飲食不便，說道：「狄賢姪，昨兒辛苦了你，來來來，多吃一點。」夾了一隻鷄腿，放在他碟中。周圻鼻中突然哼的一聲。

戚芳早滿肚是火，這時再也忍耐不住，大聲道：「萬師伯，我師哥這些傷，不是呂通打的，是你八位高徒聯手打的。」萬震山和戚長發同時吃了一驚，問道：「甚麼？」

萬門第八弟子沈城年紀最小，卻十分伶牙俐齒，搶著說道：「狄師哥打贏了呂通，說師父你老人家膽小怕事，不敢和呂通動手，全靠他狄師哥出馬，才趕走了他，沒讓你老人家出醜。我們氣不過……」萬震山臉上變色，但隨即笑道：「是啊，這原是全仗狄賢姪給我們挽回了顏面。」沈城道：「萬師哥聽他口出狂言，實在氣不過，這才約狄師哥比劍，好像是萬師哥佔了先。」

狄雲怒道：「你……你胡說八道……我……我幾時……」他本就不善言辭，聽得沈城撒謊誣衊，又急又怒之下，更加結結巴巴的說不出話來。

萬震山道：「怎麼是圭兒像佔了先？」沈城道：「昨晚萬師哥和狄師哥怎麼比劍，我們都沒瞧見。今天早晨萬師哥跟大夥說起，好像是萬師哥用一招……用一招……」他轉頭問萬圭道：「萬師哥，你用一招甚麼招數勝了狄師哥的？」萬圭道：「是『長安一片月，萬戶擣衣聲』！」他二人一搭一檔，將「八人聯手」之事推了個一乾二淨。萬圭怎樣勝了狄雲，旁人見都沒見到，自然談不上聯手相攻了。沈城不過十五六歲年紀，一副天真爛漫的樣子，誰都不信他會撒謊。

萬震山點了點頭，道：「原來如此。」

戚長發氣得滿臉通紅，伸手一拍桌子，喝道：「雲兒，我千叮萬囑，叫你不可和萬師伯門下眾師兄失了和氣，怎地打起架來了。」狄雲聽得連師父也信了沈城的話，只氣得渾身發抖，道：「師父……我……我……我沒有……」戚長發劈頭劈臉一記耳光打了過去，喝道：「做錯了事，還要抵賴！」狄雲不敢閃避，戚長發這一掌打得好重，狄雲臉頰本就青腫，登時腫上加腫。戚芳急叫：「爹，你也不問問清楚。」

狄雲狂怒之下，牛脾氣發作，突然縱身跳起，搶過放在身後几上的長劍，拔劍出鞘，躍在廳心，叫道：「師父，這萬……萬圭說打敗了我，教他再打打看。」戚長發大怒，喝道：「你回不回來？」離座出去，又要揮拳毆擊。戚芳一把拉住，叫道：「爹爹！」

狄雲大叫：「你們八個人再來打我，有種的就一齊來。那一個不來，便是烏龜兒子王八蛋。」他急怒之下，口不擇言，亂罵起來，沒想到這句話已罵到了萬師伯。

萬震山眉頭一皺，說道：「既是如此，你們去領教領教狄師哥的劍法也是好的。」八名弟子巴不得師父有這句話，各人提起長劍，分佔八方，將狄雲圍在垓心。

狄雲大聲叫道：「昨兒晚上是八個狗雜種打我一人，今日又是八個狗雜種……」

戚長發喝道：「雲兒，你胡說些甚麼？比劍就比劍，是比嘴上伶俐麼？」

萬震山聽他左一句「王八蛋」，右一句「狗雜種」，心下也動了眞怒，這八人中的萬圭是他親生兒子，狄雲如此亂罵，口口聲聲便是罵在他的頭上。他見八個弟子分站八方，隱然有分進合擊之勢，喝道：「狄師兄瞧不起咱們，要以一個鬥八個，難道咱們自己也瞧不起自己？」

大弟子魯坤道：「是，衆位師弟退開，讓我先領教狄師哥的高招。」五弟子卜垣最工心計，昨晚見到狄雲與萬圭動手，這鄉下佬武功不弱，這時情急拚命，大師兄未必能勝，如讓他先贏得一仗，縱然再有人將他打敗，也已折了萬門銳氣，同門中劍術以四師兄孫均爲第一，最好讓孫均一上手便將他打敗，令他再也說嘴不得，便道：「大師哥是咱們同門表率，何必親自出馬？讓四師哥教訓教訓他也就是了。」

魯坤一聽，已明其意，微笑道：「好，四師弟，咱們瞧你的了。」左手一揮，七人一齊退開，只賸孫均一人和狄雲相對。

孫均沉默寡言，常常整天不說一句話，是以能潛心向學，劍法在八同門中最強。他見師兄弟推己出馬，當即長劍一立，低頭躬身，這一招叫做「萬國仰宗周，衣冠拜冕旒」，乃是極具禮敬的起手劍招。但當年戚長發向狄雲說劍之時，卻將這招的名稱說做「飯角讓粽臭，一官拜馬猴」。意思是說：「我是好好的大米飯，你是一隻臭粽子，外表上讓你一下，恭敬你一下，我心裏可在罵你！我是官，你是猴子，我拜你，是官拜畜生。」狄雲見他施出這一招，心下更怒，當下也是長劍一立，低頭躬身，還了他一招「飯角讓粽臭，一官拜馬猴」，針鋒相對，毫不示弱。

他只這麼一躬身，身子尚未站直，長劍劍尖已向孫均小腹上刺了過去。萬門羣弟子齊聲驚呼。孫均迴劍擋格，錚的一聲，雙劍相擊，兩人手臂上各是一麻。

魯坤道：「師父，你瞧這小子下手狠不狠？他簡直是要孫師弟的命啊。」萬震山心下暗暗驚異：「這鄉下小子幹麼如此憤激，一上來就是拚命？」

但聽得錚錚錚錚數聲連響，狄雲和孫均快劍相搏，拆到十餘招後，孫均長劍微斜，小腹間露出破綻。狄雲一聲大喝，挺劍直進，孫均迴過長劍，已將他長劍壓住，左手出掌，啪的一聲，正擊在他胸口。萬門羣弟子齊聲喝采，有人叫了起來：「一個也打不過，還吹大氣打八個麼？」狄雲身子退晃，抽起長劍，猶如疾風驟雨般一陣猛攻。孫均擋得幾招，發劍回攻，狄雲突然間長劍抖動，噗的一聲輕響，已刺入了孫均肩頭，正是那老丐所授的「刺肩式」。

這一招「刺肩式」突如其來，誰也料想不到。但見孫均肩頭鮮血長流，身子搖晃，萬門羣弟子齊聲呼喝。魯坤和周圻雙劍齊出，向狄雲攻了上去。狄雲長劍左一刺，右一戳，噗噗兩聲，魯坤和周圻右肩分別中劍，手中長劍先後落地。

萬震山沉著臉，叫了聲：「很好！」

萬圭提劍搶上，凝目怒瞪狄雲，突然一聲暴喝，颼颼颼連刺三劍。狄雲順勢擋開，劍交左手，右手反將過來，啪的一聲響，重重打了他一記耳光。這一招更加來得突然，萬圭一怔之間，狄雲已飛起左腿，踹在他胸口。萬圭抵受不住，坐倒在地。卜垣搶上相扶，狄雲不讓他走近，挺劍刺出，卜垣只得舉劍招架。吳坎、馮坦、沈城三人見狄雲如此兇猛，而萬圭坐在地下，一時站不起身，驚怒之下，各操兵刃圍了上來。

戚長發雙目瞪視，臉色茫然，不知如何是好。

戚芳叫道：「爹爹，他們大夥兒打師哥一人，快，快救他啊。」拔出腰間佩劍，搶在狄雲身邊，代他擋開吳坎與馮坦刺來的兩劍。

忽然聽得鐵鍊曳地的聲音，四名獄卒架了那兇徒回來，狄雲睜開眼來，只見那兇徒全身是血，顯是剛給狠狠的拷打了一頓。

二　牢獄

萬家的家丁婢僕聽得兵刃相交，都擁到廳上觀鬥。叮叮噹噹兵刃撞擊聲中，白光閃耀，一柄柄鐵劍飛了起來。一柄跌入了人叢，衆婢僕登時亂作一團，一柄摔上了席面，更有一柄直插入頭頂橫樑。頃刻之間，卜垣、吳坎、馮坦、沈城四人手中的長劍，都讓狄雲以「去劍式」絞奪脫手。

萬震山雙掌一擊，笑道：「很好，很好！戚師弟，難爲你練成了『連城劍法』！恭喜，恭喜！」聲音中卻滿是淒涼之意。

戚長發一呆，問道：「甚麼『連城劍法』？」

萬震山道：「狄世兄這幾招，不是『連城劍法』是甚麼？坤兒、圻兒、圭兒，大夥都回來。你們狄師兄學的是戚師叔的『連城劍法』，你們如何是他敵手？」又向戚長發冷笑道：「師弟，你裝得眞像，當眞大智若愚！『鐵鎖橫江』，委實了不起。」

狄雲連使「刺肩式」、「耳光式」、「去劍式」三路劍招，片刻之間便將萬門八弟子打得大敗虧輸，自是得意，只勝來如此容易，心中反而胡塗了，不由得手足無措，瞧瞧師父，瞧瞧師妹，又瞧瞧師伯，不知說甚麼話好。戚長發走近身去，接過他手中鐵劍，突然劍尖抖起，指向他咽喉，喝道：「這些劍招，你跟誰學的？」

狄雲大吃一驚，他本來凡事不敢瞞騙師父，但那老丐說得淸淸楚楚，若洩露了傳劍之事，定要送了那老丐性命，自己因此而立下重誓，決不吐露一字半句，便道：「師……師父，是弟子……弟子自己想出來的。」

戚長發喝道：「你自己想得出這般巧妙的劍招？你……你竟膽敢對我胡說八道！再不實說，我一劍要了你小命。」手腕向前略送，劍尖刺入他咽喉數分，劍尖上已滲出鮮血。

戚芳奔了過來，抱住父親手臂，叫道：「爹！師哥跟咱們寸步不離，又有誰能教他武功了？這些劍招，不都是你老人家教他的麼？」

萬震山冷笑道：「戚師弟，你何必再裝腔作勢？令愛都說得明明白白了。『鐵鎖橫江』的高明手段，不必使在自己師哥身上。來來來！老哥哥賀你三杯！」說著滿滿斟了兩杯酒，仰脖子先喝了一杯，說道：「做哥哥的先乾爲敬！你不能不給我這個面子。」

戚長發哼的一聲，抛劍在地，回身接過酒杯，連喝了三杯，側過了頭沉思，滿臉疑雲，喃喃說道：「奇怪，奇怪！」

萬震山道：「戚師弟，我有一件事，想跟你談談，咱們到書房中去說。」戚長發點了點頭。萬震山攜著他手，師兄弟倆並肩走向書房。

萬門八弟子面面相覷。有的臉色鐵青，有的喃喃咒罵。

沈城道：「我小便去！給狄雲這小子這麼一下子，嚇得我屎尿齊流。」魯坤沉臉喝道：「八師弟，你丟的醜還不夠麼？」沈城伸了伸舌頭，匆匆離席。他走出廳門，到廁所去轉了轉，躡手躡腳的便走到書房門外，側耳傾聽。

只聽得師父的聲音說道：「戚師弟，十多年來揭不破的謎，到今日才算眞相大白。」聽得戚長發的聲音道：「小弟不懂，甚麼叫做眞相大白。」

「那還用我多說麼？師父他老人家是怎麼死的？」

「師父失落了一本練武功的書，找來找去找不到，鬱鬱不樂，就此逝世。你又不是不知道，何必問我？」

「是啊。這本練武的書，叫做甚麼名字？」

「我怎麼知道？你問我幹甚麼？」

「我卻聽師父說過，叫做『連城訣』。」

「甚麼練成、練不成的，我半點也不懂。」

「知之者不如好之者，好之者不如甚麼？」

「不如樂之者！」

「嘿嘿，哈哈，呵呵！」

「有甚麼好笑？」

「你明明滿腹詩書，卻裝作粗魯不文。咱們同門學藝十幾年，誰還不知道誰的底？你不懂『連城訣』三字，又怎背得出《論語》、《孟子》？」

「你是考較我來了，是不是？」

「拿來！」

「拿甚麼來？」

「你自己知道，還裝甚麼蒜？」

「我戚長發向來就不怕你。」

沈城聽師父和師叔越吵越大聲，害怕起來，急奔回廳，走到魯坤身邊低聲道：「大師兄，師父跟師叔吵了起來，只怕要打架！」

魯坤一怔，站起身來道：「咱們瞧瞧去！」周圻、萬圭、孫均等都急步跟去。

戚芳拉拉狄雲的衣袖，道：「咱們也去！」狄雲點點頭，剛走出兩步，戚芳將一柄長劍塞在他手中。狄雲一回頭，只見戚芳左手中提著兩把長劍。狄雲問道：「兩把？」戚芳道：「爹沒帶兵刃！」

萬門八弟子都臉色沉重，站在書房門外。狄雲和戚芳站得稍遠。十個人屏息凝氣，聽著書房中兩人爭吵。

「戚師弟，師父他老人家的性命，明明是你害死的。」那是萬震山的聲音。

「放屁，放你媽的屁，萬師哥，你話說得明白些，師父怎麼會是我害死的？」戚長發盛怒之下，聲音大異，變得十分嘶啞。

「師父他那本《連城訣》，難道不是你戚師弟偷去的？」

「我知道甚麼連人、連鬼的？萬師哥，你想誣賴我姓戚的，可沒這麼容易。」

「你徒兒剛才使的劍招，難道不是連城劍法？為甚麼這般輕靈巧妙？」

「我徒兒生來聰明，是他自己悟出來的，連我也不會。那裏是甚麼連城劍法了？你叫卜垣來請我，說你已練成了連城劍法，我正要向你請問。這兩天你做壽太忙，還沒問。萬師哥，你說過這話沒有？咱們叫卜垣來對證啊！」

門外各人的眼光一齊向卜垣瞧去，見他神色甚為難看，顯然戚長發的話不假。狄雲和戚芳對視一眼，都點了點頭，心想：「卜垣這話我也聽見的，要想抵賴那可不成。」

只聽萬震山哈哈笑道：「我自然說過這話。若不是這麼說，如何能騙得你來。戚長發，我來問你，你說從來沒聽見過『連城劍法』的名字，爲甚麼卜垣一說我已練成連城劍法，你就巴巴的趕來？你還想賴嗎？」

「啊哈，姓萬的，你是騙我到江陵來的？」

「不錯，你將劍訣交出來，再到師父墳上磕頭謝罪。」

「爲甚麼要交給你？」

「哼，我是大師兄。」

房中沉寂了半晌，只聽戚長發嘶啞的聲音道：「好，我交給你。」

門外衆人一聽到「好，我交給你」這五個字，都不由自主的全身一震。狄雲和戚芳恨不得有個地洞可以鑽將下去。魯坤等八人向狄戚二人投以鄙夷之色。戚芳又氣惱，又感到萬分屈辱，眞想不到爹爹竟會做出這等不要臉的事來。

突然之間，房中傳出萬震山長聲慘呼，悽厲異常。

萬圭驚叫：「爹！」飛腿踢開房門，搶了進去。只見萬震山倒在地下，胸口插著一柄明晃晃的匕首，身邊都是鮮血。窗子大開，兀自搖晃，戚長發卻已不知去向。

萬圭哭叫：「爹，爹！」撲到萬震山身邊。

戚芳口中低聲也叫：「爹，爹！」身子顫抖，握住了狄雲的手。

魯坤叫道：「快，快追兇手！」和周圻、孫均等紛紛躍出窗去，大叫：「捉兇手，捉兇手啊！」狄雲見萬門八弟子出去追趕師父，這一下變故，嚇得他六神無主，不知如何才好。

戚芳又叫了一聲：「爹爹！」身子連晃，站立不定。狄雲忙伸手扶住，低下頭來，但見萬震山的屍身雙目緊閉，臉上神情猙獰可怖，想是臨死時受到極大痛苦。

狄雲不敢再看，低聲道：「師妹，咱們走不走？」戚芳尚未回答，只聽得身後一個聲音說道：「你們是謀殺我師父的同犯，可不能走！」

狄雲和戚芳回過頭來，只見一柄長劍的劍尖指著戚芳後心，劍柄抓在卜垣手裏。狄雲大怒，待欲反唇相稽，但話到口邊，想到師父手刃師兄，那還有甚麼話可說？不由得低下了頭，一言不發。

卜垣冷冷的道：「兩位請回到自己房去，待咱們拿到戚長發後，一起送官治罪。」狄雲道：「此事全由我一人身上而起，跟師妹毫不相干。你們要殺要剮，找我一人便了。」卜垣猛力推他背心，喝道：「走罷，這可不是你逞好漢的時候。」狄雲只聽到外面「捉兇手啊，捉兇手啊！」的聲音，跟著街上噹、噹、噹的鑼聲響了起來，奔走呼號之聲，亂成一片，心中說不出的羞愧難當，又害怕之極，咬了咬牙，走向自己房去。

戚芳哭道：「師哥，那……那怎麼得了？」狄雲哽咽道：「我……我不知道。我去跟師父抵罪好了。」戚芳哭道：「爹爹，他……他到那裏去了？」掩臉走進自己房中。

狄雲坐在房中，心亂如麻，手足無措。其時距萬震山被殺已有兩個多時辰，他兀自呆呆坐在桌前，望著燒得只賸半寸的殘燭，不知如何是好。

這時追趕戚長發的衆人都已回轉。「兇手逃出城去了，追不到啦！」「無論如何要捉到兇手，給師父報仇！」「只怕兇手亡命江湖，再也尋他不著。」「哼！便追到天涯海角，也要捉到他碎屍萬段。」「明日大撒江湖帖子，要請武林英雄主持公道，共同追殺這卑鄙無恥的兇手。」「對，對！咱們把兇手的女兒和姓狄的小狗先宰了，祭拜師父的英靈。」「不！待明天縣太爺來驗過了屍首再說。」萬門家人弟子這些大聲議論，狄雲與戚芳都聽在耳裏，這時也都停息了。

狄雲想叫師妹獨自逃走，但想：「她年紀輕輕一個女子，流落江湖，有誰來照顧？我帶著她一同逃走罷？不，禍事由我身上而起，若不是我逞強出頭，跟萬家衆師兄打架生事，萬師伯怎會疑心我師父盜了甚麼『連城劍』劍訣？我師父最老實不過，怎會去偷甚麼劍訣？這三招劍法是那個老乞丐教我的啊。可是師父已殺了人，我這時再說出來，旁人也決不相信。我實在罪大惡極，都是我一人不好。我明天要當衆言明，爲師父辯白。可是……可是萬師伯明明是師父殺的，師父的惡名怎能洗刷得了？不，我決不能逃走，我留著給師父抵罪，讓他們殺我好了！」

正自思潮起伏，忽聽得外面屋頂上喀喇一聲輕響，一抬頭，只見一條黑影自西而東，從屋頂上縱躍而過，他險些叫出「師父」來，但凝目看去，那人身形又高又瘦，決不是師父。跟著又有一個人影緊接著躍過，這次更看明白那人手握單刀。

他心想：「他們是在搜尋師父麼？難道師父還在附近，並沒走遠？」正思疑間，忽聽得東邊屋中傳來一聲女子的驚呼。他大吃一驚，握住劍柄，立即躍起，首先想到的便是：「他們在欺侮師妹？」跟著又聽得一聲女子的呼喊：「救命！」

這聲音似乎並非戚芳，但他關心太切，那等得及分辨是否戚芳遇險，縱身便從窗口躍了出去，剛站上屋簷，又聽得那女子驚叫：「救命！救命！」

他循聲奔去，只見東邊樓上透出燈光，一扇窗子兀自搖動。他縱到窗邊，往裏張去，只見一個女子雙手給反綁在背後，橫臥在床，兩條漢子伸出手去摸她臉頰，另一個卻要解她衣衫。狄雲不認得這女子是誰，但見她已嚇得臉無人色，在床上滾動掙扎，大聲呼救。

他自己雖在難中，但見此情景，不能置之不理，當即連劍帶人從窗中撲將進去，挺劍刺向左邊那漢子的後心。右邊的漢子舉起椅子擋格，左邊的漢子已拔出單刀，砍了過來。狄雲見這兩人臉上都蒙了黑布，只露出一對眼睛，喝道：「大膽惡賊，留下命來！」唰唰唰連刺三劍。

兩條漢子不聲不響，各使單刀格打。一名漢子叫道：「呂兄弟，扯呼！」另一人道：「算他萬震山運氣，下次再來報仇！」雙刀齊舉，往狄雲頭上砍來。

狄雲見來勢兇猛，閃身避過。一條漢子飛足踢翻桌子，燭台摔下，房中登時黑漆一團。只聽得呼呼聲響，兩人躍出窗子，跟著乒乓連響，幾塊瓦片擲將過來。黑暗中狄雲看不清楚，而這高來高去的輕身功夫他原也不擅長，不敢追出。

他心想：「其中一個賊子姓呂，多半是呂通一夥報仇來了。他們還不知萬師伯已死。」忽聽床上那女子叫道：「啊喲，我胸口有一把小刀，快給我拔出來。」狄雲吃了一驚，道：「賊人刺中了你？」那女子呻吟道：「刺中了！刺中了！」

狄雲道：「我點亮蠟燭給你瞧瞧。」那女子道：「你過來，快，快過來！」狄雲聽她說得驚慌，走近一步，道：「甚麼？」

突然之間，那女子張開手臂，將他攔腰抱住，大聲叫道：「救命啊，救命啊！」

狄雲這一驚比適才更加厲害，明明見她雙手已給反綁了，怎麼會將自己抱住？忙伸手去推，想脫開她摟抱，不料這女子死命的牢牢抱住他腰，一時竟推她不開。

忽然間眼前光亮，窗口伸進兩個火把，照得房中明如白晝，好幾個人同時問道：「甚麼事？甚麼事？」那女子叫道：「採花賊，採花賊！謀財害命啊，救命，救命！」

狄雲大急，叫道：「你……你……你怎麼不識好歹？」伸手往她身上亂推。那女子本來抱著他腰，這時卻全力撐拒，叫道：「別碰我，別碰我！」

狄雲正待逃開，忽覺後頸中一陣冰冷，一件兵器已架在頸中。他正待分辯，驀地裏白光閃動，只覺右掌猛地劇痛，噹啷一聲，自己手中的鐵劍跌落地板。他俯眼看時，嚇得幾乎暈了過去，只見自己右手的五根手指已給人削落，鮮血如泉水般噴將出來，慌亂中斜眼瞥去，但見吳坎手持帶血長劍，站在一旁。

他只說得一聲：「你！」飛起右足便往吳坎踢去，突然間後心遭人猛力一拳，一個踉蹌，撲跌在那女人身上。那女人又叫：「救命啊，採花賊啊！」只聽得魯坤的聲音說道：「將這小賊綁了！」

狄雲雖是個從沒見過世面的鄉下少年，此刻也明白是落入了人家布置的陰毒陷阱之中。他急躍而起，翻過身來，正要向魯坤撲去，忽然見到一張蒼白的臉，卻是戚芳。

狄雲一呆，只見戚芳站在魯坤身旁，臉上的神色又傷心，又鄙夷，又憤怒。他叫道：「師妹！」戚芳突然滿臉脹得通紅，顫聲道：「你爲甚麼……爲甚麼這樣？」狄雲滿腹冤屈，這時如何說得出口？

戚芳「啊」的一聲，哭了出來，全身顫抖，說道：「我……我還是死了的好！」見狄雲右手五指全遭削落，心中又是一痛，咬緊牙齒，撕下自己布衫上一塊衣襟，走近身來，爲他包紮傷口。這時她臉色卻又變得雪白。

狄雲痛得幾次便欲暈去，但強自支持不倒，只咬得嘴唇出血，一句話也說不出來了。

魯坤道：「小師娘，這狗賊膽敢對你無禮，咱們定然宰了他給你出氣。」原來這女子是萬震山的小妾。她雙手掩臉，嗚嗚哭喊，說道：「他……他說你們師父已經死了，叫我跟從他。他說戚姑娘的父親殺了人，要連累到他。他……他又說已得了好多金銀珠寶，發了大財，叫我立刻跟他遠走高飛，一生吃著不完……」

狄雲腦海中混亂一片，只喃喃的道：「假的……假的……」

周圻大聲道：「去，去！去搜這小賊的房！」

衆人將狄雲推推拉拉，擁向他房中。戚芳茫然跟在後面。

萬圭卻道：「大家不可難爲狄師哥，事情沒弄明白，可不能冤枉了好人！」周圻怒道：「還有甚麼不明白的？這小子是屁好人！」萬圭道：「我瞧他倒不是爲非作歹之人。」周圻道：「剛才你沒親耳聽見麼？沒親眼瞧見麼？」萬圭道：「我瞧他是多飲了幾杯，不過是酒後亂性。」吳坎大聲道：「他明明是想強姦小師娘！」萬圭道：「這人是個老實頭，未必有這麼大膽！」

這許多事紛至沓來，戚芳早沒了主意，聽萬圭這麼爲狄雲分辯，心下暗暗感激，低聲道：「萬師兄，我師哥……的確不是那樣的人。」

萬圭道：「是啊，我說他只喝醉了酒，偷錢是一定不會的。」

說話之間，衆人已推著狄雲，來到他房中。沈城雙眼骨碌碌的在房中轉了轉，一矮身，伸手在床底下拉出一個重甸甸的包裹，但聽得叮叮噹噹，金屬撞擊之聲亂響。狄雲更加驚得呆了，只見沈城解開包裹，滿眼都是壓扁了的金器銀器、酒壺酒杯，不一而足，都是萬府中酒筵上的物事。

戚芳一聲驚呼，伸手扶住了桌子。

萬圭安慰道：「戚師妹，你別驚慌，咱們慢慢想法子。」

馮坦揭起被褥，又是兩個包裹。沈城和馮坦分別解開，一包是銀錠元寶，另一包卻是女子的首飾，珠花項鍊、金鐲金戒的一大堆。

戚芳此時更沒懷疑，怨憤欲絕，恨不得立時便橫劍自刎。她自幼和狄雲一同長大，心目中早便當他是日後的夫郎，那料到這個自己一向愛重的情侶，竟會在自己橫逢大禍之時，要和別的女人遠走高飛。難道這個妖妖嬈嬈的女子，便當眞迷住了他麼？看來還是他害怕受爹爹連累，想獨自逃走？

魯坤大聲喝罵：「臭小賊，贓物俱在，還想抵賴麼？」左右開弓，重重打了狄雲兩記耳光。狄雲雙臂給孫均、吳坎分別抓住了，沒法擋格，兩邊臉頰登時高高腫起。

魯坤打發了性，一拳拳擊向他胸口。戚芳叫道：「別打，別打，有話好說。」

周圻道：「打死這小賊，再報官！」說著也是一拳。狄雲口一張，噴出一大口鮮血來。馮坦挺劍上前，道：「將他左手也割下了，瞧他能不能再幹壞事？」孫均提起狄雲的左臂，馮坦舉劍便要砍下。

戚芳「啊」的一聲急叫。萬圭道：「大夥瞧我面上，別難為他了，咱們立刻就送官。」戚芳見馮坦緩緩收劍，她兩行珠淚順著臉頰滾了下來，向萬圭望了一眼，眼色中充滿感激之情。

「一五，一十，十五，二十……」

差役口中數著，木棍著力往狄雲的後腿上打去。狄雲身子給另外兩個差役按著，木棍一下又一下的落下來。和他心中痛楚相比，這些擊打根本算不了甚麼，甚至他右掌上的痛楚也算不了甚麼。他心中只是想：「連芳妹也當我是賊，連她也當我是賊！」

「二十五……三十……三十五……四十……」粗大的木棍從空中著力揮落，肌膚腫了，破裂了，鮮血沾到了他衣褲上，濺在四周地下。

狄雲在監獄的牢房中醒來時，兀自昏昏沉沉，不知自己身處何地，也不知時候已過了多久，漸漸的，他感到了右手五根手指斷截處的疼痛，又感到了背上、腿上、臀上給木棍擊打處的疼痛。他想翻過身來，好讓創痛處不壓在地上，突然之間，兩處肩頭一陣難以形容的劇烈疼痛，又使他暈了過去。

待得再次醒來，他首先聽到了自己聲嘶力竭的呻吟，接著感到全身各處的劇痛。可是為甚麼肩頭卻痛得這麼厲害？為甚麼這疼痛竟如此的難以忍受？他只感到說不出的害怕，良久良久，竟不敢低下頭去看。「難道我兩個肩膀都給人削去了嗎？」隔了一陣，忽然聽到鐵器的輕輕撞擊之聲，一低頭，只見兩條鐵鍊從自己雙肩垂了下來。他驚駭之下，側頭看時，只嚇得全身發顫。

這一顫抖，兩肩處更痛得兇了。原來這兩條鐵鍊竟是從他肩胛的琵琶骨處穿過，和他雙手的鐵鐐、腳踝上的鐵鏈鎖在一起。穿琵琶骨，他曾聽師父說過的，那是官府對付最兇惡的江洋大盜的法子，任你武功再強，琵琶骨給鐵鍊穿過，半點功夫也使不出來了。霎時之間，心中轉過了無數念頭：「為甚麼要這樣對付我？難道他們眞的以為我是大盜？我這樣受冤枉，難道官老爺查不出麼？」

在知縣的大堂之上，他曾斷斷續續的訴說經過，但萬震山的小妾桃紅一力指證，意圖強姦的是他而不是別人。萬家八個弟子和許多家人都證實，親眼看到他抱住了桃紅，看到那些賊贓從他床底下、被褥底下搜出來。衙門裏的差役又都說，荊州萬家武功高強，威名遠震，那有甚麼盜賊敢去打主意？

狄雲記得知縣相貌清秀，面目很慈祥。他想知縣大老爺一時誤信人言，冤枉了好人，但終究會查得出來。可是，右手五根手指給削斷了，以後怎麼再能使劍？

他滿腔憤怒，滿腹悲恨，不顧疼痛的站起身來，大聲叫喊：「冤枉，冤枉！」忽然腿上一陣酸軟，俯身向地直摔了下去。他掙扎著又想爬起，剛剛站直，兩肩劇痛，腿膝酸軟，又向前摔倒。他爬在地下，仍不住口的大叫：「冤枉，冤枉！」

屋角中忽有一個聲音冷冷的說道：「給人穿了琵琶骨，一身功夫都廢了，嘿嘿，嘿嘿！下的本錢可眞不小！」狄雲也不理說話的是誰，更不去理會這幾句話是甚麼意思，仍然大叫：「冤枉，冤枉！」

一名獄卒走了過來，喝道：「大呼小叫的幹甚麼？還不給我閉嘴！」狄雲叫道：「冤枉，冤枉！我要見知縣大老爺，求他伸冤。」那獄卒喝道：「你閉不閉嘴？」狄雲反而叫得更響了。

那獄卒獰笑一聲，轉身提了一隻木桶，隔著鐵欄，兜頭便將木桶向他身上倒了下去。狄雲只感一陣臭氣刺鼻，已不及閃避，全身登時濕透，這一桶竟是尿水。尿水淋上他身上各處破損的創口，疼痛更加倍的厲害。他眼前一黑，暈了過去。

他迷迷糊糊的發著高燒，一時喚著：「師父，師父！」一時又叫：「師妹，師妹！」接連三天之中，獄卒送了糙米飯來，他一直神智不清，沒吃過一口。

到得第四日上，身上高燒終於漸漸退了。各處創口痛得痲木了，已不如前幾日那麼劇烈難忍。他記起了自己的冤屈，張口又叫：「冤枉！」但這時叫出來的聲音微弱之極，只是斷斷續續的幾下呻吟。

他坐了一陣，茫然打量這間牢房。那是約莫兩丈見方的一間大石屋，牆壁都是一塊塊粗糙的大石所砌，地下也是大石塊鋪成，牆角落裏放著一隻糞桶，鼻中聞到的盡是臭氣和霉氣。

他緩緩轉過頭來，只見西首屋角之中，一對眼睛狠狠的瞪視著他。狄雲身子一顫，沒想到這牢房中居然還有別人。只見這人滿臉虬髯，頭髮長長的直垂至頸，衣衫破爛不堪，簡直如同荒山中的野人。他手上手銬，足上足鐐，和自己一模一樣，甚至琵琶骨中也穿著兩條鐵鍊。

狄雲心中第一個念頭竟是歡喜，嘴角邊閃過了一絲微笑，心想：「原來世界上還有如我一般不幸的人。」但隨即轉念：「這人如此兇惡，想必眞是個殺人放火、無惡不作的江洋大盜。他是罪有應得，我卻是冤枉！」想到這裏，不禁眼淚一連串的掉了下來。他受審被笞，鋃鐺入獄，雖吃盡了苦楚，卻一直咬緊牙關強忍，從沒流過半滴眼淚，到這時再也抑制不住，索性放聲大哭。

那虬髯犯人冷笑道：「裝得眞像，好本事！你是個戲子麼？」

狄雲不去理他，自管自的大聲哭喊。只聽得腳步聲響，那獄卒又提了一桶尿水過來。狄雲性子再硬，卻也不敢跟他頂撞，只得慢慢收住哭聲。那獄卒側頭向他打量，忽然說道：「小賊，有人瞧你來著。」

狄雲又驚又喜，忙道：「是……是誰？」那獄卒又側頭向他打量了一會，從身邊掏出一枚大鐵匙，開了外邊的鐵門。只聽得腳步聲響，那獄卒走過一條長長的甬道，又是開鐵門的聲音，接著是關鐵門、鎖鐵門的聲音，甬道中三個人的腳步聲音，向著這邊走來。

狄雲大喜，當即躍起，雙腿酸軟，便要摔倒，忙靠住身旁牆壁，這一牽動肩頭的琵琶骨，又是一陣大痛。但他滿懷欣喜，把疼痛全都忘了，大聲叫道：「師父，師妹！」他在世上只師父和師妹兩個親人，甬道中除獄卒外尚有兩人，自然是師父和師妹了。

突然之間，他口中喊出一個「師」字，下面這個「父」字卻縮在喉頭，張大了嘴，閉不攏來。從鐵門中進來的，第一個是獄卒，第二個是個衣飾華麗的英俊少年，卻是萬圭，第三個便是戚芳。她大叫：「師哥，師哥！」撲到了鐵柵欄旁。

狄雲走上一步，見到她一身綢衫，並不是從鄉間穿出來的那套新衣，第二步便不再跨了出去。但見她雙目紅腫，只叫：「師哥，師哥，你……你……」

狄雲問道：「師父呢？可……可找到了他老人家麼？」戚芳搖了搖頭，眼淚撲簌簌的掉了下來。狄雲又問：「你……你可好？住在那裏？」戚芳抽抽噎噎的道：「我沒地方去，暫且住在萬師哥家裏……」狄雲大聲叫道：「這是害人的地方，千萬住不得，快……快攔了出去。」戚芳低下了頭，輕聲道：「我……我又沒錢。萬師哥……待我很好，他這幾天……天天上衙門，花錢打點……搭救你。」

狄雲更加惱怒，大聲道：「我又沒犯罪，要他花甚麼錢？將來咱們怎生還他？知縣大老爺查明了我的冤枉，自會放我出去。」

戚芳「啊」的一聲，又哭了出來，恨恨的道：「你……你爲甚麼要做這種事？爲……爲甚麼要撇下我？」狄雲一怔，登時明白了，到這時候，師妹還是以爲桃紅的話是眞的，相信這幾包金銀珠寶確是自己偷的。他一生對戚芳又敬又愛，又憐又畏，甚麼事都跟她說，甚麼事都跟她商量，那知道一遇上這等大事，她竟和旁人絲毫沒分別，一般的也認爲自己去逼姦女子，偷盜金銀，以爲自己能做這樣的大壞事。

這瞬息之間，他心中感到的痛楚，比之肉體上所受的種種疼痛更勝百倍。他張口結舌，有千言萬語要向戚芳辯白，可是喉嚨忽然啞了，半句話也說不出來。他拚命用力，脹得面紅耳赤，但喉嚨舌頭總是不聽使喚，發不出絲毫聲音。

戚芳見到他這等可怖的神情，害怕起來，轉過了頭不敢瞧他。

狄雲使了半天勁，始終說不出一個字，忽見戚芳轉頭避開自己，不由得心中大慟：「她在恨我，恨我拋棄了她去找別個女子，恨我偷盜別人的金銀珠寶，恨我在師門有難之時想偷偷一人遠走高飛。師妹，師妹，你這麼不相信我，又何必來看我？」他再也不敢去瞧戚芳，慢慢轉頭來，向著牆壁。

戚芳回過臉來，說道：「師哥，過去的事，也不用再說了，只盼早日……早日得到爹爹訊息。萬師哥他……他在想法子保你出去……」

狄雲心中想說：「我不要他保。」又想說：「你別住在他家裏。」但越用力，全身肌肉越緊張抽搐，說不出一個字來。他身子不住抖動，鐵鍊錚錚作響。

那獄卒催道：「時候到啦。這是死囚牢，專囚殺人重犯，原是不許人探監的。上面要是知道了，我們可吃罪不起。姑娘，這人便活著出去，也是個廢人。你乘早忘了他，嫁個有錢的漂亮少爺罷！」說著向萬圭瞧了一眼，色迷迷的笑了起來。

戚芳求道：「大叔，我還有幾句話跟我師哥說。」伸手到鐵柵欄內，去拉狄雲的衣袖，柔聲說道：「師哥，你放心好啦，我一定求萬師哥救你出去，咱們一塊去找爹爹。」將一隻小竹籃遞了進去，道：「那是些臘肉、臘魚、熟鷄蛋，還有二兩銀子。師哥，我明天再來瞧你……」那獄卒不耐煩了，喝道：「大姑娘，你再不走，我可要不客氣啦！」

萬圭這時才開口道：「狄師兄，你放心罷。你的事就是我的事，小弟自會盡力向縣太爺求情，將你的罪定得越輕越好。」

那獄卒連聲催促，戚芳無可奈何，只得委委屈屈的走了出去，一步一回頭的瞧著狄雲，但見他便如一尊石像一般，始終一動不動的向著牆壁。

狄雲眼中所見的，只是石壁上的凹凸起伏，他真想轉過頭來，望一眼戚芳的背影，想叫她一聲「師妹」，可是不但口中說不出話，連頭頸也僵直了。他聽到甬道中三個人的腳步聲漸漸遠去，聽到開鎖、開鐵門的聲音，聽到甬道中獄卒一個人回來的腳步聲，心想：「她說明天再來看我。唉，可得再等長長的一天，我才能再見到她。」

他伸手到竹籃中去取食物。忽然一隻毛茸茸的大手伸將過來，將竹籃搶了過去，正是那個兇惡的犯人。只見他抓起籃中一塊臘肉，放入口中嚼了起來。

狄雲怒道：「這是我的！」他突然能開口說話了，自己覺得十分奇怪。他走上一步，想去搶奪。那犯人伸手一推，狄雲站立不定，一交向後摔出，砰的一聲，後腦撞在石牆之上。這時候他才明白「穿琵琶骨，成了廢人」的真正意思。

第二天戚芳卻沒來看他。第三天沒來，第四天也沒有。

狄雲一天又一天的盼望、失望，等到第十天上，他幾乎要發瘋了。他叫喚，吵鬧，將頭在牆上碰撞，但戚芳始終沒來，換來的只有獄卒淋來的尿水、那兇徒的毆擊。

過得半個月，他終於漸漸安靜下來，變成一句話也不說。

一天晚上，忽然有四名獄卒走進牢來，手中都執著鋼刀，押了那兇徒出去。

狄雲抬頭望窗，見天空月亮正圓，心想：「是押他出去處決斬首罷？他倒好，以後不用再挨這苦日子了，我也不用再受他欺侮。」過了良久，他在睡夢之中，忽然聽得鐵鍊曳地的聲音，四名獄卒架了那兇徒回來。狄雲睜開眼來，只見那兇徒全身是血，顯是剛給狠狠的拷打了一頓。

那囚徒一倒在地下，便即昏迷不醒。狄雲待四個獄卒去後，借著照進牢房來的月光打量他時，只見他臉上、臂上、腿上，都是酷遭笞打的血痕。狄雲雖然連日受他欺侮，見了這等慘狀，不由得心有不忍，從水缽中倒了些水，餵著他喝。

那囚徒緩緩醒轉，睜眼見是狄雲，突然舉起鐵銬，猛力往他頭上砸落。狄雲力氣雖失，應變的機靈尚在，忙閃身相避，不料那囚犯雙手力道並不使足，半途中迴將過來，砰的一聲，重重砸在他腰間。狄雲立足不定，向左直跌出去。他手足都有鐵鍊與琵琶骨相連，登時劇痛難當，不禁又驚又怒，罵道：「瘋子！」

那囚徒狂笑道：「你這苦肉計，如何瞞得過我，乘早別來打我主意。」

狄雲只覺脅間肋骨幾乎斷折，痛得話也說不出來，過得半晌，才道：「瘋子，你自身難保，有甚麼主意給人好打？」那囚徒躍上前來，在他身上重重踢了幾腳，喝道：「我看你這小賊年紀還輕，不過是受人指使，否則我不踢死你才怪。」

狄雲氣得身上的痛楚也自忘了，心想無辜受這牢獄之災，已是不幸，而與這不可理喩的瘋漢同處一室，更是不幸之中再加不幸。

到了第二個月圓之夜，那囚犯又讓四名帶刀獄卒帶了出去，拷打一頓，送回牢房。這一次狄雲學了乖，任他模樣如何慘不忍睹，始終不去理會。不料不理也是不成，那囚徒一口氣沒處出，儘管遍體鱗傷，還是來找他晦氣，不住吆喝：「你奶奶的，你再臥底十年八年，老子也不上你當。」「人家打你祖宗，你祖宗就打你這孫子！」「咱們就這麼耗著，瞧是誰受的罪多？」似乎他身受拷打，全是狄雲的不是，又打又踢，鬧了半天。

此後每到月亮將圓，狄雲就愁眉不展，知道慘受荼毒的日子近了。果然每月十五，那囚犯總是給拉出去經受一頓拷打，回來後就轉而對付狄雲。總算狄雲年紀甚輕，身強力壯，每個月挨一頓打，倒也經受得起，有時不免奇怪：「我琵琶骨給鐵鍊穿後，力氣全無。這瘋漢一般的給鐵鍊穿了琵琶骨，怎地仍有一身蠻力？」幾次鼓起勇氣詢問，但只須一開口，那瘋漢便拳足交加，此後只好半句話也不向他說。

如此忽忽過了數月，冬盡春來，在獄中將近一年。狄雲慢慢慣了，心中的怨憤、身上的痛楚，也漸漸痲木了。這些時日中，他爲了避開瘋漢的毆辱，正眼也不瞧他一下。只要不跟他說話，目光不與他相對，除了月圓之夕，那瘋漢平時倒也不來招惹。

這日清晨，狄雲眼未睜開，聽得牢房外燕語呢喃，突然間想起從前常和戚芳在一起觀看燕子築巢的情景，雙雙燕子，在嫩綠的柳葉間輕盈穿過。心中驀地一酸，向燕語處望去，只見一對燕子漸飛漸遠，從數十丈外高樓畔的窗下掠過。他長日無聊，常自遙眺紗窗，猜想這樓中有何人居住，但窗子老是緊緊關著，窗檻上卻終年不斷的供著盆鮮花，其時春光爛漫，窗檻上放的是一盆茉莉。

正在胡思亂想，忽聽得那瘋漢輕輕一聲嘆息。這一年來，那瘋漢不是狂笑，便是罵人，從來沒聽見他嘆過甚麼氣，何況這聲嘆息之中，竟頗有憂傷、溫柔之意。狄雲忍不住轉過頭去，只見那瘋漢嘴角邊帶著一絲微笑，臉上神色誠摯，不再是那副兇悍惡毒的模樣，雙眼正凝望那盆茉莉。狄雲怕他覺察自己在偷窺他臉色，忙轉過頭不敢再看。

自從發現了這秘密後，狄雲每天早晨都偷看這瘋漢的神情，但見他總是臉色溫柔的凝望著那盆鮮花，從春天的茉莉、玫瑰，望到了秋天的丁香、鳳仙。這半年之中，兩個人幾乎沒說上十句話。月圓之夜的毆打，也變成了一個悶打，一個悶挨。狄雲早覺察到，只要自己一句話不說，這瘋漢的怒氣就小得多，拳腳落下時也輕得多。他心想：「再過得幾年，恐怕我連怎麼說話也要忘了。」

這瘋漢雖橫蠻無理，卻也有一樣好處，嚇得獄卒輕易不敢到牢房中囉唕。有時獄卒給他罵得狠了，不送飯給他，他就奪狄雲的飯吃。倘若兩人的飯都不送，那瘋漢餓上幾天也漫不在乎。

那一年十一月十五，那瘋漢給苦打一頓之後，忽然發起燒來，昏迷中儘說胡話，前言不對後語，狄雲依稀只聽得他常常呼喚著兩個字，似乎是「雙花」，又似「傷懷」。狄雲初時不敢理會，但到得次日午間，聽他不斷呻吟的說：「水，水，給我水喝！」忍不住在瓦缽中倒了些水，湊到他嘴邊，嚴神戒備，防他又雙手毆擊過來。幸好這一次他乖乖的喝了水，便即睡倒。

當天晚上，竟又來了四個獄卒，架著他出去又拷打了一頓。這次回來，那瘋漢的呻吟聲已若斷若續。一名獄卒狠狠的道：「他倔強不說，明兒再打。」另一名獄卒道：「乘著他神智不清，咱們趕緊得逼他說出來。說不定他這一次要見閻王，那可不美。」

狄雲和他在獄中同處已久，雖苦受他欺凌折磨，可也真不願他這麼便死在獄卒的手下。十七那一天，狄雲服侍他喝了四五次水。最後一次，那瘋漢點了點頭示謝。自從同獄以來，狄雲首次見到他的友善之意，突然之間，心中感到了無比歡喜。

這天二更過後，那四名獄卒果然又來了，打開了牢門。狄雲心想這一次那瘋漢若再經拷打，那是非死不可，忽然將心一橫，跳起來攔在牢門前，喝道：「不許進來！」一名高大的獄卒邁步過來，罵道：「賊囚犯，滾開。」狄雲手上無力，猛地裏低頭一口咬去，將他右手食中兩指咬得鮮血淋漓，牙齒深及指骨，兩根手指幾乎都咬斷了。那獄卒大吃一驚，反身跳出牢房，嗆啷一聲，一柄單刀掉在地下。

狄雲俯身搶起，呼呼呼連劈三刀，他手上雖無勁力，但以刀代劍，招數仍頗精妙。一名肥胖的獄卒仗刀直進，狄雲身子略側，一招「大母哥鹽失，長鵝鹵翼圓」（其實是「大漠孤煙直，長河落日圓」），單刀轉了個圓圈，唰的一刀，砍在他腿上。那獄卒嚇得連滾帶爬的退了出去。這一來血濺牢門，四名獄卒見他勢若瘋虎，形同拚命，倒也不敢輕易搶進，在牢門外將狄雲的十八代祖宗罵了個臭死。狄雲一言不發，只守住獄門。那四名獄卒居然沒去搬求援軍，眼看攻不進來，罵了一會，也就去了。

接連四天之中，獄卒既不送飯，也不送水。狄雲到第五天時，渴得再也難以忍耐。那瘋漢更嘴唇也焦了，忽道：「你假裝要砍死我，這狗娘養的非拿水來不可。」狄雲不明其理，但想：「不管有沒有用，試試也好！」當下大聲叫道：「再不拿水來，我將這瘋漢先砍死再說。」反過刀背，在鐵柵欄上碰得噹噹噹的直響。

只見那獄卒匆匆趕來，大聲吆喝：「你傷了他一根毫毛，老子用刀尖在你身上戳一千一萬個窟窿。」跟著便拿了清水和冷飯來。

狄雲餵著那瘋漢吃喝已畢，問道：「他要折磨你，可又怕我殺了你，爲甚麼這樣？」

那瘋漢雙目圓睜，舉起瓦缽劈頭向他砸去，罵道：「你這番假惺惺的買好，我就上了你當麼？」乒乓一聲，瓦缽破碎，狄雲額頭鮮血涔涔而下。他茫然退開，心想：「這人狂性又發作了！」

但此後逢到月圓之夜，那些獄卒雖一般的將那瘋漢提出去拷打，他回來卻不再在狄雲身上找補。兩人仍並不交談，狄雲要是向他多瞧上幾眼，醋缽大的拳頭還是一般招呼過來。那瘋漢只有在望著對面高樓窗檻上的鮮花之時，臉上目中，才露出一絲溫柔神色。狄雲自也不懂甚麼是溫柔，只覺他忽然和善了些。

到第四年春天，狄雲心中已無出獄之念，雖夢魂之中，仍不斷想到師父和師妹，但師父的影子終於慢慢淡了。師妹那壯健婀娜的身子，紅紅的臉蛋，黑溜溜的大眼睛，在他心底卻仍和三年多前一般清晰。

他已不敢盼望能出獄去再和師妹相會，每天可總不忘了暗暗向觀世音菩薩祝禱，只要師妹能再到獄中來探望他一次，便天天受那瘋漢的毆打，也所甘願。

戚芳始終沒來。

有一天，卻有一個人來探望他。那是個身穿綢面皮袍的英俊少年，笑嘻嘻的道：「狄師兄，你還認得我麼？我是沈城。」隔了三年多，他身材已長高了，狄雲幾乎已認他不出。狄雲心中怦怦亂跳，只盼能聽到師妹的一些訊息，問道：「我師妹呢？」

沈城隔著柵欄，遞了一隻籃子進來，笑道：「這是我萬師嫂送給你的。人家可沒忘了舊相好，大喜的日子，巴巴的叫我送兩隻鷄、四隻豬蹄、十六塊喜糕來給你。」

狄雲茫然問道：「那一個萬師嫂？甚麼大喜的日子？」

沈城哈哈一笑，滿臉狡譎的神色，說道：「萬師嫂嘛，就是你的師妹戚姑娘了。今天是她和我萬師哥拜堂成親的好日子。她叫我送喜糕雞肉給你，那不是挺夠交情麼？」

狄雲身子一晃，雙手抓住鐵柵，顫聲怒道：「你……你胡說八道！我師妹怎能……怎能嫁給那姓萬的？」

沈城笑道：「我恩師給你師父刺了一刀，幸好沒死，後來養好了傷，過去的事，既往不咎。你師妹住在我萬師哥家裏，這三年來卿卿我我，說不定……說不定……哈哈，明年擔保給生個白白胖胖的娃娃。」他年紀大了，說話更加油腔滑調，流氣十足。

狄雲耳中嗡嗡作響，似乎聽到自己口中問道：「我師父呢？」似乎聽到沈城笑道：「誰知道呢？他只道自己殺了人，還不高飛遠走？怎麼還敢回來？」又似乎聽到沈城笑道：「萬師嫂說，你在牢裏安心住下去罷，待她生得三男四女，說不定會來瞧瞧你。」

狄雲突然大吼：「你胡說，胡說！你……你……你放甚麼狗屁……」提起籃子用力擲出，喜糕、豬蹄、熟雞，滾了一地。

但見每一塊粉紅色的喜糕上，都印著「萬戚聯姻，百年好合」八個深紅色小字。

狄雲拚命要不信沈城的話，可又怎能不信？迷迷糊糊中只聽沈城笑道：「萬師嫂說，可惜你狄師哥不能去喝一杯喜酒，她……她可沒忘了你呢……」狄雲雙手連著鐵銬，突然從柵欄中疾伸出去，一把揑住沈城的脖子。沈城大驚想逃。狄雲不知從那裏突然生出來一股勁力，竟越揑越緊。沈城的臉從紅變紫，雙手亂舞，始終掙扎不脫。

那獄卒急忙趕來，抱著沈城的身子猛拉，費盡了力氣，才救了他性命。

狄雲坐在地下，不言不動。那獄卒嘻嘻哈哈的將鷄肉和喜糕都撿了去。狄雲瞪著眼睛，可就全沒瞧見。

這天晚上三更時分，他將衣衫撕成了一條條布條，搓成了一根繩子，打一個活結，兩端縛在鐵柵欄高處的横檔上，將頭伸進活結之中。他並不悲哀，也不再感到憤恨。人世已無可戀之處，這是最爽快的解脫痛苦的法子。只覺脖子中的繩索越來越緊，一絲絲的氣息也吸不進了。過得片刻，甚麼也不知道了。

可是他終於漸漸有了知覺，好像有一隻大手在重重壓他胸口，那隻手一鬆一壓，鼻子中就有一陣陣涼氣透了進來。也不知道過了多少時候，他才慢慢睜開眼來。

眼前是一張滿腮虬髯的臉，那張臉咧開了嘴在笑。

狄雲不由得滿腹氣惱，心道：「你事事跟我作對，我便是尋死，你也不許我死。」有心要起來和他廝拚，但委實太過衰弱，力不從心。那瘋漢笑道：「你已氣絕了小半個時辰，若不是我用獨門功夫相救，天下再沒第二個人救得。」狄雲怒道：「誰要你救？

我又不想活了。」那瘋漢得意洋洋的道：「我不許你死，你便死不了。」

那瘋漢只笑吟吟的瞧著他，過了一會，忽然湊到他身邊，低聲道：「我這門功夫叫作『神照經』，你聽見過沒有？」

狄雲怒道：「我只知道你有神經病，甚麼神照經、神經照，從來沒聽見過。」

說也奇怪，那瘋漢這一次竟絲毫沒發怒，反而輕聲哼起小曲來，伸手壓住狄雲的胸口，一壓一放，便如扯風箱一般，將氣息壓入他肺中，低聲又道：「也是你命大，我這『神照經』已練了一十二年，直到兩個月前才練成。倘若你在兩個月之前尋死，我就救你不得了。」

狄雲胸口鬱悶難當，想起戚芳嫁了萬圭，眞覺還是死了的乾淨，向那瘋漢瞪了一眼，恨恨的道：「我前生不知作了甚麼孽，今世要撞到你這惡賊。」

那瘋漢笑道：「我很開心，小兄弟，這三年來我眞錯怪了你。我丁典向你賠不是啦！」說著爬在地下，咚咚咚的向他磕了三個響頭。

狄雲嘆了口氣，低聲說了聲：「瘋子！」也就沒再去理他，慢慢側過身來，突然想起：「他自稱丁典，那是姓丁名典麼？我和他在獄中同處三年，一直不知他的姓名。」好奇心起，問道：「你叫甚麼？」那瘋漢道：「我姓丁，目不識丁的丁，三墳五典的典。我疑心病太重，一直當你是歹人，這三年多來當眞將你害得苦了，實在太對你不起。」狄雲覺得他說話有條有理，並沒半點瘋態，問道：「你到底是不是瘋子？」

丁典黯然不語，隔得半晌，長長嘆了口氣，道：「到底瘋不瘋，也難說得很。我只在求心之所安，旁人看來，卻不免覺得我太過傻得莫名其妙，也可說是瘋了！」過了一會，又安慰他道：「狄兄弟，你心中的委屈，我已猜到了十之八九。人家既然對你無情無義，你又何必將這女子苦苦放在心上？大丈夫何患無妻？將來娶一個勝你師妹十倍的女子，又有何難？」

狄雲聽了這番說話，三年多來鬱在心中的委屈，忍不住便如山洪般奔瀉了出來，但覺胸口一酸，淚珠滾滾而下，到後來，更伏在丁典懷中放聲大哭。

丁典摟住他上身，輕輕撫摸他長髮。

過得三天，狄雲精神稍振。丁典低低的跟他有說有笑，講些江湖上的掌故趣事，跟他解悶。但當獄吏送飯來時，丁典卻仍對狄雲大聲呼叱，穢語辱罵，神情與前毫無異樣。

一個折磨得他苦惱不堪的對頭，突然間成爲良朋好友，若不是戚芳嫁了人這件事不斷像毒蟲般咬噬著他的心，這時的獄中生涯，和三年來的情形相比，簡直像是天堂了。

狄雲曾低聲向丁典問起，爲甚麼以前當他是歹人，爲甚麼突然察覺了眞相。丁典道：「你若眞是歹人，決不會上吊自殺。我等你氣絕好久，死得透了，身子都快僵了，這才施救。普天下除我自己之外，沒人知道我已練成『神照經』的上乘功夫。若不是我會得這門功夫，無論如何救你不轉。你自殺既是眞的，那便不是向我施苦肉計的歹人了。」狄雲又問：「你疑心我向你施苦肉計？那爲甚麼？」丁典微笑不答。

第二次狄雲又問到這件事時，丁典仍然不答，狄雲便不再問了。

一日晚上，丁典在他耳邊低聲道：「我這『神照經』功夫，是天下內功中威力最強、最奧妙的法門。今日起我傳授給你，你小心記住了。」狄雲搖頭道：「我不學。」丁典奇道：「這等機緣曠世難逢，你爲甚麼不要學？」狄雲道：「這種日子生不如死。咱二人此生看來也沒出獄的指望，再高強的武功學了也毫無用處。」丁典笑道：「要出獄去，那還不容易？我將初步口訣傳你，你好好記著。」

狄雲甚爲執拗，尋死的念頭兀自未消，說甚麼也不肯學，仍要尋死。丁典又好氣又好笑，卻也束手無策，恨不得再像從前這般打他一頓。

又過數日，月亮又要圓了。狄雲不禁暗暗替丁典擔心。丁典猜到他心意，說道：「狄兄弟，我每個月該當有這番折磨，我受了拷打後，回來仍要打你出氣，你我千萬不可顯得和好，否則於你我都是大大不利。」狄雲問道：「那爲甚麼？」丁典道：「他們倘若疑心你我交了朋友，便會對你使用毒刑，逼你向我套問一件事。我打你罵你，就可免得你身遭惡毒慘酷的刑罰。」狄雲點頭道：「不錯。這件事既如此重要，你千萬不可說與我知道，免得我一個不小心，走漏了風聲。丁大哥，我是個毫無見識的鄉下小子，倘若胡裏胡塗的誤了你大事，如何對得起你？」

丁典道：「他們把你和我關在一起，初時我只道他們派你前來臥底，假意討好於我，從中設法套問我的口風，因此我對你十分惱怒，大加折磨。現下我知道你不是臥底的奸細了，可是他們將你和我關在一起，這般三年四年的不放，用意仍在盼你做奸細。只望你討得我的歡心，我向你吐露了機密，他們便可拷打逼問於你。他們情知對付我很難，對付你這個年輕小夥子，那便容易之極。你是知縣衙門的犯人，卻送到知府衙門的囚牢來監禁，自然便是這個緣故。」

十五晚上，四名帶刀獄卒提了丁典出去。狄雲心緒不寧，等候他回轉。到得四更天時，丁典又是目青鼻腫、滿身鮮血的回到牢房。

待四名獄卒走後，丁典臉色鄭重，低聲道：「狄兄弟，今天事情很糟糕，當眞不巧之極，給仇人認出了我。」狄雲道：「怎麼？」丁典道：「每月十五，知府提我去拷打一頓，那是例行公事。可是今天有人來行刺知府，眼見他性命不保，我便出手相救，只因我身有銬鐐，四名刺客中只殺了三個，第四個給他跑了，這可留下了禍胎。」

狄雲越聽越奇怪，連問：「知府到底爲甚麼這般拷打你？這知府這等殘暴，有人行刺，你又何必救他？逃走的刺客是誰？」丁典搖搖頭，嘆道：「一時也說不清楚這許多事。狄兄弟，你武功不濟，又沒了力氣，以後不論見到甚麼事，千萬不可出手助我。」

狄雲並不答話，心道：「我姓狄的豈是貪生怕死之徒？你拿我當朋友，你若有危難，我怎能不出手？」

此後數日之中，丁典只默默沉思，除了望著遠處高樓窗檻上的花朵，臉上偶爾露出一絲微笑之外，整日仰起了頭呆想。

到了十九那一天深夜，狄雲睡得正熟，忽聽得喀喀兩聲。他睜開眼來，月光下只見兩名勁裝大漢使利器砍斷了牢房外的鐵柵欄，手中各執一柄單刀，踴身而入。狄雲驚得呆了，不知如何是好，但見丁典倚牆而立，嘿嘿冷笑。

那身材較矮的大漢說道：「姓丁的，咱兄弟倆踏遍了天涯海角，到處找你，那想得到你竟是躲入了荊州府的牢房，做那縮頭烏龜。總算老天有眼，尋到了你。」另一名大漢道：「咱們眞人面前不說假話，你將那本書取出來，三份對分，咱兄弟非但不會難爲你，還立刻將你救出牢獄。」丁典搖頭道：「不在我這裏。早就給言達平偷去啦。」

狄雲心中一動：「言達平，我二師伯？怎地跟此事有關？」

那矮大漢喝道：「你故布疑陣，休想瞞得過我。去你的罷！」揮刀上前，刀尖刺向丁典的咽喉。丁典不閃不避，讓那刀尖將及喉頭數寸之處，突然一矮身，欺向身材較高的大漢左側，手肘撞處，正中他小腹。那大漢一聲沒哼，便即委倒。

那矮大漢驚怒交集，呼呼兩刀，向丁典疾劈過去。丁典雙臂一舉，臂間的鐵鍊將單刀架開，便在同時，膝蓋猛地上挺，撞在矮大漢身上。那人猛噴鮮血，倒斃於地。

丁典霎息間空手連斃二人，狄雲不由得瞧得呆了。他武功雖失，眼光卻在，知道自己縱然功力如舊，長劍在手，也未必打得過這矮漢子，另外那名漢子未及出手，便已身亡，功夫如何雖瞧不出端倪，但既與那矮漢聯手，想來也必不弱。丁典琵琶骨中仍穿著鐵鍊，竟在頃刻之間便連殺兩名好手，實令他驚佩無已。

丁典將兩具屍首從鐵柵間擲了出去，倚牆便睡。此刻鐵柵已斷，他二人若要越獄，確實大有機會，但丁典既一言不發，狄雲也不覺得外面的世界比獄中更好。

第二日早晨，獄卒進來見了兩具屍體，登時大驚小怪的吵嚷起來。丁典怒目相向，狄雲聽而不聞。那獄卒除了將屍首搬去之外，唯有茫然相對。

又過兩日，狄雲半夜裏又爲異聲驚醒。朦朧之中，只見丁典雙臂平舉，正和一名道人四掌相抵，兩人站著不動。他曾聽師父說過，這般情勢是兩個敵手比拚內力。這道人何時進來，如何和丁典比拚內力，狄雲竟半點不知。他師父說，比武角鬥，以比拚內力最爲凶險，毫無旋迴閃避餘地，動輒便決生死。

星月微光之下，但見那道人極緩極慢的向前跨了一步，丁典也慢慢退了一步。過了好一會，那道人又邁出一步，丁典跟著退了一步。

狄雲見那道人步步進逼，顯然頗佔上風，焦急起來，搶步上前，舉起手上鐵銬往那道人頭頂擊落。鐵銬剛碰到道人頂門，驀地裏不知從何處湧來一股暗勁，猛力在他身上一推。他站立不定，直摔出去，砰的一聲，重重撞到牆上，一屁股坐將下來，伸手撐地欲起，黑暗中卻撐在一隻瓦碗邊上，喀的一響，瓦碗給他按破了一邊，但覺滿手是水。他更不多想，抓起瓦碗，將半碗冷水逕往那道人後腦潑去。

丁典這時的內力其實早已遠在那道人之上，只是要試試自己新練成的神功，收發之際威力如何，才將他作爲試招的靶子。那道人本已累得筋疲力竭，油盡燈枯，這半碗冷水潑到後腦，一驚之下，但覺對方的內勁洶湧而至，格格格格爆聲不絕，肋骨、臂骨、腿骨寸寸斷折。他眼望丁典，說道：「你……你已練成了『神照經』……已經……天下……天下……無敵手……」慢慢縮成一個肉團，氣絕而死。

狄雲心中怦怦亂跳，道：「丁大哥，你這『神照經』原來……原來這等厲害。當眞是天下無敵手麼？」丁典臉色凝重，道：「單打獨鬥，本應足以稱雄江湖，但這臬道人受我內力壓擊之後，尚能開口說話，顯然我功力未至爐火純靑。三日之內，必有眞正勁敵到來。狄兄弟，你能助我一臂之力嗎？」

狄雲豪興勃發，說道：「但憑大哥吩咐，只是我……我武功全失，就算不失，那也是太過低微。」丁典微微一笑，從草墊下抽出一柄鋼刀，便是日前那兩名大漢所遺下的，說道：「你將我鬍子剃去，咱們使一點詭計。」

狄雲接過鋼刀，便去剃他的滿腮虬髯，那鋼刀極爲鋒銳，貼肉剃去，丁典腮上虬髯紛紛而落。丁典將剃下來的一根根鬍子都放入手掌。

狄雲笑道：「你捨不得這些跟隨你多年的鬍子麼？」丁典道：「那倒不是。我要你扮一扮我。」狄雲奇道：「我扮你？」丁典道：「不錯。三日之內，將有勁敵到來，那五個人單打獨鬥都不是我對手，但一齊出手，那就十分厲害。我要他們將你錯認爲我，全神貫注的想對付你時，我就出其不意的從旁襲擊，攻他們個措手不及。」

狄雲囁嚅道：「這個……這個……只怕有點……不夠光明正大。」丁典哈哈大笑，道：「光明正大，光明正大！江湖上人心多少險詐，個個都以鬼蜮伎倆對你，你待人光明正大，那不是自尋死路麼？」狄雲道：「話雖如此，不過……」

丁典道：「我問你：當初進牢之時，你大叫冤枉，我信得過你定然清白無辜，可是怎會在牢裏一關三年多，始終沒法洗雪？」狄雲道：「嗯，這個，我就是難以明白。」丁典微笑道：「是誰送了你進牢來，自然是誰使了手腳，一直讓你不能出去。」狄雲道：「我總是想不通，那萬震山的小妾桃紅和我素不相識，無冤無仇，爲甚麼要陷害我，叫我身敗名裂，受盡這許多苦楚？」丁典問道：「他們怎麼陷害於你，說給我聽聽。」

狄雲一面給他剃鬚，一面將如何來荆州拜壽、如何打退大盜呂通、如何與萬門八弟子比劍打架、如何師父刺傷師伯而逃走、如何有人向萬震山的妾侍非禮、自己出手相救反遭陷害等情一一說了，只是那老丐夜中教劍一節，卻略去了不說。只因他曾向老丐立誓，決不洩露此事，再者也覺此事乃旁枝末節，無甚要緊。

他從頭至尾的說完，丁典臉上的鬍子也差不多剃完了。狄雲嘆了口氣，道：「丁大哥，我受這潑天的冤屈，那不是好沒來由麼？那定是他們恨我師父殺了萬師伯。可是萬師伯只是受了點傷，並沒死，把我關了這許多年，也該放我出去了。要說將我忘了，卻又不對。那姓沈的小師弟不是探我來著嗎？」

丁典側過頭，向他這邊瞧瞧，又向他那邊瞧瞧，只嘿嘿冷笑。

狄雲摸不著頭腦，問道：「丁大哥，我說得甚麼不對了？」丁典冷笑道：「對，對，完全對，那又有甚麼地方不對頭的？倘若不是這樣，那才不對頭了。」狄雲奇道：「甚……甚麼？」丁典道：「喏！你自己想想。有一個傻小子，帶了一個美貌妞兒到我家來。我見到這妞兒便動了心，可是這妞兒對那傻小子實在不錯。我想佔這妞兒，便非得除去這傻小子不可，你想得使甚麼法子才好？」

狄雲心中暗暗感到一陣涼意，隨口道：「使甚麼法子才好？」

丁典道：「若是用毒藥或是動刀子殺了那傻小子，身上擔了人命，總是多一層干係，何況那美貌妞兒說不定是個烈性女子，不免要尋死覓活，說不定更要給那傻小子報仇，那不是糟了？依我說啊，還是將那傻子送到官裏，關將起來的好。要令那妞兒死心塲地的跟我，須得使她心中惱恨這傻小子，那怎麼辦？第一、須得使那小子移情別戀；第二、須得令那小子顯得是自己撇開這個妞兒；第三、最好是讓那小子幹些見不得人的無恥勾當，讓那妞兒一想起來便噁心。」

狄雲全身發顫，道：「你……你說這一切，全是那姓萬的……是萬圭安排的？」

丁典微笑道：「我沒親眼瞧見，怎麼知道？你師妹生得很俊，是不是？」

狄雲腦中一片迷惘，點了點頭。

丁典道：「嗯，爲了討好那個姑娘，我自然要忙忙碌碌哪，一捧捧白花花的銀子拿將出來，送到衙門裏來打點，說是在設法救那個小子。最好是跟那姑娘一起來送銀子，那姑娘甚麼都親眼瞧見了，自然好生感激。銀子確是送了給府台大人、知縣大人，送了給衙門裏的師爺，送了給公差，那倒一點不錯。」

狄雲道：「他使了這許多銀子，總該有點功效罷？」丁典道：「自然有啊，有錢能使鬼推磨，怎麼會沒功效？」狄雲道：「那怎……怎麼一直關著我，不放我出去？」

丁典笑道：「你犯了甚麼罪？他們陷害你的罪名，也不過是強姦未遂，偷盜一些錢財。既不是犯上作亂，又不是殺人放火，那又是甚麼重罪了？那也用不著穿了你的琵琶骨，將你在死囚牢裏關一輩子啊。這便是那許多白花花銀子的功效了。妙得很，這條計策天衣無縫。這個姑娘住在我家裏，她心中對那傻小子倒還念念不忘，可是等了一年又一年，難道能一輩子不嫁人嗎？」

狄雲提起單刀，噹的一聲，砍在地下，說道：「丁大哥，原來我一直不能放出去，都是萬圭使了銀子的緣故。」

丁典不答，仰起了頭沉吟，忽然皺起眉頭，說道：「不對，這條計策中有一個老大破綻，大大的不對。」狄雲怒道：「還有甚麼破綻？我師妹終於嫁給他啦。若不是蒙你相救，我自縊身死，那不是萬事順遂，一切都稱了他心？」

丁典在獄室中走來走去，不住搖頭，說道：「其中有一個大大的破綻，他們如此工於心計，怎能見不到？」狄雲道：「你說有甚麼破綻？」

丁典道：「你師父啊。你師父傷了你師伯後，逃了出去。荊州五雲手萬震山在武林中大大有名，他受傷不死的訊息沒幾天便傳了出去，你師父就算沒臉再見師兄，難道就不派人來接你師妹回家？你師妹這一回家，那萬圭苦心籌劃的陰謀毒計，豈不是全盤落了空？」

狄雲伸手連連拍擊大腿，道：「不錯，不錯！」他手上帶著手銬，這一拍腿，鐵鍊子登時噹噹的直響。他見丁典形貌粗魯，心思竟恁地周密，不禁甚為欽佩。

丁典側過了頭，低聲道：「你師父為甚麼不來接女兒回去，這其中定是大有蹊蹺。萬圭他們事先一定已料到了這一節，否則這計策不會如此安排。這中間的古怪，一時之問我確實猜想不透。」

狄雲直到今日，才從頭至尾的明白了自己陷身牢獄的關鍵。他不斷伸手擊打自己頭頂，大罵自己眞是蠢才，別人想也不用想就明白的事，自己三年多來始終莫名奇妙。

他自怨自艾了一會，見丁典兀自苦苦思索，便道：「丁大哥，你不用多想啦。我師父是個鄉下老實人，想是他傷了萬師伯，驚嚇之下，遠遠逃到了蠻荒邊地，再也聽不到江湖上的訊息，再也不敢回來找尋師妹，那說不定也是有的。」

丁典睜大了眼睛，瞪視著他，臉上充滿了好奇，道：「甚麼？你……你師父是個鄉下老實人？他殺了人會害怕逃走？」狄雲道：「是啊，我師父再忠厚老實也沒有了，萬師伯冤枉他偷盜太師父的甚麼劍訣，他一怒就忍不住動手，其實他心地再好也沒有了。」

丁典嘿的一聲冷笑，自去坐在屋角，嘴裏輕哼小曲。狄雲奇道：「你爲甚麼冷笑？」丁典道：「不爲甚麼。」狄雲道：「一定有原因的。丁大哥，你儘管說好了。」

丁典道：「好罷！你師父外號叫作甚麼？」狄雲道：「叫作『鐵鎖橫江』。」丁典道：「那是甚麼意思？」狄雲遲疑半晌，道：「這種文謅謅的話，我原本不大懂。猜想起來，那是說他老人家武功了得，善於守禦，敵人攻不進他門戶。」

丁典哈哈大笑，道：「小兄弟，你自己才忠厚老實得可以。鐵鎖橫江，那是叫人上也上不得，下也下不得。老一輩的武林人物，誰不知道這個外號的含意？你師父聰明機變，厲害之極，只要是誰惹上了他，他一定挖空心思的報復，叫人好似一艘船在江心渦漩中亂轉，上也上不得，下也下不得。你如不信，將來出獄之後，儘可到外面打聽打聽。」

狄雲兀自不信，道：「我師父教我劍法，將招法都解錯了，甚麼『孤鴻海上來，池潢不敢顧』，他解作『哥翁喊上來，是橫不敢過』；甚麼『落日照大旗，馬鳴風蕭蕭』，他解作『老泥招大姐，馬命風小小』。他字也不大識，怎說得上聰明厲害？」

丁典嘆了口氣，道：「你師父文武雙全，江湖上向來有名，怎會解錯詩句？他城府極深，定有別意。爲甚麼連自己徒兒也要瞞住，外人可猜測不透了。嘿嘿，倘若你不是這般……這般忠厚老實，他也未必肯收你爲徒。咱們別說這件事了，來罷，我給你黏成個大鬍子。」他提起單刀，在梟道人屍體的手臂上斫了一刀。梟道人新死未久，刀傷處流出血來。丁典將一根根又粗又硬的鬍子蘸了血，黏在狄雲的兩腮和下顎。

狄雲聞到一陣血腥之氣，頗有懼意，但想到萬圭的毒計、師父這個外號，以及許許多多自己不明白的事端，只覺得這世上最平安的，反而是在這牢獄之中。

第二日中午，獄中連續不斷的關了十七個犯人進來。高矮老少，模樣一瞧即知都是江湖人物，將一間獄室擠得滿滿地，各人都只好抱膝而坐。狄雲見越來越多，不由得暗自心驚，情知這些人都是爲對付丁典而來。他本說有五個勁敵，那知竟來了一十七個。

丁典卻一直朝著牆壁而臥，毫不理會。

這些犯人大呼小叫，高聲談笑，片刻間便吵起嘴來。狄雲低下了頭，聽他們的說話。原來這一十七人分作三派，都在想得甚麼寶貴的物事。狄雲偶爾目光斜過，與這干人兇暴的目光相觸，嚇得立刻便轉過頭去，只想：「我扮作了丁大哥，可是我武功全失，待會動手，那便如何是好？丁大哥本領再高，也不能將這些人都打死啊。」

眼見天色漸漸黑將下來。一個魁梧的大漢大聲道：「咱們把話說明在先，這正主兒，是我們洞庭幫要了的。誰要是不服，乘早手底下見眞章，免得待會拉拉扯扯，多惹麻煩。」他這洞庭幫在獄中共有九人，最是人多勢衆。一個頭髮灰白的中年漢子陰陽怪氣的道：「手底下見眞章，那也好啊。大夥兒在這裏羣毆呢，還是到院子中打個明白？」那大漢道：「院子就院子，誰還怕了你不成？」伸手抓住一條鐵柵，向左推去，鐵條登時彎了。他隨手又扭彎右邊一條鐵柵，膂力實是驚人。

這大漢正想從兩條扭彎了的鐵柵間鑽出去，突然間眼前人影晃動，有人擋住了空隙，正是丁典。他一言不發，一伸手便抓住了那大漢的胸口。這大漢比丁典還高出半個頭，但給他一把抓住，竟立即軟垂垂的毫不動彈。丁典將他龐大的身子從鐵柵間塞了出去，拋在院子中。這大漢蜷縮在地下，不動一動，顯是死了。

獄中諸人見到這般奇狀，都嚇得呆了。丁典隨手抓了一人，從鐵柵投擲出去，跟著又抓一人，接連的又抓又擲，先後共有七人給他投了出去。凡經他雙手抓到，無不立時斃命，連哼也不哼一聲。

餘下的十人大驚，三人退縮到獄室角落，其餘七人同時出手，拳打腳踢，向丁典攻去。丁典既不拆架，亦不閃避，只伸手抓出，一抓之下，必定抓到一人，而給他抓到的必定死於頃刻，如何受了致命之傷，狄雲全然瞧不出來。片刻之際，七人全死。躲在獄室角落裏的餘下三人只嚇得心膽俱裂，一齊屈膝跪地，磕頭求饒。丁典便似沒瞧見，又是一手一個，都抓死了投擲出去。

狄雲只瞧得目瞪口呆，恍在夢中。丁典拍了拍雙手，冷笑道：「這一點兒微末道行，也想來搶奪連城訣！」狄雲一呆，道：「丁大哥，甚麼連城訣？」他想到師父與師伯曾為「連城劍法」而吵嘴動武，不知兩者是否便是一物。丁典似乎自悔失言，但也不願出言相欺，冷笑了幾下，並不回答。

狄雲見這一十七人適才還都生龍活虎，頃刻間個個屍橫就地，他一生中從未見過這許多死人堆在一起，嘆道：「丁大哥，這些人都死有餘辜麼？」丁典道：「死有餘辜，倒也不見得。只是這些人個個不存好心。我若不是練成了『神照經』上的武功，給這批人逼供起來，那才眞慘不堪言呢。」

狄雲知他所言非虛，說道：「你隨手一抓，便傷人性命，這種功夫我聽也沒聽說過。我如跟師妹說，她也不會相信……」這句話剛說出口，立即省悟，不由得胸頭一酸，心口似乎給人重重打了一拳。

丁典卻並不笑他，嘆了口長氣，自言自語：「其實呢，縱然練成了絕世武功，也不能事事盡如人意……」狄雲忽然「咦」的一聲，伸手指著庭中的一具死屍。

丁典道：「怎麼？」狄雲道：「這人沒死透，他的腳動了幾動。」丁典大吃一驚，道：「當眞？」說這兩個字時，聲音也發顫了。狄雲道：「剛才我見他動了兩下。」心想：「一個人受傷不死，那也沒甚麼大不了，決不能再起來動手。」

丁典皺起了眉頭，竟似遇上了重大難題，從鐵栅間鑽了出去，俯身查看。

突然間嗤嗤兩聲，兩件細微的暗器分向他雙眼急射，正是那並沒死透之人所發。丁典向後急仰，兩枝袖箭從他面上掠了過去，鼻中隱隱聞到一陣腥臭，顯然箭上餵有劇毒。那人一發出袖箭，立即挺躍而起，向屋簷上竄去。

丁典見他輕身功夫了得，自己身有銬鐐，行動不便，只怕追他不上，隨手提起一具屍體向上擲去，去勢奇急。砰的一下，屍體的腦袋重重撞在那人腰間。那人左足剛踏上屋簷，給這屍體一撞，站立不定，倒摔下來。丁典搶上幾步，一把抓住他後頸，提到牢房之中，伸手探他鼻息，這次是眞的死了。

丁典坐在地下，雙手支頤，苦苦思索：「爲甚麼先前這一下竟沒能抓死他？我的功力之中，到底出了甚麼毛病？難道這『神照功』畢竟沒練成？」半天想不出個所以然，惱起上來，伸手又往那屍體的胸口揷落，突然一股又韌又軟的力道將他手指彈回，丁典驚喜交集，叫道：「是了，是了！」撕開那人外衣，只見他貼身穿著一件漆黑發亮的裏衣，喜道：「是了！原來如此，倒嚇得我大吃一驚。」

狄雲奇道：「怎麼？」丁典拉去那漢子的外衣，又將黑色裏衣剝了下來，將屍體擲出牢房，笑嘻嘻的道：「狄兄弟，你把這件衣服穿在身上。」狄雲料到這件黑衣甚是珍貴，道：「這是大哥之物，兄弟不敢貪圖。」丁典道：「不是你的物事，你便不貪圖麼？」語音嚴厲。狄雲一怔，怕他生氣，道：「大哥定要我穿，我穿上就是。」

丁典正色道：「我問你，不是你的物事，你要不要？」狄雲道：「除非物主一定要給我，我非受不可，否則……否則……不是我的東西，我自然不能要。若是貪圖別人的東西，那不是變成強盜小偷麼？」說到後來，神色昂然，道：「丁大哥，請你明白，我是受人陷害，才給關在這裏。我一生清白，從來沒拿過一件半件別人的物事。」

丁典點頭道：「很好！不枉我丁某交了你這朋友。你把這件衣服貼肉穿著。」

狄雲不便違拗，除下衣衫，把這件黑色裏衣貼肉穿了，外面再罩上那件三年多沒洗的臭衣。他雙手戴著手銬，肩頭琵琶骨又穿了鐵鍊，更換衣衫委實難上加難，全仗丁典替他撕破舊衫衣袖，方能除下穿上。那件黑色裏衣其實是前後兩片，腋下用扣子扣起，穿上倒也不難。

丁典待他穿好了，才道：「這件刀槍不入的寶衣，是用大雪山上的烏蠶蠶絲織成的。你瞧，這只是兩塊料子，剪刀也剪不爛，只得前一塊、後一塊的扣在一起。這傢伙是雪山派中的要緊人物，才有這件『烏蠶衣』。他想來取寶，沒料想竟是送寶來了！」

狄雲聽說這件黑衣如此珍異，忙道：「大哥，你仇人甚多，該當自己穿了護身才是。再說，每個月十五……」丁典連連搖手，道：「我有神照功護身，用不著這烏蠶衣。每月十五的拷打嘛，我是甘心情願受的，用這寶甲護身，反而其意不誠了。一些皮肉之苦，又傷不了筋骨，有甚相干？」

狄雲好生奇怪，欲待再問。丁典道：「我叫你黏上鬍子，扮作我的模樣，我雖在旁保護，總是擔心出岔子，現下這可好了。我現下傳你內功心法，你好好聽著。」

以前丁典要傳他功夫，狄雲萬念俱灰，決意不學，此刻明白了受人陷害的前因後果，一股復仇之火在胸中熊熊燃起，恨不得立時便出獄去找萬圭算帳。他親眼見到丁典赤手空拳，連斃這許多江湖高手，心想自己只須學得他兩三成功夫，越獄報仇便有指望，霎時間心亂如麻，熱血上湧，滿臉通紅。

丁典只道他仍執意不肯學這內功，正欲設法開導，狄雲突然雙膝跪下，放聲大哭，叫道：「丁大哥，求你教我。我要報仇！」

丁典縱聲長笑，聲震屋瓦，說道：「要報仇，那還不容易？」待狄雲激情過去，丁典便即傳授他入門練功的口訣和行功之法。

狄雲一得傳授，毫不停留的便即依法修習。丁典見他練得起勁，笑道：「練成神照經，天下無敵手。難道是這般容易練成的麼？我各種機緣巧合，內功的底子又好，這才十二年而得大成。狄兄弟，練武功要勤，那是很要緊的，可是欲速則不達，須得循序漸進才是，尤須心平氣和，沒半點雜念。你好好記著我這幾句話。」

狄雲此時口中稱他為「大哥」，心中其實已當他為「師父」，他說甚麼便聽甚麼。但胸中仇恨洶湧如波濤，又如何能心平氣和？

次日獄吏大驚小怪的吵嚷一番。衙役、捕快、仵作騷擾半天，到得傍晚，才將那一十七具屍首抬了出去。丁典和狄雲只說是這夥人自相鬥毆而死。做公的卻也沒有多問。

這一日之中，狄雲只照著丁典所授的口訣用功。這「神照功」入門的法子甚為簡易，但要心中沒絲毫妄念，卻艱難之極。狄雲一忽兒想到師妹，一忽兒想到萬圭，一忽兒又想到了師父，練到晚間，這才心念稍歛，突然之間，前胸後背同時受了重重一擊。

這兩下便如兩個大鐵錘前後齊撞一般。狄雲眼前一黑，幾乎便欲暈去，待得疼痛稍止，睜開眼來，只見身前左右各站著一個和尚，一轉頭，見身後和兩側還有三個，一共五僧，將他圍在中間。

狄雲心道：「丁大哥所說的五個勁敵到了，我須得勉強支撐，不能露出破綻。」哈哈一笑，說道：「五位大師父，找我丁某有何貴幹？」

左首那僧人道：「快將『連城訣』交了出來！咦，你……你……你是……」突然之間，他背上啪的一聲，中了一拳，身子搖了幾搖，險些摔倒。跟著第二名僧人又已中拳，哇的一聲，吐出一口鮮血。

狄雲大奇，忍不住向丁典瞧去，只見他倏然躍近，擊出一拳，這一拳無聲無影，去勢快極，正中第三名僧人胸口。那僧人「啊」的一聲大叫，倒退幾步，撞在牆上。

另外兩名僧人順著狄雲的目光，向蜷縮在黑暗角落中的丁典望去，齊聲驚叫：「神照功，無影神拳！」身材極高的那僧兩手各拉一名受傷僧人，從早已扳開的鐵柵間逃出，越牆而去。另一名僧人攔腰抱住吐血的僧人，回手發掌，向丁典擊來。丁典搶上舉拳猛擊。那僧人接了他一拳，倒退一步，再接一拳，又退一步，接到第三拳，已退出鐵柵。

那僧人踉踉蹌蹌的走了幾步，又倒退一步，身子搖晃，似乎喝醉了一般，鬆手將吐血的僧人拋在地下，似欲單身逃命，但每跨一步，腳下都似拖了一塊千斤巨石，腳步沉重之極，掙扎著走出六七步後，呼呼喘氣，雙腿漸漸彎曲，摔倒在地，再也站不起來。兩名僧人在地下扭曲得幾下，便均不動。

丁典道：「可惜，可惜！狄兄弟，你若不向我看來，那個和尚便逃不了。」狄雲見這兩個僧人死得悽慘，心下不忍，暗想：「讓那三個逃走了也好，丁大哥殺的人實在太多了。」丁典道：「你嫌我出手太狠了，是不是？」狄雲道：「我……我……」猛地裏喉頭塞住，一交坐倒，說不出話來。

丁典忙給他推宮過血，按摩了良久，他胸口的氣塞方才舒暢。

丁典道：「你嫌我辣手，可是那兩個惡僧一上來便向你各擊一掌，若不是你身上穿著烏蠶衣，早就一命嗚呼了。哎！這事做哥哥的太過疏忽，那想到他們一上來便會動手。我猜想他們定要先逼問一番。嗯，是了，他們對我十分忌憚，要將我先打得重傷，這才逼問。」

他抹去狄雲腮上的鬍子，笑道：「那賊禿嚇得心膽俱裂，再也不敢來惹咱們了。」他又正色道：「狄兄弟，那逃走了的高個子和尚，叫做寶象。那胖胖的叫做善勇。我第一拳打倒的那個最厲害，叫做勝諦。這五個和尚都是青海黑教『血刀門』的高手惡僧，我若不是暗中伏擊得手，以一敵五，只怕鬥他們不過。善勇和勝諦都已中了我的神拳，就算一時不死，也活不了幾天。賸下的那寶象心狠手辣，日後你如在江湖上遇上了，務須小心在意。」沉吟半晌，又道：「聽說這五僧的師父尚在人世，武功更加厲害，將來倒要跟他鬥鬥。」

狄雲雖有寶衣護身，但前胸後背同受夾擊，受傷也頗不輕，在丁典指點下運了十幾天功，又得丁典每日以內力相助，這才慢慢痊可。

此後兩年多的日子過得甚是平靜，狄雲勤練神照功，頗有進展。偶爾有一兩個江湖人物到獄中來囉唣，丁典不是一抓，便是一拳，轉眼間便送了他們性命。

近幾個月來狄雲修習神照功，進步似是停滯了，練來練去，和幾個月前仍是一樣。好在他悟性雖然不高，生性卻極堅毅，知道這等高深內功決非輕易得能練成，在丁典指點下日夕耐心修習，以期突破難關。

這一日早晨醒來，他側身而臥，臉向牆壁，依法吐納，忽聽得丁典「咦」的一聲，聲音中頗有焦慮之意，過得半晌，又聽他自言自語：「今天是不會謝的，明天再換也不遲。」狄雲有些詫異，轉過身來，只見他抬起了頭，正凝望著遠處窗檻上的那隻花盆。

狄雲自練神照功後，耳目比之往日已遠爲靈敏，放眼瞧去，見盆中三朵黃薔薇中，有一朵缺了一片花瓣。他日常總見丁典凝望這盆中的鮮花，呆呆出神，數年如一日，心想獄中無可遣興，唯有這一盆花長保鮮艷，丁典喜愛欣賞，那也不足爲奇。只是這花盆中的鮮花若非含苞待放，便是迎日盛開，不等有一瓣凋謝，便即換過。春風茉莉，秋月海棠，日日夜夜，窗檻上總有一盆鮮花。狄雲記得這盆黃薔薇已放了六七天，平時早就換過了，但這次卻一直沒換。

這一日丁典自早到晚，心緒煩躁不寧。到得次日早晨，那盆黃薔薇仍然沒換，有五六片花瓣已為風吹去。狄雲心下隱隱感到不祥之意，見丁典神色十分難看，便道：「這人這一次忘了換花，想必下午會記得。」

丁典大聲道：「怎麼會忘記？決不會的！難道……難道是生了病？就算是生了病，也會叫人來換花啊！」不停步的走來走去，神色不安已極。

狄雲不敢多問，便即盤膝坐下，入靜練功。

到得傍晚，陰雲四合，不久便淅淅瀝瀝的下起雨來，一陣寒風過去，三朵黃薔薇上的花瓣又飄了數片下來。丁典這幾個時辰之中，一直目不轉睛的望著這盆花，每飄落一片花瓣，他總是臉上肌肉扭動，神色悽楚，便如是在他身上剜去一塊肉那麼難受。

狄雲再也忍耐不住，問道：「丁大哥，你為甚麼這樣不安？」丁典轉過頭來，滿臉怒容，喝道：「關你甚麼事？囉唆甚麼？」自從他傳授狄雲武功以來，從未如此兇狠無禮。狄雲甚感歉仄，待要說幾句甚麼話分解，卻見他臉上漸漸現出淒涼之意，顯然心中甚是悲痛，便住了口。

這一晚丁典竟一息也沒坐下。狄雲聽著他走來走去，銬鐐上不住發出叮叮噹噹的聲響，也無法入睡。

次日清晨，斜風細雨，兀自未息。曙色朦朧中看那盆花時，只見三朵薔薇的花瓣已然落盡，盆中唯餘幾根花枝，在風雨中不住顫動。

丁典大叫：「死了？死了？你眞的死了？」兩目流淚，雙手抓住鐵柵，不住搖晃。

狄雲道：「大哥，你若記掛著誰，咱們便去瞧瞧。」丁典一聲虎吼，喝道：「瞧！能去瞧麼？我若能去，早就去了，用得著在這臭牢房中苦耗？」狄雲不明所以，睜大了眼，只好默不作聲。這一日中，丁典雙手抱住了頭，坐在地下不言不動，不吃不喝。

耳聽得打更聲「的篤，的篤，噹」的打過一更。寂靜中時光流過，於是「的篤，的篤，噹噹」的打過二更。丁典緩緩站起身來，道：「兄弟，咱們去瞧瞧罷。」話聲甚是平靜。狄雲道：「是。」丁典伸出手去，抓住兩根鐵柵，輕輕往兩旁一分，兩根鐵柵登時便彎了。丁典道：「提住鐵鍊，別發出響聲。」狄雲依言抓起鐵鍊。

丁典走到牆邊，提氣一縱，便即竄上了牆頭，低聲道：「跳上來！」狄雲學著他向上一竄，不料給穿通琵琶骨後，全身勁力半點也使不出來，他這一躍，只不過竄起三尺。丁典伸手一抓，將他帶上了牆頭，兩人同時躍下。

過了這堵牆，牢獄外另有一堵極高的高牆，丁典或能上得，狄雲卻無論如何無法逾越。丁典哼了一聲，將背脊靠在牆上。但聽瑟瑟瑟一陣泥沙散落的輕響過去，磚石紛紛跌落。狄雲雙眼一花，只見牆上現出了一個大洞，丁典已然不見。原來他竟以神照功的絕頂內功，破牆而出。狄雲又驚又喜，忙從牆洞中鑽了出去。

外面是條小巷。丁典向他招招手，從小巷的盡頭走去。出小巷後便是街道。丁典對荊州城中的街巷似乎極爲熟悉，過了一條街，穿過兩條巷子，來到一家鐵店門首。

丁典舉手推出，啪的一聲，閂住大門的門閂便已崩斷。店裏的鐵匠吃了一驚，跳起身來，叫道：「有賊！」丁典一把叉住他喉嚨，低聲道：「生火！」

那鐵匠不敢違拗，點亮了燈，見二人長髮垂肩，滿臉鬍子，模樣兇惡，自然嚇得呆了。丁典道：「把銬鐐鑿開！」那鐵匠料得二人是衙門中的越獄重犯，若鑿斷銬鐐，官府追究起來，定要嚴辦，不禁遲疑。丁典隨手抓起一根徑寸粗的鐵條，來回拗得幾下，啪的一聲，折爲兩截，喝道：「你這頭頸，有這般硬麼？」

那鐵匠要弄斷這鐵條，使到鋼鑿大錘，也得攪上好一會兒，見丁典舉手間便將鐵條拗斷，倘若來拗自己頭頸，那可萬萬不妥，當下連聲：「是，是！」取出鋼鑿、鐵錘，先給丁典鑿開了銬鐐，又給狄雲鑿開。

丁典先將自己琵琶骨中的鐵鍊拉出。當他將鐵鍊從狄雲肩頭的琵琶骨中拉出來時，鮮血滿身，狄雲痛得險些暈去。

終於狄雲雙手捧著那條沾滿鮮血的鐵鍊，站在鐵砧之前，想到在這根鐵鍊的束縛之下，在暗無天日的牢獄中苦度五年多時光，直至今日，鐵鍊方始離身，不由得又歡喜，又傷心，想起師妹已嫁了萬圭，自己的死活她自絲毫不放在心上，不禁怔怔的掉下淚來。

「這樣子的六個多月，不論大風大雨，大霜大雪，我天天早晨去賞花。凌小姐也總風雨不改的給我換一盆鮮花。她每天只看我一眼，決不看第二眼，每看了這一眼，總是滿臉紅暈的隱到了簾子之後。」

三　人淡如菊

狄雲隨著丁典走出鐵店。他乍脫銬鐐，走起路來輕飄飄的，十分不慣，幾次頭重腳輕，險些兒摔倒，然見丁典腳步沉穩，越走越快，當下緊緊跟隨，生怕黑暗中和他離得太遠。片刻之間，兩人已來到那放置花盆的窗下。丁典仰起了頭，猶豫半晌，似乎想要進去，卻又拿不定主意。狄雲見窗戶緊閉，樓中寂然無聲，道：「我先去瞧瞧，好麼？」丁典點點頭。

狄雲繞到小樓門前，伸手推門，發覺門內上了閂。好在圍牆甚低，一株柳樹的枝椏從牆內伸了出來，這時琵琶骨中的鐵鍊既去，內外功行便能使出，他微一縱身，抓住枝椏，翻身進了圍牆。裏面一扇小門卻是虛掩著的。狄雲推門入內，拾級上樓，黑暗中聽得樓梯發出輕微的吱吱之聲，腳下只覺虛浮浮的，甚不自在。他在這五年多之中，整日整夜便在一間獄室中走動，從未踏過一步梯級。

到得樓頂，側耳靜聽，絕無半點聲息，朦朧微光中見左首有門，便輕輕走了進去，房中連呼吸之聲也無。隱隱約約間見桌上有一燭台，伸手在桌上摸到火刀火石，打火點燃蠟燭，燭光照映之下，突然間感到一陣說不出的寂寞淒涼。

室中空空洞洞，除一桌、一椅、一床之外，甚麼東西也沒有。床上掛著一頂夏布白帳子，一床薄被，一個布枕，床腳邊放著一雙青布女鞋。只這一雙女鞋，才顯得這房間原為一個女子所住。

他呆了一呆，走到第二間房中去看時，那邊竟連桌椅也沒一張。可是瞧那模樣，卻又不是新近搬走了傢生用具，而是許多年來一直便如此空無所有。拾級來到樓下，每一處都去查看了一遍，竟一個人也無。

他隱隱覺得不妥，出來告知丁典。丁典道：「甚麼東西也沒有？」狄雲搖了搖頭。丁典似乎對這情景早在意料之中，毫不驚奇，道：「到另一個地方去瞧瞧。」

那另一個地方卻是一座大廈，朱紅的大門，門上釘著碗口大的銅釘，門外兩盞大燈籠，一盞寫著「荊州府正堂」，另一盞寫著「凌府」。狄雲心中一驚：「這是荊州府凌知府的寓所，丁大哥到來作甚？是要殺他麼？」

丁典握著他手，一言不發的越牆而進。他對凌府中的門戶甚是熟悉，穿廊過戶，便似是在自己家中行走一般。過了兩條走廊，來到花廳門外，見到窗紙中透出光亮，丁典突然發起抖來，顫聲道：「兄弟，你進去瞧瞧。」

狄雲伸手推開了廳門，只見燭光耀眼，桌子上點燃著兩根素燭，原來是座靈堂。他一直在擔心會瞧見靈堂、棺材、或是死人，這時終於見到了，雖早已料到，還是忍不住打了個寒噤，凝目瞧那靈牌時，見上面寫著「愛女淩霜華之靈位」八個字，突覺身後風聲颯然，丁典搶了進來。

丁典呆了一陣，撲在桌上，放聲大慟，叫道：「霜華，你果然先我而去了。」霎時之間，狄雲心中想到了許許多多事情，這位丁大哥的種種怪僻行逕，就在這撫桌一哭之際，令他全然明白了。但再一細想，卻又有種種難以索解之處。

丁典全不理會自己是越獄的重犯，不理會身處之地是知府大人的住宅，越哭越悲。狄雲心知難以相勸，只有任其自然。丁典哭了良久，這才慢慢站直身子，伸手揭開素幃，幃後赫然是一具棺木。他雙手緊緊抱住棺木，將臉貼著棺蓋，抽抽噎噎的道：「霜華，霜華，你為甚麼這樣忍心？你去之前，怎麼不叫我來再見你一面？」

狄雲忽聽得腳步聲響，門外有幾人來到，忙道：「大哥，有人來啦。」

丁典用嘴唇去親那棺材，對於有人來到，全沒放在心上。

只見火光明亮，兩個人高舉火把，走了進來，喝道：「是誰在這裏吵鬧？」那兩人之後是個四十五六歲的中年漢子，衣飾華貴，一臉精悍之色，他向狄雲瞧了一眼，問道：「你是誰？到這裏幹甚麼？」狄雲滿腔憤激，反問道：「你又是誰？到這裏幹甚麼？」手執火把的一人喝罵道：「小賊，這位是荊州府府台凌大人，你好大膽子，半夜三更到這裏來，想造反嗎？快跪下！」狄雲冷笑一聲，渾不理會。

丁典擦乾了眼淚，問道：「霜華是那一天去世的？生甚麼病？」語音竟十分平靜。

凌知府向他看了一眼，說道：「啊，我道是誰，原來是丁大俠。小女不幸逝世，有勞弔唁，存歿同感。小女去世已五天了，大夫也說不上是甚麼病症，只說是鬱積難消。」

丁典恨恨的道：「這可遂了你的心願。」凌知府嘆道：「丁大俠，你可忒也固執了，倘若早早說了出來，小女固然不會給你害死，我和你更成了翁婿，那是何等的美事。」丁典大聲道：「你說霜華是我害死的？不是你害死她的？」說著向凌知府走上一步，眼中兇光暴長。

凌知府卻十分鎮定，搖頭道：「事已如此，還說甚麼？霜華啊，霜華，你九泉之下，定要怪爸爸不體諒你了。」慢慢走到靈位之前，左手扶桌，右手拭淚。

丁典森然的道：「倘若我今日殺了你，霜華在天之靈定然恨我。凌退思，瞧在你女兒份上，你折磨了我這七年，咱們一筆勾銷。今後你再惹上我，可休怪姓丁的無情。狄兄弟，走罷。」

凌知府長嘆一聲，道：「丁大俠，咱們落到今日的結果，你說有甚麼好處？」丁典道：「你清夜撫心自問，也有點慚愧麼？你只貪圖那甚麼『連城訣』，寧可害死自己女兒。」凌知府道：「丁大俠，你不忙走，還是將那劍訣說了出來，我便給解藥於你，免得枉自送了性命。」

丁典一驚，道：「甚麼解藥？」便在此時，只覺臉頰、嘴唇、手掌各處忽有輕微的麻痺之感，同時又聞到了一陣淡淡的花香，這花香，這花香……他又驚又怒，身子搖晃。

凌知府道：「我生怕有不肖之徒，開棺辱我女兒的清白遺體，因此……」

丁典登時省悟，怒道：「你在棺木上塗了毒藥？凌退思，你好惡毒！」縱身而起，發掌便向他擊去。不料那毒藥當眞厲害，霎時間消功蝕骨，神照功竟已使不出來。

凌知府凌退思側身閃避，身手甚是敏捷，門外又搶進四名漢子，執刀持劍，同時向丁典攻去。丁典飛起左足，向左首一人的手腕踢去，本來這一腳方位去得十分巧妙，那人手中的單刀非給踢下不可。豈知他腳到中途，突然間勁力消失，竟然停滯不前，原來毒性已傳到腳上。那人翻轉刀背，啪的一聲，打在他腳骨之上。丁典腳骨碎裂，摔倒在地。

狄雲大驚，惶急中不及細想，縱身就向凌退思撲去，心想只有抓著他作爲要脅，才能救得丁典。那知凌退思左掌斜出，呼的一掌，擊在他胸口，手法勁力，均屬上乘。狄雲早豁出了性命不要，不封不架，仍然撲上前去。凌退思武功不低，這一掌明明擊中對方胸口，卻見狄雲毫不理會，他不知狄雲內穿「烏蠶衣」寶甲護身，還道他武功奇高，一驚之下，已給狄雲左手拿住了胸口「膻中穴」。

狄雲一襲得手，俯身便將丁典負在背上，左手仍牢牢抓住凌退思胸前要穴。那四個漢子心有顧忌，只是喝罵，卻不敢上前。丁典喝道：「投去火把，吹熄蠟燭。」執火把的漢子不敢不從，靈堂中登時一團漆黑。

狄雲左手抓住凌退思前胸，右手負著丁典，快步搶出。丁典指點途徑，片刻間來到花園門邊，狄雲踢開板門，奮力在凌退思的膻中穴上猛擊一拳，負著丁典便逃了出去，黑暗中一腳高一腳低的狂衝急奔。他苦修神照經兩年，雖還說不上有甚重大成就，但內力卻已非同泛泛。他擊向凌退思這一拳情急拚命，出力奇重，正好又擊中了對方胸口要穴。凌退思中拳後，悶哼一聲，往後便倒。他手下從人與武師驚惶之下，忙於相救，誰也顧不得來追趕丁狄二人了。

丁典手腳越來越麻木，神智卻仍清醒。他熟悉江陵城中道路，指點狄雲轉左向右，不久便遠離鬧市，到了一座廢園。丁典道：「凌知府定然下令把守城門，嚴加盤查，我中毒已深，是不能出城了。這廢園向來說是有鬼，沒人敢來，咱們且躲一陣再說。」

狄雲將他輕輕放在一株梅樹之下，道：「丁大哥，你中了甚麼毒？怎樣施救才是？」

丁典嘆了口氣，苦笑道：「不中用了。那是『金波旬花』的劇毒，天下無藥可解，挨得一刻是一刻。」

狄雲大吃一驚，全身猶如墮入冰窖，顫聲道：「甚麼？你……你是……是說笑罷？」心中卻明知丁典並非說笑。丁典道：「凌退思這『金波旬花』毒性厲害之極，嘿嘿，我以前只聞得幾下，便暈了過去。這一次是碰到了肌膚，那還了得？」

狄雲急道：「丁大哥，你……你別傷心。留得青山在……唉……女人的事，我……我也是一樣，這叫做沒法子……你得想法子解了毒再說……我去打點水來給你洗洗。」心中一急，說出來的話全然語無倫次。

丁典搖搖頭，道：「沒用的。這『金波旬花』之毒用水一洗，肌膚立時發腫腐爛，死得更加慘些。不去理它，它倒發作得慢。狄兄弟，我有許許多多話要跟你說，你別忙亂，你一亂，只怕我漏了要緊話兒。時候不多了，我得把話說完，你給我安安靜靜的坐著，別打斷我話頭。」

狄雲只得坐在他身旁，可是心中卻又如何安靜得下來？

丁典說得很平穩，似乎說的是別人的事，是個和他不相干的旁人。

「我是荊門人，是武林世家。我爹在兩湖也算是頗有名氣的。我學武的資質還不錯，除了家傳之學，又拜了兩位師父。年輕時愛打抱不平，居然也闖出了一點兒小小名頭。後來父母去世，我家財不少，卻也不想結親，只勤於練武，結交江湖上朋友。

「那是十五年前的事了，我乘船從四川下來，出了三峽後，船泊在三斗坪。那天晚上，我在船中聽得岸上有打鬥聲音。我生性愛武，自是關心，從船窗向外張望。那晚月光明亮，照在那幾人臉上，是三個人在圍攻一個老者。這三人都是兩湖武林中的出名人物，我倒都認得。一個是五雲手萬震山。（狄雲插口道：「啊，是我師伯！」）另一個是陸地神龍言達平。（狄雲道：「嗯，是我二師伯，不過我沒見過他老人家。」）第三個人使一口長劍，身手甚是矯捷，那是鐵鎖橫江戚長發。（狄雲跳了起來，叫道：「是我師父！」）

「我和萬震山曾有數面之緣，知他武功不弱，我當時遠不及他，見他們師兄弟三人聯手攻敵，想來必操勝算。那老者背上已經受傷，不住流血，手中又沒兵刃，只以一雙肉掌和他三人相鬥，功夫卻比萬震山他們高出太多。那三人不敢逼近他身旁。我越看越不平，但見萬震山他們使的每一手都是殺著，顯然要置那老者於死地。我一聲也不敢出，生怕給他們發覺，禍事可不小。這種江湖上的仇殺，若給旁人瞧見了，往往便要殺人滅口。

「鬥了半天，那老者背上的血越流越多，實在支持不住了，突然叫道：『好，我交給你們。』伸手到懷中去掏摸甚麼。萬震山他們三人一齊擁上，似乎生怕給旁人先搶到了手。突然之間，那老者雙掌呼的推出，三人爲掌力所逼，齊向後退。老者轉身便奔，撲通一聲，跳入了江中。三人大聲驚叫，趕到江邊。

「長江從三峽奔瀉下來，三斗坪的江水可有多急？只一眨眼間，那老者自然是無影無蹤了。但你師父仍不肯死心，跳到我船上，拔了竹篙，在江中亂撈一陣。這三人既逼死了那老頭，該當歡喜才是，但三人臉色都極可怕。我不敢多看，將頭蒙在被中，隱隱約約聽得他們在爭吵甚麼，似乎是互相埋怨。

「我直聽得這三人都走遠了，才敢起身，忽聽得後梢上啪的一聲響，梢公『啊』的一聲，叫道：『有水鬼！』我側頭看去，只見一個人濕淋淋的伏在船板上，正是那老者。原來他跳入江中後，鑽入船底，用大力鷹爪手法鉤住船底，凝住呼吸，待敵人退走後這才出來。我忙將他扶入船中，見他氣息奄奄，話也說不出來了。

「我心裏想，萬震山他們如不死心，定會趕向下游尋覓這老者的屍體。也是我自居俠義道，要救人性命，便命船家立即開船，溯江而上，回向三峽。船家當然不願，半夜中又沒縴夫，上三峽豈是易事？但總而言之，有錢能使鬼推磨便是了。

「我身邊帶得有金創藥，便給那老者治傷。可是他背上那一劍刺得好深，穿通了肺，這傷是治不好的了。我只有盡力而爲，甚麼也不多問，一路上買了好酒好肉服侍。我見了他的武功，親眼見他躍入長江，鑽入船底，這份膽識和功夫，便值得我丁典給他賣命。

「這麼治了三天，那老者問了我的姓名，苦笑道：『很好，很好！』從懷中取出一個油紙包來交給我。我道：『老丈的親人在甚麼地方？我必給老丈送到，決不有誤。』那老者道：『你知我是誰？』我道：『不知。』他道：『我是梅念笙。』

「我這一驚自然非同小可。甚麼？你不奇怪？梅念笙是誰，你不知道麼？是鐵骨墨萼梅念笙啊。你眞的不知道？（狄雲又搖搖頭，說道：「從來沒聽見過這名字。」）嘿嘿，是了，你師父自然不會跟你說。鐵骨墨萼梅念笙，是湘中武林名宿，他有三個弟子，大弟子名叫萬震山，二弟子叫言達平，三弟子叫……（狄雲插口道：「丁……丁大哥，你……你說甚麼？」）他三弟子是戚長發。當時我聽他自承是梅念笙，這份驚奇，跟你此刻一模一樣。我親眼見到月夜江邊那場惡鬥，見到萬震山師兄弟三人出手的毒辣，只有比你更加震駭。

「梅老先生向我苦笑著搖搖頭，道：『我的第三徒兒最厲害，搶先冷不防的在我背上揷了一劍，老頭兒才逼得跳江逃命。』（狄雲顫聲道：「甚麼？眞是我師父先動手？」）我不知說些甚麼話來安慰他才是，心想他師徒四人反目成仇，必有重大之極的原因，我是外人，雖然好奇，卻也不便多問。梅老先生道：『我在這世上的親人，就這麼三個徒兒。他們想奪我一部劍譜，不惜行刺師父，嘿嘿，好厲害的乖徒兒！劍譜是給他們奪去了，可是沒劍訣，那又有甚麼用？連城劍法雖然神奇，又怎及得上神照功了？這部神照經，我送了給你，好好的練罷。此經如能練成，威力奇大，千萬不可誤傳匪人。連城訣是這樣的，你牢牢記在心裏，有好大的用處。』神照經和連城訣，就是這樣得來的。

「梅老先生說了這番話後，沒挨上兩個時辰便死了。我在巫峽江邊給他安葬，當時我全不知連城訣如此事關重大，只道是他本門中所爭奪的一部劍術訣譜，因此沒想到須得嚴守隱秘，便在梅老先生墓前立了一塊碑，寫上『兩湖大俠梅先生念笙之墓』。那知道這塊石碑，竟給我惹來了無窮煩惱。有人便從這石碑的線索，追查石匠、船夫，查到這碑是我立的，梅老先生是我葬的，那麼梅老先生身上所懷的東西，十之八九是落入了我手中。

「過不了三個月，便有一個江湖豪客尋到我家中來。來人禮貌周到，說話吞吞吐吐的不著邊際，後來終於吐露了來意，他說有一張大寶藏的地圖，是在梅老先生手中，這時想必爲我所得，請我取出來，大家參詳，如找到寶藏，我得七成，他得三成。

「梅老先生交給我的，其實是一部修習上乘內功的秘經，還說了幾句劍訣，說是甚麼『連城訣』，那不過幾個數目字，此外一無所有，那裏有甚麼寶藏的地圖。我據實以告，那人不信，要我將武功秘訣給他看。梅老先生鄭重叮嚀，千萬不可誤傳匪人。我自是不允交出，那人怏怏而去。過不了三天，半夜裏便摸到我家裏來，跟我動上了手，他肩頭帶了彩，這才知難而退。

「風聲一洩漏，來訪的人越來越多。我實在應付不了，到得最後，連萬震山也來了。我在荊門老家躭不下去，只有一走了之，隱姓埋名，走得遠遠地，直到關外牧場去幹買賣牲口的勾當。這麼過得五六年，再也聽不到甚麼風聲了，記掛著老家，便改了裝，回到荊門來瞧瞧。不料老屋早給人燒成了一片白地，幸好我也沒甚麼親人，這麼一來，反而乾淨。」

狄雲心中一片迷惘，說要不信罷，這位丁大哥從來不打誑語，何況跟他親如骨肉，何必捏造一番謊言來欺騙自己？要信了他的話罷，難道一向這麼忠厚老實的師父，竟是這麼一個陰險狠毒之人？只見丁典臉上的肌肉不住輕輕顫動，似乎毒性正自蔓延，狄雲道：「丁大哥，我師父跟太師父的事，咱們不忙查究。你……還是仔細想想，有甚麼法子，能治你所中的毒。」

丁典搖頭道：「我說過叫你別打岔，你就靜靜的聽著。

「那是在九年多之前，九月上旬，我到了漢口，向藥材店出賣從關外帶來的老山人參。藥材店主人倒是個風雅人，做完了生意，邀我去看漢口出名的菊花會。這菊花會中名貴的品種倒眞不少，嗯，黃菊有都勝、金芍藥、黃鶴翎、報君知、御袍黃、金孔雀、側金盞、鶯羽黃。白菊有月下白、玉牡丹、玉寶相、玉玲瓏、一團雪、貂蟬拜月、太液蓮。紫菊有碧江霞、雙飛燕、翦霞綃、紫玉蓮、紫霞杯、瑪瑙盤、紫羅繖。紅菊有美人紅、海雲紅、醉貴妃、繡芙蓉、胭脂香、錦荔枝、鶴頂紅。淡紅色的有佛見笑、紅粉團、桃花菊、西施粉、勝緋桃、玉樓春……」

他各種各樣菊花品種的名稱隨口而出，倒似比武功的招式更加熟習。狄雲有些詫異，但隨即想起，丁大哥是愛花之人，因此那位凌小姐的窗檻上鮮花不斷。他熟知諸般菊花的品種名稱，自非奇事。

丁典說到這些花名時，嘴角邊帶著微笑，神色甚是柔和，輕輕的道：「我一面看，一面讚賞，和藥店主人談論，說出這些菊花的名稱，品評優劣。我觀賞完畢，將出花園時，說道：『這菊花會也算是十分難得了，就可惜沒綠菊。』

「忽聽得一個小姑娘的聲音在我背後說道：『小姐，這人倒知道綠菊花。我們家裏的「春水碧波」、「綠玉如意」，平常人那裏輕易見得？』

「我回過頭來，只見一個清秀絕俗的少女正在觀賞菊花，穿一身嫩黃衫子，當眞是人淡如菊，我一生之中，從未見過這般雅致清麗的姑娘。她身旁跟著一個十四五歲的丫鬟。那位小姐見我注視她，臉上登時紅了，低聲道：『對不起，先生別見怪，小丫頭隨口亂說。』我霎時間呆住了，甚麼話也說不出來。

「我眼望她出了園子，仍怔怔的不會說話。那藥店主人道：『這一位是武昌凌翰林家的小姐，咱們武漢出名的美人。她家裏的花卉，那是了不起的。』

「我出了園子，和藥店主人分了手，回到客店，心中除了那位凌小姐之外，再沒絲毫別的念頭。到得午後，我便過江到了武昌，問明途徑，到凌翰林府上去。倘若就此進去拜訪，那是太也冒昧，我在府門外踱來踱去，心裏七上八下，又歡喜，又害怕，又斥罵自己該死。我那時年紀已不算小了，可是就像初墮情網的小夥子一般，變成了隻沒頭蒼蠅。」他說到這裏，臉上現出一股奇異的光采，眼中神光湛湛，顯得甚爲興奮。

狄雲感到害怕，擔心他突然會體力不支，說道：「丁大哥，你還是安安靜靜的歇一會。我去找個大夫來給你瞧瞧，未必就眞的沒法子治。」說著便站起身來。

丁典一把抓住他衣袖，說道：「我們倆這副模樣出去找大夫，那不是自尋死路麼？」頓了一頓，嘆了口氣，道：「狄兄弟，那日你聽到師妹嫁了別人，氣得上吊。你師妹待你無情無義，實在不值得爲她尋死。」

狄雲點頭道：「不錯，這些年來，我也已想穿啦。」

丁典道：「倘若你師妹對你一往情深，終於爲你而死，那麼，你也該爲她死了。」狄雲突然省悟，道：「那位凌小姐，是爲你死的？」丁典道：「正是。她爲我死了，現下我也就要爲她死啦。我……我心裏很快活。她對我情深義重，我……我也待她不錯。狄兄弟，別說我中毒無藥可治，就是醫治得好，我也不治。」

驀然之間，狄雲心中感到一陣難以形容的傷心，那當然是爲了痛悼良友將逝，可是在內心深處，反而在羨慕他的幸福，因爲在這世界上，有一個女子是眞心誠意的愛他，甘願爲他而死，而他，也是同樣深摯的報答了這番恩情。可是自己呢？自己呢？

丁典又沉浸在往日的回憶之中，說道：

「凌翰林的府門是朱紅的大門，門口兩隻大石獅子，我是個江湖人，怎能貿然闖進去？我在門外踱了三個時辰，直踱到黃昏，自己也不知道到底在盼望甚麼。

「天快黑了，我還是沒想到要離開，忽然間，旁邊小門中出來一個少女，悄步走到我身邊，輕聲說道：『儍瓜，你在這裏還不走？小姐請你回家去罷！』我一看，正是凌小姐身邊的那個丫頭。我心中怦怦亂跳，結結巴巴的道：『你……你說甚麼？』

「她笑嘻嘻的道：『小姐和我賭了東道，賭你甚麼時候才走。我已贏了兩個銀指環啦，你還不走？』我又驚又喜，道：『我在這裏，小姐早知道了麼？』那丫鬟笑道：『我出來瞧了你好幾次，你始終沒見到我，你靈魂兒也不見了，是不是？』她笑了笑，轉身便走。我忙道：『姊姊！』她說：『怎麼？你想甚麼？』我道：『聽姊姊說，府上有幾本名種的綠菊，我想觀賞一下，不知行不行？』她點點頭，伸手指著後園的一角紅樓，說道：『我去求求小姐，要是她答允，就會把綠菊花放在那紅樓的窗檻上。』

「那天晚上，我在凌府外的石板上坐了一夜。

「到第二天早晨，狄兄弟，我好福氣，兩盆淡綠的菊花當眞出現在那窗檻之上。我知道一盆叫作『春水碧波』，一盆叫作『綠玉如意』，可是我心中想著的，只是放這兩盆花的人。就在那時候，在那簾子後面，那張天下最美麗的臉龐悄悄的露出半面，向我凝望了一眼，忽然間滿臉紅暈，隱到了簾子之後，從此不再出現。

「狄兄弟，你大哥相貌平庸，非富非貴，只是個流落江湖的草莽之徒，如何敢盼望得佳人垂青？只是從此之後，每天早晨，我總是到凌府的府門外，向小姐的窗檻瞧上半天。凌小姐倒也記著我，每天總是換一盆鮮花，放在窗檻上。

「這樣子的六個多月，不論大風大雨，大霜大雪，我天天早晨去賞花。凌小姐也總風雨不改的給我換一盆鮮花。她每天只看我一眼，決不看第二眼，每看了這一眼，總是滿臉紅暈的隱到了簾子之後。我只要每天這樣見到一次她的眼波、她臉上的紅暈，那就心滿意足。她從來沒跟我說話，我也從不敢開口說一句。以我的武功，輕輕一縱，便可躍上樓去，到了她身前。但我從來不敢對她有半分輕慢。至於寫一封信來表達敬慕之忱，那更是不敢了。

「那一年三月初五的夜裏，有兩個和尚到我寓所來，忽然向我襲擊。他們得知了消息，想搶神照經和劍訣。這兩個和尚，便是『血刀門』五僧中的二僧，其中一個我已在牢獄中料理了，那日你親眼瞧見的。可是那時我還沒練成神照功，武功及不上他們，給這兩個惡僧打得重傷，險些性命不保，我躲在馬厩的草料堆中，這才脫難。

「這一場傷著實不輕，足足躺了三個多月，才勉強能夠起身。我一起床，撐了拐杖，掙扎著便到凌府的後園門外，只見景物全非，一打聽，原來凌翰林已在三個月前搬了家。搬到甚麼地方，竟誰也不知。

「狄兄弟，你想想，我這番失望，可比身上這些傷勢厲害得多。我心中奇怪，凌翰林是武昌大名鼎鼎的人物，搬到了甚麼地方，決不至於誰也不知。可是我東查西問，花了不少財物氣力，仍沒半點頭緒。這中間實在大有蹊蹺。顯然，凌翰林或許為了躲避仇家，或許另有特別原因，這才突然間舉家遷徙，不知去向，湊巧的是，我受傷不久，她家裏就搬了。

「從此我不論做甚麼事都是全無心思，在江湖上東遊西蕩。也是我丁典洪福齊天，這日在長沙茶館之中，無意聽到兩個幫會中人談論，商量著要到荆州去找萬震山，說要他交出那部《連城劍譜》來。我想那日萬震山師兄弟三人大逆弑師，為的就是這本劍譜，到底那劍譜是副甚麼樣子，倒不妨瞧瞧。於是我悄悄跟著二人，到了江陵。這兩個幫會中人委實是不自量力，一到萬家去生事，就給萬震山拿住了，送到荆州府衙門去。我跟著去瞧熱鬧，一見到府衙前貼的大告示，可真喜從天降。原來那知府不是旁人，正是凌小姐的父親凌退思。

「這天晚上，我悄悄捧了一盆薔薇，放在凌小姐後樓的窗檻上，然後在樓下等著。第二天早晨，小姐打開窗子，見到了那盆花，驚呼了一聲，隨即又見到了我。我們一年多不見，都以為今生再無相見之日，此番久別重逢，眞是說不出的歡喜。她向我瞧了好一會兒，臉有喜色，紅著臉輕輕掩上了窗子。第三天，她終於說話了，問道：『你生病了麼？可瘦得多了。』

「以後的日子，我不是做人，是在天上做神仙，其實就做神仙，一定也沒我這般快活。每天半夜裏，我到樓上去接凌小姐出來，在江陵各處荒山曠野漫遊。我們從沒半分不規矩的行為，然而是無話不說，比天下最要好朋友還更知己。

「一天晚上，凌小姐向我吐露了一個大秘密。原來她爹爹雖然考中進士，做過翰林，其實是兩湖龍沙幫中的大龍頭，不但文才出衆，武功也十分了得。我對凌小姐既敬若天神，對她父親自然也甚為尊敬，聽了也不以為意。

「又有一天晚上，凌小姐對我說，她父親所以不做清貴的翰林，又使了數萬兩銀子，千方百計的謀幹來做荆州府知府，乃是有個重大圖謀。原來他從史書之中，探索到荆州城中某地，一定埋藏有一批數量巨大無比的財寶。

「凌小姐說，六朝時梁朝的梁武帝經侯景之亂而死，簡文帝接位，又為侯景害死，湘東王蕭繹接位於江陵，是為梁元帝。梁元帝懦弱無能，性喜積聚財寶，在江陵做了三年皇帝，搜刮的金珠珍寶，不計其數。承聖三年，魏兵攻破江陵，殺了元帝。但他聚歛的財寶藏在何處，卻無人得知。魏兵元帥于謹爲了查問這批珍寶，拷打殺掠了數千人，始終追查不到。他怕知道珍寶所在的人日後偷偷發掘，將江陵百姓數萬口盡數驅歸長安。殺的殺，坑的坑，幾乎沒甚麼活口倖存。幾百年來，這秘密始終沒揭破。時候長了，更加誰也不知道了。

「凌小姐說，她爹爹花了多年功夫，翻查荆州府志，以及各種各樣的古書舊錄，斷定梁元帝這批財寶，定是埋藏在江陵城外某地。梁元帝性子殘忍，想必是埋了寶物之後，將得知秘密的人盡數殺了，因此魏兵元帥不論如何的拷掠百姓，終究得不到絲毫線索。」

狄雲聽到這裏，心頭存著的許多疑竇慢慢一個個解明了，說道：「丁大哥，你知道這寶藏的秘密，是不是？這許多人到牢獄中來找你，也必是爲了想得這個大寶藏。」

丁典臉露苦笑，繼續說下去：

「凌小姐跟我說了這些話，我只覺她爹爹發財之心忒也厲害，他已這般文武全才，又富又貴，何必再去想甚麼寶藏？後來我跟她談論江湖間的諸般見聞，那晚在江邊見到萬震山三人弒師奪譜的事，自然也不瞞她。我跟她說到神照經、連城訣等等。

「我們這般過了大半年快活日子。那一日是七月十四，凌小姐對我說：『典哥，咱們的事，總得給爹爹說了，請他老人家作主，那就不用這般偷偷摸摸……』她這句話沒說完，羞得將臉藏在我的懷裏。我說：『你是千金小姐，我就怕你爹爹瞧我不起。』她說：『我祖上其實也是武林中人，只不過我爹爹去做了官，我又不會半點武藝。我爹爹是最疼我的，自從我媽死後，我說甚麼他都答允。』

「我聽她這麼說，自然高興得要命。七月十五這一天，在白天該睡覺的時候，也閉不了眼睛。到得半夜，我又到凌小姐樓上去會她，她滿臉通紅的說：『爹爹說，一切但憑女兒的主意。』我樂得變成了個大傻瓜，兩個兒你瞧瞧我，我瞧瞧你，只嘻嘻的直笑。

「我倆手挽手走下樓來，忽然在月光之下，看見花圃中多了幾盆顏色特別嬌艷的黃花。這些花的花瓣黃得像金子一樣，閃閃發亮，花朵的樣子很像荷花，只是沒荷花那麼大。我二人都是最愛花的，立時便過去觀賞。凌小姐嘖嘖稱奇，說從來沒見過這種黃花，我們一齊湊近去聞聞，要知道這花的香氣如何……」

狄雲聽他敘述往事，月光之下，與心上人攜手同遊，觀賞奇花，當眞是天上神仙也比不上了。可是丁典述說的語調之中，卻含有一股陰森森的可怖的氣息，狄雲聽得幾乎氣也喘不過來，似乎這廢園之中，有許多惡鬼要撲上身來一般，突然之間他想到了一個名字，大聲叫道：「金波旬花！」

丁典嘴角邊露出一絲苦笑，隔了好一會，才道：「兄弟，你不笨了。以後你一人行走江湖，也不會吃虧，我這可放心了。」

狄雲聽他這幾句話中充滿了關切和友愛，忍不住熱淚盈眶，恨恨的道：「凌知府這狗官，他，他，他不肯將女兒許配給你，那也罷了，何必使這毒計害你？」

丁典道：「當時我怎麼猜想得到？更那知道這金色的花朵，便是奇毒無比的金波旬花？『波旬』兩字是梵語，是『惡魔』的意思。這毒花是從天竺傳來的，原來天竺人叫它為『惡魔花』，我一聞到花香，便一陣暈眩，只見凌小姐身子晃了幾晃，便即摔倒。我忙伸手去扶，自己卻也站立不定。我正運內功調息，與毒性相抗，突然間暗處搶出幾個手執兵刃的漢子來。我只和他們鬥得幾招，眼前已漆黑一團，接著便甚麼也不知道了。

「待得醒轉，我手足都已上了銬鐐，連琵琶骨也給鐵鍊穿過。凌知府穿了便服，在花廳中審訊，旁邊伺候的也不是衙門中的差役，而是他幫會中的兄弟。我自然十分倔強，破口大罵。凌知府先命人狠狠拷打我一頓，這才逼我交出神照經和劍訣。

「以後的事，你都知道了。每個月十五，凌知府便提我去拷打一頓，勒逼我交出武經劍訣，我始終給他個不理不睬。他的耐性也眞好，咱們便這麼耗上了。」

狄雲道：「凌小姐呢？她爲甚麼不想法子救你？你後來練成了神照功，來去自如，爲甚麼不去瞧瞧她？爲甚麼在獄中空等，一直等到她死？」

丁典頭腦中一陣劇烈的暈眩，全身便似在空中飄浮飛舞一般。他伸出手來亂抓亂摸，似想得到甚麼依靠。狄雲伸手過去握住了他手。丁典突然一驚，使力掙脫，說道：「我手上有毒，你別碰。」狄雲心中又是一陣難過。

丁典暈了一會，漸漸定下神來，問道：「你剛才說甚麼？」狄雲忽然想起一事，說道：「丁大哥，你有沒有想過，凌小姐是受她父親囑咐，故意騙你，想要……」丁典一聲大叫，喝道：「放屁！」揮拳便擊了下來。狄雲自知失言，不願伸手招架，甘心受他一拳。

不料丁典的拳頭伸在半空，卻不落下，向狄雲瞪視片刻，緩緩收回拳頭，道：「兄弟，你爲女子所負，以致對天下女子都不相信，我也不來怪你。霜華若是受她父親囑咐，想使美人計，要騙我的神照經和連城訣，那是很容易的。她又何必騙？只須說一句：『你那部神照經和連城訣給了我罷！』她甚至不用明說，只須暗示一下，或者表示了這麼一點點意思，我立刻就給了她。她拿去給她父親也好，施捨給街邊的乞丐也好，或是撕爛來玩也好，燒著瞧也好，我都眉頭也不皺一下。狄兄弟，雖然這是武林中的奇書至寶，可是與霜華相比，在我心中，這奇書至寶也不過是糞土而已。凌退思枉自文武雙全，實在是個大大的蠢才。他若叫女兒向我索取，我焉有相拒之理？」

狄雲道：「說不定他曾跟凌小姐說過，凌小姐卻不答允。」

丁典搖頭道：「若有此事，霜華也決不瞞我。」嘆了口氣，說道：「凌退思這種人，於功名利祿、金銀財寶看得極重，以己度人，以為天下人都如他一般的重財輕義，以為他女兒倘若向我索取，我一定不允，反倒著了形跡，令我起了提防之心。另外還有個原因，他是翰林知府，女兒卻私下裏結識了我這草莽布衣。他痛恨我辱沒了他門楣，非殺我不可。

「他將我擒住後，立時便搜我全身，甚麼東西也找不到，在我的寓所窮搜大索，自然也找不到甚麼。其實，那神照經和連城訣，我都記在心裏，外面不留半點線索。每個月十五，他總是提我出去盤問拷打，把甚麼甜言蜜語都說完了，威嚇脅迫也都使遍了，我只是給他個不理不睬。他從我嘴裏問不到半句眞話，但從他盤問的話中，我反而推想到了，原來梅念笙老先生跟我說的那『連城訣』，便是找尋梁元帝大寶藏的秘訣。他又曾派人裝扮了囚犯，和我關在一起，想套問我的口風。那人假裝受了冤屈，大罵凌退思不是好人。可是我一下子就瞧了出來，只可惜那時沒練成神照功，身上沒多少力量，打得他不夠厲害。」他說到這裏，嘴角邊露出一絲微笑，道：「你運氣不好，給我冤枉打了不少頓。若不是你上吊自盡，到今日說不定給我打也打死了。」

狄雲道：「我給人陷害，若不是丁大哥……」丁典左手搖了搖，要他別說下去，道：「這是機緣。世事都講究一個『緣』字。」

他眼角斜處，月光下見到廢園角落的瓦礫之中，長著一朵小小的紫花，迎風搖曳，頗有孤寂淒涼之意，便道：「你給我採了來。」狄雲過去摘下花朵，遞在他的手裏。

丁典拿著那朵小紫花，神馳往日，緩緩說道：「我給穿了琵琶骨，關在牢裏，一切都已想得清清楚楚，凌退思是非要了我的命不可。我如將經訣早一日交給他，他便早一日殺我。但如我苦挨不說，他瞧在財寶面上，反而不會害我，便是拷打折磨，也只讓我受些皮肉之苦，還眞捨不得傷了我要害。」

狄雲道：「是了，那日我假意要殺你，那獄卒反而大起忙頭，不敢再強兇霸道。」

丁典拿著那朵小紫花，手指微微顫抖，紫花也微微顫抖，緩緩道：

「我在牢獄中給關了一個多月，又氣又急，幾乎要發瘋了。一天晚上，終於來了一個丫鬟，那便是凌小姐的貼身使婢菊友，我在武昌城裏識得霜華，便因她一言而起。不知霜華使了多少賄賂，才打動獄卒，引得她來見我一面。可是，菊友一句話也沒跟我說，也沒甚麼書柬物事遞給我，只是向我呆望。獄卒手裏拿著一柄尖刀，指住她的背心。我很明白，那獄卒顯是怕極了凌知府，只許她見我一面，可不許說話。

「菊友瞧了我一會，怔怔的流下淚來。那獄卒連打手勢，命她快走。菊友見到鐵欄外的庭院中長得有一朵小雛菊，便去採了來，隔著鐵欄遞了給我，伸手指著遠處高樓上的窗檻。窗檻上放著一盆鮮花。我心中一喜，知道這花是霜華放在那兒的，作爲我的伴侶。菊友不能多停，轉身走了出去。剛要走出院子的鐵門，高處一箭射了下來，正中她背心，登時便將她射死了。原來凌退思深怕我朋友前來劫獄，連牆頭屋頂都伏得有人。跟著第二箭射下，那獄卒也送了性命。那時我當眞十分害怕，生怕凌退思橫了心，連自己女兒竟也加害。我不敢再觸怒他，每次他審問我，我只給他裝聾作啞。

「菊友是爲我而死的，若不是她，這幾年我如何熬得過？我怎知道那窗檻上的鮮花，是霜華爲我而放？可是霜華始終不露面，始終不在那邊窗子中探出頭來讓我瞧她一眼。我當時一點也不明白，有時不免怪她，爲甚麼這樣忍心。

「於是我加緊用功，苦練神照經，要早日功行圓滿，能不受這鐵銬的拘束。我只盼得脫樊籠，帶同霜華出困。只是這神照功講究妙悟自然，並非一味勤修苦練便能奏功。我給穿了琵琶骨，挑斷了腳筋，自然比旁人又加倍艱難。直到你自盡之前的兩個月，這才大功告成。這些日子之中，全憑這一盆鮮花作爲我的慰藉。

「凌退思千方百計的想套出我胸中秘密。將你和我關在一起，那也是他的計策。他知道派親信來騙我，是不管用的了，於是索性讓一個眞正受了大冤屈的少年人來陪我。時候一久，我自能辨別眞僞。只要我和你成了患難之交，向你吐露了眞情，那麼在我身上逼不出的，多半能在你口中套騙出來。你年幼無知，忠厚老實，別人假裝好人，你容易上當。可是我始終不相信你。我親身的遭受，菊友的慘死，叫我對誰也信不過了。

「事隔多年，凌退思這荊州府知府的任期早已屆滿，該當他調，或是升官，想來他使了銀子，居然一任一任的做下去。他不想升官，只想得這個大寶藏。

「你以爲我沒出過獄去嗎？我練成神照功後，當天便出去了，只是出去之前點了你的昏睡穴，你自然不知道。那一晚我越過高牆之時，還道不免一場惡鬥，不料事隔多年，凌退思已無防我之心，外邊的守衛早已撤去。他萬萬料想不到神照功如此奇妙，穿了琵琶骨、挑斷了腳筋的人，居然還能練成上乘武功。

「我到了高樓的窗下，心中跳得十分厲害，似乎又回到了初次在窗下見到她的心情。終於鼓起了勇氣，輕輕在窗上敲了三下，叫了聲：『霜華！』

「她從夢中驚醒過來，矇矇矓矓的道：『大哥！典哥！是你麼？我是在做夢麼？』我隔了這許多苦日子，終於又再聽到她的聲音，歡喜得眞要發狂，顫聲道：『霜妹，是我！我逃出來啦。』我等她來開窗。以前我們每次相會，總是等她推開窗子招了手，我才進去，我從來不自行進她的房。

「不料她並不開窗，將臉貼在窗紙上，低聲道：『謝天謝地，典哥，你仍好好活著，爹沒騙我。』我的聲音很苦澀，說道：『嗯，你爹沒騙你。我還活著。你開窗罷，我要瞧你。』她急道：『不，不！不行！』我的心沉了下去，問道：『爲甚麼不行？』她道：『我答應了爹，他不傷你性命，我就永遠不再跟你相見。他要我起了誓，要我起一個毒誓，倘若我再見你，我媽媽在陰世天天受惡鬼欺侮。』她說到這裏，聲音哽咽了。她十三歲那年喪母，對亡母是最敬愛不過的。

「我眞恨極了凌退思的惡毒心腸。他不殺我，只不過爲了想得經訣，霜華便不起這毒誓，他也決計捨不得殺我。可是他終於逼得女兒起了這毒誓，這個毒誓，將我甚麼指望都化成了泡影。但我仍不死心，說道：『霜華，你跟我走。你把眼睛用布蒙了起來，永不見我就是。』她哭道：『那不成的。我也不願你再見我。』

「我胸中積了許多年的怨憤突然迸發出來，叫道：『爲甚麼？我非見你不可！』

「她聽到我的聲音有異，柔聲道：『典哥，我知道你給爹爹擒獲後，一再求他放你。他卻將我另行許配別人，要我死了對你的心。我說甚麼也不答允，他用強逼迫，於是……於是……我用刀子劃破了自己的臉。』」

狄雲聽到這裏，不禁「啊」的一聲叫了出來。

丁典道：「我又感激，又憐惜，一掌打破了窗子。她驚呼一聲，閉起了眼睛，伸手蒙住了自己臉，可是我已經瞧見了。她那天下最美麗的臉龐上，已又橫又豎的劃上了十七八刀，肌肉翻了出來，一條條都是鮮紅的疤痕。她美麗的眼睛，美麗的鼻子，美麗的嘴巴，都歪歪扭扭，變得像妖魔一樣。我伸手將她摟在懷裏。她平時多麼愛惜自己容顏，若不是爲了我這不祥之人，她怎肯讓自己的臉蛋受半點損傷？我說：『霜妹，容貌及得上心麼？你爲我而毀容，在我心中，你比從前更加美上十倍，百倍。』她哭道：

『到了這地步，咱倆怎麼還能廝守？我答允了爹爹，永遠不再見你。典哥，你……你去罷！』我知道這是無可挽回的了，說道：『霜妹，我回到牢獄中去，天天瞧著你這窗邊的鮮花。』她卻摟住我的脖子，說道：『你……你別走！』

「我和她相偎相倚，不再說甚麼話。她不敢看我，我也不敢再瞧她。我當然不是嫌她醜陋，可是……可是……她的臉實在毀損得厲害。隔了很久很久，遠處的雞啼了。她說：『典哥，我不能害我死了的媽媽。你……你以後別再來看我。』我說：『咱倆從此不再相見？』她哭道：『不再相見！我只盼咱倆死了之後，能葬在一起。只盼有那一位好心人，能幫咱們完成我這心願，我在陰間天天唸佛保佑他。』

「我道：『我已推想到，我所知道的那「連城訣」，便是找尋梁元帝那大寶藏的秘訣。我跟你說，你好好記住了。』她道：『我不記，我記著幹甚麼？爹爹爲了這個秘密，才害得你這樣，典哥，我不想聽。』我道：『你尋一個誠實可靠之人，要他答允幫咱們成全這個合葬的心願，就將這劍訣對他說。』

「她道：『我這一生是決不下這樓的了，我這副樣子，怎能見人？』可是她想了一想之後，又道：『好，你跟我說。典哥，我無論如何要跟你葬在一起。就這副樣子去求人，我也不怕。』於是我將劍訣說了給她聽。她用心記住了。

「東方漸漸亮了，我和她分了手，回到了獄中。那時我雖可自在出獄，但我每天要看她窗上的花，我是永遠永遠不會走的……有人行刺凌退思，我反而救他，因爲……因爲如果凌退思給人殺了，霜華一個人孤苦伶仃，在這世上再也沒依靠……」

他說到這裏，聲音漸漸低了下去。

狄雲道：「大哥你放心，要是你眞的好不了，我定要將你和凌小姐合葬。我可不希罕你的甚麼秘訣，你就說了，我也決計不聽。」

丁典臉露歡笑，說道：「好兄弟，不枉我結識你一場。你答允給我們合葬，我死得瞑目，我好歡喜……你照我所教的用心練去，將來必可練成神照功，天下無敵是不見得，但比萬震山他們一定高得多了……」他話聲越來越低，說道：「你如找得到這個大寶藏，也不必是爲了自己發財，可以用來打救天下的苦人，像我、像你這樣的苦人，天下多得是。這連城訣，你若不聽，我一死之後便失傳了，豈不可惜？」狄雲點了點頭。

丁典深深吸一口氣，道：「你聽著，這都是些數字，可弄錯不得。」狄雲打疊精神，凝神傾聽。丁典道：「第一字是『四』，第二字是『四十一』，第三字是『三十三』，第四字『五十三』……」

狄雲正感莫名其妙，忽聽得廢園外腳步聲響，有人說道：「到園子裏去搜搜。」

丁典臉上變色，一躍而起。狄雲跟著跳起。只見廢園後門中搶進三條大漢。

「再見她一面，又有甚麼好？她有丈夫、女兒，一家人歡歡喜喜的，那有半分將我這殺人逃犯放在心上？我再想見她，豈不徒然自討沒趣？」

四　空心菜

丁典向這三人橫了一眼，問道：「兄弟，我說的那四個數目字，你記住了麼？」

狄雲見三名敵人已逼近身前，圍成了弧形，其中一人持刀，一人持劍，另一人雖是空手，但滿臉陰鷙之色，神情極是可怖。他凝神視敵，未答丁典的問話。

丁典大聲叫道：「兄弟，你記住了沒有？」狄雲一凜，道：「第一字是……」他本想說出個「四」字來，但立時想起：「我若說出口來，豈不教敵人聽去了？」當即將左手伸到背後，四根手指一豎。丁典道：「好！」

那使刀的漢子冷笑道：「姓丁的，你總算也是條漢子，怎麼到了這地步，還在婆婆媽媽的囉唆不休？快跟咱兄弟們乖乖回去，大家免傷和氣。」那使劍的漢子卻道：「狄大哥，多年不見，你好啊？牢獄中住得挺舒服罷？」

狄雲一怔，聽這口音好熟，凝神看去，登時記起，此人便是萬震山的二弟子周圻，相隔多年，他在上唇留了一片小鬍子，兼之衣飾華麗，竟不識得他了。狄雲這幾年來慘遭陷害的悲憤，霎時間湧向心頭，滿臉脹得通紅，喝道：「原來是周……周……周二哥！」他本欲直斥其名，終於在「周」字之下，加上了「二哥」兩字。

丁典猜到了他的心情，喝道：「好！」轉眼便是一場決生死的搏鬥，狄雲能抑制憤怒，叫他一聲「周二哥」，便不是爛打狂拚的一勇之夫了，說道：「這位周二爺，想必是萬老爺子門下的高弟。很好，很好，你幾時到了凌知府手下當差？狄兄弟，我給你引見引見。這位是『萬勝刀』門中的馬大鳴馬爺。那位是山西太行門外家好手，『雙刀』耿天霸耿爺。據說他一對鐵掌鋒利如刀，因此外號『雙刀』，其實他是從來不使兵刃的。」狄雲道：「這兩位的武功怎樣？」丁典道：「第三流中的好手。要想攀到第二流，卻終生無望。」狄雲道：「為甚麼？」丁典道：「不是那一塊材料，資質既差，又沒名師傳授。」他二人一問一答，當眞旁若無人。

耿天霸便即忍耐不住，喝道：「直娘賊，死到臨頭，還在亂嚼舌根。吃我一刀！」他所說的「一刀」，其實乃是一掌，喝聲未停，右掌已經劈出。

丁典中毒後一直難以運氣使勁，不敢硬接，斜身避過。耿天霸右掌落空，左掌隨至。丁典識得這是「變勢掌」，急忙翻手化解。可是一掌伸將出去，勁力勢道全不是那回事，啪的一聲，腋下已給耿天霸的右掌打實。丁典身子一晃，哇的一聲，吐出了一口鮮血。耿天霸笑道：「怎麼樣？我是第三流，你是第幾流？」

丁典吸一口氣，突覺內息暢通，原來那「金波旬花」的劇毒深入血管，使血液漸漸凝結，越流越慢。他適才吐出一大口鮮血，所受內傷雖然不輕，毒性卻已暫時消減。他心頭一喜，立時上前挺掌向耿天霸按出。耿天霸舉掌橫擋，丁典左手迴圈，啪的一聲，重重打了他一個嘴巴，跟著右手圈轉，反掌擊在他頭頂。耿天霸大叫一聲「啊喲！」急躍退後。丁典右掌倏地伸出，擊中了他胸口。耿天霸又一聲「啊喲！」再退了兩步。

丁典這三掌只須有神照功相濟，任何一掌都能送了當今一流高手的性命。耿天霸只外功厲害，內力卻殊爲平平，居然連受三掌仍能挺立不倒。丁典自知死期已近，雖生性豁達，且已決意殉情，但此刻一股無可奈何、英雄末路的心情，卻也令他不禁黯然神傷。然而耿天霸連中三掌，大驚失色，但覺臉上、頭頂、胸口隱隱作痛，心想三處都是致命的要害，不知傷勢如何，不由得怯意大生。

馬大鳴向周圻使個眼色，道：「周兄弟，並肩子上！」周圻道：「是啊！」他自忖不是狄雲對手，但想自己手中有劍，對方卻赤手空拳，再加他右手手指遭削，琵琶骨穿破，就算他功夫再強，也使不出了，便挺劍向狄雲刺去。

丁典知狄雲神照功未曾練成，此刻武功尚遠不及入獄之前，要空手對抗周圻，不過枉送了性命，身形斜晃，左手便去奪周圻長劍。這一招去勢奇快，招式又極特異，周圻尚未察覺，丁典左手三根手指已搭上了他右手脈門。周圻大驚，只道兵刃非脫手不可，那可性命休矣，豈知自己脈門上穴道居然並不受制，當即順手急甩，長劍迴轉，疾刺丁典左胸。丁典側身避過，長嘆一聲。

馬大鳴見丁典和耿天霸、周圻動手，兩次都已穩佔上風，卻兩次均不能取勝，心中微一琢磨，已知其理：「凌知府說他身中劇毒，想必是毒性發作，功力大減。」耿天霸見丁典奪劍功敗垂成，也知他內力已不足以濟，心道：「這姓丁的招數厲害，卻是虎落平陽……呸，他媽的！虎落平陽被犬欺，我將這賊囚犯比作老虎，豈不是將老子比作狗了？」兩人一般的心思，同時向丁典撲去。

狄雲搶上擋架。丁典在他肩頭上一推，喝道：「狄兄弟，退下。」右手探出，已抓中了馬大鳴喉頭。這一抓只須有尋常內功，手指抓到了這等要緊的部位，那也非要了對方性命不可。馬大鳴嚇得魂飛天外，就地急滾，逃了開去。

丁典暗自歎氣，自己內力越來越弱，只仗著招數高出敵人甚多，尚可支持片刻，若這「連城訣」不說與狄雲知道，大秘密從此湮沒無聞，未免太也可惜，說道：「狄兄弟，你聽我的話。你躲在我身後，不必去理會敵人，只管記我的口訣。這事非同小可，咱們說甚麼也得辦成功了。你丁大哥落到今日這步田地，便是為此。」狄雲應了一聲，縮到丁典身後。丁典道：「第五個字是『十八』……」

馬大鳴知道凌知府下令大搜，追捕丁典，主旨是在追查一套武功秘密；而周圻到凌退思手下當差，既非爲名，亦非爲利，乃奉了師父之命，暗中查訪連城訣。這時兩人聽到丁典說出第五個字是「十八」這句話，都是心中一凜，牢牢記住。只聽丁典又道：「第六個字是『七』。」馬大鳴、周圻、狄雲三人又一齊用心暗記。

耿天霸卻只奉命來捉要犯，不知其餘，見丁典口中唸唸有辭，甚麼「十七、十八」，馬大鳴和周圻兩人便即心不在焉，也是「十七、十八」的喃喃自語，只道丁典在唸甚麼迷人心魄的咒語，大喝：「喂，別著了他道兒！」揮掌向丁典直劈過去，但忌憚對手了得，一掌擊過，不敢再施後著，立即退開。

丁典讓過敵掌，腳下站立不穩，向前撲出。馬大鳴瞧出便宜，揮刀砍向他左肩。丁典只覺眼前一黑，竟不知閃避。狄雲大驚，危急中無法解救，搶將上來，一頭撞入馬大鳴懷裏。

丁典一陣頭暈過去，睜開眼來，見狄雲和馬大鳴糾纏在一起，周圻挺劍正要往狄雲背心上刺去，當即左手揮出，兩根手指戳向周圻雙眼。他自知力氣微弱已極，只有攻向這等柔軟部位，方能收退敵之功。周圻不暇傷人，疾向左閃，便在此時，馬大鳴一刀柄已擊在狄雲頭上，將他打倒在地。丁典叫道：「狄兄弟，記住第七字，那是……」只覺胸口氣息急窒，耿天霸右掌又到。

丁典搖了搖頭，眼前白光連閃，馬大鳴和周圻同時攻來，丁典身子晃動，猛向刀劍迎上，噗噗兩聲，刀劍同時刺中他身子。狄雲一聲大叫，搶上救援。丁典乘著鮮血外流、毒性稍弱這一瞬息，運勁雙掌，順手一掌打在馬大鳴右頰，反手一掌打向周圻。這一掌本來非打中周圻不可，不料耿天霸恰好於這時撲將上來，衝勢極猛，喀喇一聲響，將胸口撞在丁典的掌上，肋骨全斷，當時便暈死過去。

丁典這兩掌使盡了全身剩餘的精力。馬大鳴當場身死。耿天霸氣息奄奄，也已命在頃刻。只周圻卻沒受傷，右手抓住劍柄，要從丁典身上拔出長劍，再來回刺狄雲。丁典身子向前挺出，雙手緊抱周圻腰間，叫道：「狄兄弟，快走，快走！」他身子這麼一挺，長劍又深入體內數寸。

狄雲卻那肯自行逃生，撲向周圻背心，扠住他咽喉，叫道：「放開丁大哥！」他可不知其實是丁典抓住了對手，卻不是周圻不放他丁大哥。

丁典自覺氣力漸漸衰竭，快將拉不住敵人，只要給他一拔出長劍，擺脫了自己糾纏，狄雲非送命不可，大叫：「狄兄弟，快走，你別顧我，我……我總是不活的了！」狄雲叫道：「要死，大家死在一起！」使勁狠扠周圻喉嚨，可是他琵琶骨遭穿通後，肩臂上筋骨肌肉大受損傷，不論如何使勁，始終沒法令敵人窒息。

丁典顫聲道：「好兄弟，你義氣深重……不枉我……交了你這朋友……那劍訣……可惜說不全了……我……我很快活……春水碧波……那盆綠色的菊花……嗯！她放在窗口，你瞧多美啊……菊花……」聲音漸漸低沉，臉上神采煥發，抓著周圻的雙手卻慢慢鬆開了。

周圻使力掙扎，將長劍從丁典身上拔出，劍刃上全是鮮血，急忙轉身，和狄雲臉對著臉，相距不過尺許，一聲獰笑，手上使勁，挺劍便向狄雲胸口猛刺。

狄雲大叫：「丁大哥，丁大哥！」驀然間胸口感到一陣劇痛，一垂眼，見周圻的長劍正刺在自己胸膛上，耳中但聽得他得意之極的獰笑：「哈哈，哈哈！」

在這一瞬之間，狄雲腦海中轉過了無數往事：在師父家中學藝，與戚師妹親昵要好，在萬震山家中苦受冤屈，獄中五年的淒楚生涯……種種事端，一齊湧向心頭，悲憤充塞胸臆，大呼：「我……我……和你同歸於盡。」伸臂抱住了周圻背心。

他練神照功雖未見功，但也已有兩年根基，這時自知性命將盡，全身力氣都凝聚於雙臂之上，緊緊抱住敵人，有如一雙鐵箍。周圻只感呼吸急促，用力掙扎，卻沒法脫身。狄雲但覺胸口越來越痛，此時更無思索餘暇，雙臂只用力擠壓周圻。是不是想就此擠死敵人，心中也沒這個念頭，就是說甚麼也不放鬆手臂。但長劍竟不再刺進，似乎遇上了甚麼穿不透的阻力，劍身竟漸成弧形，慢慢彎曲。周圻又驚又奇，右臂使勁挺刺，要將長劍穿通狄雲身子，可是便要再向前刺進半寸，也已不能。

狄雲紅了雙眼，凝視著周圻的臉，初時見他臉上盡是得意和殘忍，但漸漸的變爲驚訝和詫異，又過一會，詫異之中混入了恐懼，害怕的神色越來越強，變成了震駭莫名。

周圻的長劍明明早刺中了狄雲，卻只令他皮肉陷入數寸，難以穿破肌膚。他怯意越來越盛，右臂內勁連催三次，始終不能將劍刃刺入敵身，驚懼之下，再也顧不得傷敵，只想脫身逃走，但給狄雲牢牢抱住了，始終擺脫不開。

周圻感到自己右臂慢慢內彎，跟著長劍的劍柄抵到了自己胸口，劍刃越來越彎，彎成了半圓。驀地裏啪的一聲響，劍身折斷。周圻大叫一聲，向後便倒。兩截鋒利的斷劍，一齊刺入了他小腹。

周圻一摔倒，狄雲帶著跌下，壓在他身上，雙臂仍牢牢抱住他不放。狄雲聞到一陣濃烈的血腥氣，見周圻眼中忽然流下淚來，跟著口邊流出鮮血，頭一側，一動也不動了。

狄雲大奇，還怕他是詐死，不敢放開雙手，跟著覺得自己胸口的疼痛已止，又見周圻口中流血不止，他迷迷惘惘的鬆開手，站起身來，只見兩截斷劍插在周圻腹中，只有劍柄和劍尖露出在外。再低頭看自己胸口時，見外衫破了寸許一道口子，露出黑色的內衣。他瞧瞧周圻身上的兩截斷劍，再瞧瞧自己衣衫上的裂口，突然間省悟，原來，是貼身穿著的烏蠶衣救了自己性命，更因此而殺了仇人。

狄雲驚魂稍定，立即轉身，奔到丁典身旁，叫道：「丁大哥，丁大哥。你……你……怎麼樣？」丁典慢慢睜開眼來，向他瞧著，只眼色中沒半分神氣，似乎視而不見，或者不認得他是誰。狄雲叫道：「丁大哥，我……我說甚麼也要救你出去。」丁典緩緩道：「可惜……可惜那劍訣，從此……從此失傳了，合葬……霜華……」狄雲大聲道：「你放心！我記得的……定要將你和凌小姐合葬，完了你二人心願。」

丁典慢慢合上眼睛，呼吸越來越弱，但口唇微動，還在說話。狄雲將耳朵湊到他的唇邊，依稀聽到他在說：「那第十一個字……」但隨即沒聲音了。狄雲的耳朵上感到已無呼氣，伸手到他胸口摸去，只覺一顆心也已停止了跳動。

狄雲早知丁典性命難保，但此刻才眞正領會到這位數年來情若骨肉的義兄終於捨己而去。他跪在丁典身旁，拚命往他口中吹氣，心中不住許願：「老天爺，老天爺，你讓丁大哥再活轉來，我寧可再回到牢獄之中，永遠不再出來。我寧可不去報仇，寧可一生一世受萬門弟子欺侮折辱，老天爺，你……你千萬得讓丁大哥活轉來……」

然而他抱著丁典身子的雙手，卻覺到丁典的肌膚越來越僵硬，越來越冷，知道自己這許多許願都落了空。頃刻之間，感到了無比寂寞，無比孤單，只覺得外邊這自由自在的世界，比那小小的獄室更加可怕，以後的日子更加難過。他寧可和丁典再回到那獄室中去。

他橫抱著丁典的屍身，站了起來，忽然間，無窮無盡的痛苦和悲傷都襲向心頭。

他放聲大哭，沒任何顧忌的號啕大哭。全沒想到這哭聲或許會召來追兵，也沒想到一個大男人這般哭泣太也可羞。只心中抑制不住的悲傷，便這般不加抑制的大哭。

當眼淚漸漸乾了，大聲的號啕變為低低的抽噎時，難以忍受的悲傷在心中仍一般的難以忍受，可是頭腦比較清楚些了，開始尋思：「丁大哥的屍身怎麼辦？我怎麼帶著他去和凌姑娘的棺木葬在一起？」此時心中更無別念，這件事是世上唯一的大事。

忽然間，馬蹄聲從遠處響起，越奔越近，一共有十餘匹之多。只聽得有人在呼叫：「馬大爺、耿大爺、周二爺，見到了逃犯沒有？」十餘匹馬奔到廢園外，一齊止住。有人叫道：「進去瞧瞧！」又有一人道：「不會躲在這地方的。」先一人道：「你怎知道？」啪的一聲響，靴子著地，那人跳下了馬背。

狄雲更不多想，抱著丁典的屍身，從廢園的側門中奔了出去，剛一出側門，便聽得廢園中幾個人大聲驚呼，發現了馬大鳴、耿天霸、周圻三人的屍身。

狄雲在江陵城中狂奔。他知道這般抱著丁典的屍身，既跑不快，又隨時隨刻會給人發見。但他寧可重行受逮入獄，寧可身受酷刑，寧可立遭處決，卻決不肯丟棄丁大哥。

奔出數十丈，見左首有一扇小門斜掩，當即衝入，反足將門踢上。只見裏面是一座極大的菜園，種滿了油菜、蘿蔔、茄子、絲瓜之類。狄雲自幼務農，和這些瓜菜睽隔了五年，此時乍然重見，心頭不禁生出一股溫暖親切之感。四下打量，見東北角上是間柴房，從窗中可以見到松柴稻草堆得滿滿的。他俯身拔了幾枚蘿蔔，抱了丁典的屍身，衝入柴房。側耳聽得四下並無人聲，於是搬開柴草，將屍身放好，輕輕用稻草蓋了。在他心中，還是存著指望：「說不定，丁大哥會突然醒轉。」

剝了蘿蔔皮，大大咬了一口。生蘿蔔甜美而辛辣的汁液流入咽喉。五年多沒嘗到了，想到了湖南的鄉下，不知有多少次，曾和戚師妹一同拔了生蘿蔔，在田野間漫步剝食……。他吃了一個又一個，眼眶又有點潮濕了，驀地裏，聽到了一個聲音。他全身劇烈震動，手中的半個蘿蔔掉在地下。雪白的蘿蔔上沾滿泥沙和稻草碎屑。

他聽到那清脆溫柔的聲音在叫：「空心菜，空心菜，你在那裏？」

他登時便想大聲答應：「我在這裏！」但這個「我」字只吐出一半，便在喉頭哽住了。他伸手按住了嘴，全身禁不住的簌簌顫抖。

因爲「空心菜」是他的外號，世上只有他和戚芳兩人知道，連師父也不知。戚芳說他沒腦筋，老實得一點心思也沒有，除了練武之外，甚麼事情也不想，甚麼事情也不懂，說他的心就像空心菜一般，是空的。

狄雲笑著也不辯白，他喜歡師妹這般「空心菜，空心菜」的呼叫自己。每次聽到

「空心菜」這名字，心中總是感到說不出的溫柔甜蜜。因爲當有第三個人在場的時候，師妹決不這樣叫他。要是叫到了「空心菜」，總是只有他和她兩人單獨在一起。

當他單獨和她在一起的時候，她高興也好，生氣也好，狄雲總是感到說不出的歡喜。他是個不會說話的傻小子，有時那傻頭傻腦的神氣惹得戚芳很生氣，但幾聲「空心菜，空心菜」一叫，往往兩個人都咧開嘴笑了。

記得卜垣到師父家來投書那一次，師妹燒了菜招待客人，有鷄有魚，也有一大碗空心菜。那一晚，卜垣和師父喝著酒，談論著兩湖武林中的近事，他怔怔的聽著，無意中和戚芳的目光相對，只見她夾了一筷空心菜，放在嘴邊，卻不送入嘴裏。她用紅紅的柔軟的嘴唇，輕輕觸著那幾條空心菜，眼光中滿是笑意。她不是在吃菜，而是在吻那幾條菜。那時候，狄雲只知道：「師妹在笑我是空心菜。」

這時在這柴房之中，腦中靈光一閃，忽然體會到了她紅唇輕吻空心菜的含意。

現下呼叫著「空心菜」的，明明是師妹戚芳的聲音，那是一點也不錯的，決不是自己神智失常而誤聽了。

「空心菜，空心菜，你在那裏？」這幾聲呼叫之中，一般的包含著溫柔體貼無數，輕憐蜜愛無數。不，還不止這樣，從前和她一起在故鄉的時候，師妹的呼叫中有友善，有親切，有關懷，但也有任性，有惱怒，有責備，今日的幾聲「空心菜」中，卻全是深切的愛憐。「她知道我這幾年來的冤枉苦楚，對我更加好了，是不是呢？」

他不敢相信自己的耳朵。「我是在做夢。師妹怎麼會到這裏來？她早已嫁給了萬圭，又怎能再來找我？」可是，那聲音又響了，這一次更近了一些：「空心菜，你躲在那裏？你瞧我捉不捉到你？」聲音中是那麼多的喜歡和憐惜。

狄雲只覺身上每一根血管都在脹大，忍不住氣喘起來，雙手手心中都是汗水，悄悄站起身來，躲在稻草之後，從窗格中向外望去，只見一個女子的背影向著自己，正在找人。不錯，削削的肩頭，細細的腰身，高而微瘦的身材，正是師妹。

只聽她笑著叫道：「空心菜，你還不出來？」突然之間，她轉過身來。

狄雲眼前一花，腦中感到一陣暈眩，眼前這女子正是戚芳。烏黑而光溜溜的眼珠，微微上翹的鼻尖，臉色白了些，不像湖南鄉下時那麼紅潤，然而確是師妹，確是他在獄室中記掛了千遍萬遍，愛了千遍萬遍，又惱了千遍萬遍的師妹。

她臉上仍那麼笑嘻嘻地，叫著：「空心菜，你還不出來？」

聽得她如此深情款款的呼叫自己，大喜若狂之下，便要應聲而出，和這個心中無時不在思念的師妹相見，但他剛跨出一步，猛地想起：「丁大哥常說我太過忠厚老實，極易上別人的當。師妹已嫁了萬家的兒子，今日周圻死在我手下，怎知道她不是故意騙我出去？」想到此處，立即停步。

只聽得戚芳又叫了幾聲「空心菜，空心菜！」狄雲心旌動搖，尋思：「她這麼叫我，情深意眞，決然不假。再說，若是她要我性命，我就死在她手下便了。」心中一酸，突然間起了自暴自棄的念頭，第二次舉步又欲出去。

忽聽得一個小女孩的笑聲，淸脆的響了起來，跟著說道：「媽，媽，我在這兒！」

狄雲心念一動，再從窗格中向外望去，只見一個身穿大紅衣衫的女孩從東邊快步奔來。她年紀太小，奔跑時跌跌撞撞，腳步不穩。只聽戚芳帶笑的柔和聲音說道：「空心菜，你躲到那兒啦？媽到處找你不著。」那小女孩得意的道：「空心菜在花園！空心菜看螞蟻！」

狄雲耳中嗡的一聲響，心口猶如被人猛力打了一拳。難道師妹已生了女兒？難道她女兒就叫做「空心菜」？她叫「空心菜」，是叫她女兒，並不是叫我？難道自己誤衝誤撞，又來到了萬震山家裏？

這幾年來，他心底隱隱存著個指望，總盼忽然有一天會發見，師妹其實並沒嫁給萬圭，沈城那番話原來都是撒謊。他這個念頭從來沒敢對丁典說起，只深深藏在心底，有時午夜夢迴，證實了自己的妄想，忽然會歡喜得跳了起來。可是這時候，他終於親眼見到、親耳聽到，有一個小女孩在叫她「媽媽」。

他淚水湧到了眼中，從柴房的窗格中模模糊糊的瞧出去，只見戚芳蹲在地下，張開了雙臂，那小女孩笑著撲在她懷裏。戚芳連連親吻那小女孩的臉頰，柔聲笑道：「空心菜自己會玩，眞乖！」

狄雲只看到戚芳的側面，看到她細細的長眉，彎彎的嘴角，臉蛋比幾年前豐滿了些，更加的白嫩和艷麗。他心中又是一陣酸痛：「這幾年來做萬家少奶奶，不用在田裏耕作，不用受日晒雨淋，身子自然養得好了。」

只聽戚芳道：「空心菜別在這裏玩，跟媽媽回房去。」那女孩道：「這裏好玩，空心菜要看螞蟻。」戚芳道：「不，今天外面有壞人，要捉小孩子。空心菜還是回房裏去罷。」那女孩道：「甚麼壞人？捉小孩子做甚麼？」戚芳站起身來，拉著女兒的手，道：「監牢裏逃走了兩個很兇很兇的壞人。爸爸去捉壞人去啦。壞人到了這裏，就捉空心菜去。空心菜聽媽媽的話，回房去玩。媽給你做個布娃娃，好不好？」那女孩卻甚執拗，道：「不要布娃娃。空心菜幫爸爸捉壞人。」

狄雲聽戚芳口口聲聲稱自己爲「壞人」，一顆心越來越沉了下去。

便在這時，菜園外蹄聲得得，有數騎馬奔過。戚芳從腰間抽出鋼劍，搶到後園門口。

狄雲站在窗邊不敢稍動，生怕發出些微聲響，便驚動了戚芳。他無論如何不願再和師妹相見，胸間的悲憤漸漸的難以抑制，自己沒做過半點壞事，無端端的受了世間最慘酷的苦楚，她竟說自己是——「壞人」。

他見小女孩走近了柴房門口，只盼她別進來，可是那女孩不知存著甚麼念頭，竟然跨步便進了柴房。狄雲將臉藏在稻草堆後面，暗道：「出去，出去！」

突然之間，小女孩見到了他，見到這蓬頭散髮、滿臉鬍子的可怕樣子，驚得呆了，睜著圓圓的大眼，要想哭出聲來，卻又不敢。

狄雲知道要糟，只要這女孩一哭，自己蹤跡立時便會給戚芳發覺，當即搶步而上，左手將她抱起，右手按住了她嘴巴。可是終於慢了片刻，小女孩已「啊」的一聲，哭了出來。但這哭聲斗然而止，後半截給狄雲按住了。

戚芳眼觀園外，一顆心始終繫在女兒身上，猛聽得她出聲有異，一轉頭，已不見了她人影，跟著聽得柴房中稻草發出簌簌響聲，忙兩個箭步，搶到柴房門口，只見一個鬍子蓬鬆、滿身血污的漢子抱住了她女兒，一隻手按在她口上。戚芳這一驚當眞魂飛天外，鋼劍挺出，便向狄雲臉上刺去，喝道：「快放下孩子！」

狄雲心中一酸，自暴自棄的念頭又起：「你要殺我，這便殺罷！」見她鋼劍刺到，竟不閃不避。戚芳一呆，生怕傷了女兒，疾收鋼劍，又喝：「放下我孩子！」

狄雲聽她口口聲聲只是叫自己放下她孩子，全無半分故舊情誼，怒氣大盛，偏不放下她孩子，右手順手在柴堆中抽了一條木柴，在她鋼劍上一格，倒退了一步。

戚芳見這兇惡漢子仍抱著女兒不放，越來越驚，雙膝忽感酸軟，吸一口氣，挺劍向狄雲右肩急刺。狄雲側身讓過，右手中的木柴當作劍使，自左肩處斜劈向下，跟著向後刺出。戚芳驚噫一聲，只覺這劍法極熟，正是她父親所傳的一招「哥翁喊上來」，當下不及思索，低頭躲過，手中長劍便是兩招「忽聽噴驚風，連山若布逃」。

這柴房本就狹隘，堆滿了柴草之後，餘下來的地位不過剛可夠兩人容身迴旋，這一拆上了招，處處礙手礙腳。

狄雲自幼和戚芳同師學藝，沒一日不是拆招練劍，相互間的劍招都爛熟於胸，這時見她使出這兩招劍法，自然而然便依師父所授的招數拆了下去，堪堪使到「老泥招大姐，馬命風小小」，手中木柴大開大闔，口中一聲長嘯，橫削三招。

當年師兄妹練劍，拆到此處時戚芳便已招架不住，但這時狄雲將木柴第三次橫削過去時，忽然間手腕一酸，啪的一聲，木柴竟爾掉在地下。他一驚之下，隨即省悟：「我右手手指遭削，已終身不能使劍，我這可忘了。」

一抬頭，只見戚芳手中的鋼劍劍尖離自己胸口不及一寸，劍身顫動不已，她臉上驚愕之情，實難形容。兩人怔怔的你望著我，我望著你，誰都說不出話來。隔了好半晌，戚芳才道：「是……是你麼？」喉音乾澀，嘶啞幾不成聲。

狄雲點了點頭，將左臂中抱著的小女孩遞了過去。戚芳抛下鋼劍，忙將女兒接過，不知說甚麼才好。那女孩已嚇得連哭也哭不出來，將小臉蛋藏在母親懷裏，再也不敢向狄雲多瞧一眼。戚芳道：「我……我不知道是你。這許多年來……」

忽然外面一個男子的聲音叫道：「芳妹，芳妹！你在那裏？」正是萬圭，呼聲越來越近，正尋向菜園中來。戚芳臉上陡然變色，低聲在女兒耳邊說：「空心菜，這伯伯不是壞人，你別跟爹爹說。知道麼？」小女孩抬起頭來，向狄雲瞧了一眼，見到他可怖的神情模樣，突然哇的一聲，大聲哭嚷。

外面那男子聽到了女孩哭聲，循聲而至，叫道：「空心菜，別哭。爹爹在這兒！」戚芳向狄雲望了一眼，轉身便出，反手帶上柴門，抱著女兒，向丈夫迎了上去。

狄雲呆呆的站著，似乎有個聲音不住的在耳邊響著：「我還是死了的好，我還是死了的好！」只聽那男子聲音笑問：「空心菜爲甚麼哭？」狄雲很想到窗口去瞧瞧，萬圭這時候是怎麼一副模樣，可是一雙腳便如是在地下釘住了，再也移動不得。

聽得戚芳笑道：「我和空心菜在後門口玩，兩騎馬奔過，馬上的人拿了兵刃，長相挺兇的。空心菜說是壞人，要捉了她去，嚇得大哭。」萬圭笑道：「那是府衙門裏追拿逃犯。來，爹爹抱空心菜。爹爹打死壞人。空心菜不怕壞人。爹爹把壞人一個個都打死了。」

狄雲心中一涼：「女人撒謊的本領眞不小，這麼一說，那女孩就算說見到了壞人，她丈夫也不會起疑。哼，我爲甚麼要你包瞞？你們只管來捉我去，打死我好了。」

兩步搶到窗邊，向外望去，只見萬圭衣飾華麗，抱著那女孩正向內走，戚芳倚偎在他身旁，並肩而行，神態極爲親熱。

師妹已嫁了萬圭，這件事以往狄雲雖曾幾千幾萬次的想過，但總盼是假的，此刻活生生的情景終於出現在眼前了。他張口大叫：「我……」俯身便想去拾戚芳拋在地下的鋼劍，衝出去和萬圭拚命。自己身入牢獄，受了這許多冤屈苦楚，都是由於眼前這人的陷害，而自己愛逾性命的情侶，卻成了這人的妻室。這時候心中更無別念，不是去殺了這人，便是死在他手下。

但就這麼一俯身，見到了柴草中丁典的屍身，見到丁典雙眼閉上，臉上神色安詳，驀地想起：「丁大哥臨死時諄諄叮囑，求我將他與凌小姐合葬。我這時出去和萬圭這賊子相拚，送了性命半點也不打緊，丁大哥的心願卻完成不了啦。」轉念又想：「我求師妹成全此事，只怕也能辦到……呸，呸！狄雲你這壞人，你自己也不肯承擔的事，如何去轉托別人？你死在地下，有何臉面和丁大哥相見？師妹這等沒良心，豈肯爲你辦甚麼大事？」一想通了這一節，終於慢慢抑制了憤激之心。

但他這一聲「我」字，已驚動了萬圭，只聽他道：「好像柴房裏有人。」戚芳笑道：「是嗎？剛才我見老王進去搬柴。圭哥，我給你燉了燕窩，快去吃了罷。空心菜老是哭個不休，得讓她好好睡一覺。」萬圭「嗯」了一聲，道：「柴房裏是廚子老王？」

抱著女兒，兩夫妻並肩去遠了。

狄雲一時腦海中空空洞洞，沒法思索，過了好半晌，伸手搥了搥自己腦袋，尋思：「這柴房終究不能久躲，那個廚子老王眞的來搬柴燒飯，那怎麼辦？我還是將丁大哥密密藏起，自己溜了出去，到得晚間，再來搬取丁大哥的屍身。嗯，就是這樣。」

可是，只跨得一步，心中便有個聲音在拉住他：「師妹一定會再來瞧我。我這一走，便永遠見她不著了。」「再見她一面，又有甚麼好？她有丈夫、女兒，一家人歡歡喜喜的，那有半分將我這殺人逃犯放在心上？我再想見她，豈不徒然自討沒趣？」「唉，我在獄中等了這許多年，日思夜想，只盼再見她一面，今日豈可錯過了這難得機會？我難道又有甚麼別的指望了？只不過是要問問，師父他老人家有訊息麼？我要問她，爲甚麼這麼喜新棄舊，我一遭災禍，立時就對我毫不顧念？」「問這些又有甚麼意思？她不是說謊，便是照實而答。謊話，有甚麼可聽的？她如照實說了，我只有更加傷心。」

這麼思前想後，一會兒決意立刻離開，但跟著又拿不定主意。他向來爽快，原不是這般遲疑不決、三心兩意之人，可是今日面臨一生中最大的難題，竟不知如何決斷才好。留著，明知不妥，就此一走，卻又是萬分的不捨。

正自這般思潮翻湧，栗六不安，忽聽得菜園中腳步輕響，一個人躡手躡腳的悄悄走來。那人走幾步，便停一下，又走幾步，顯然是嚴神戒備，唯恐有人知覺。

那人越來越近，狄雲一顆心怦怦亂跳：「師妹終於找我來了。她要跟我說甚麼？是求我原恕麼？她還有一些念舊之意麼？」又想：「我還有甚麼話要跟她說的？唉，算了，算了！她有好丈夫，好女兒，過得挺開心的。我永遠不要再見她了。」

突然之間，滿腔復仇之心，化作冰涼：「我本來是個鄉下窮小子，就算不受這場冤屈，師妹和我成了夫妻，我固然快樂，師妹卻勢必要辛苦勞碌一輩子，於她又有甚麼好處？我要報仇，是將萬圭殺了麼？師妹成了寡婦，難道還能嫁我，嫁給她的殺夫仇人？她心中早就沒了我這個人，從前我就比不上萬圭，現下我跟他更加天差地遠了。這場冤仇，就此一筆勾銷，讓她夫妻母女快快樂樂的過日子罷。」

想到此處，決意不再和戚芳多說甚麼，俯身便去柴草堆中抱丁典的屍身，猛聽得砰的一聲，柴房門板給人一腳踢開。狄雲吃了一驚，轉過身來，只見一個高瘦男子手中長劍光芒閃爍，站在門口，卻是萬圭。狄雲輕噫一聲，不假思索，便俯身拾起戚芳遺下的鋼劍。

萬圭滿臉煞氣，他早已得知狄雲越獄的消息，整日便心神不定，這時一眼看到狄雲手中鋼劍是戚芳之物，更是又妒又恨，冷冷的道：「好啊，在柴房裏相會，她連自己的兵刃也給了你，想謀殺親夫麼？只怕沒這麼容易！」

狄雲腦中一片混亂，一時也不懂萬圭在說些甚麼，心中只想：「怎麼是他來了？他怎會知道我在這裏？自然是師妹說的，叫她丈夫來捉我去請功領賞。她怎麼會這般無情無義？」

萬圭見狄雲不答，只道他情怯害怕，挺劍便向他胸口疾刺過去。狄雲揮劍擋過，自然而然的使出了昔年老乞丐所授的那招「刺肩式」，長劍斜轉，已指向萬圭肩頭。這招劍法怪異之極，萬門八弟子當年招架不住，事隔五年，萬圭雖武功已大有長進，卻仍招架不住。

萬圭一驚之下，手中長劍不知如何運使才好，收劍抵擋已然不及，發劍攻敵也已落了後手，便這樣微一遲疑，一條性命已全然交在對方手中，心下憤怒已極，卻絲毫不敢動彈，瞧著狄雲一張滿臉鬍子的污穢臉孔，憤怒之情漸漸變爲恐懼。

狄雲這一劍卻也不刺過去，心中轉念：「我殺他不殺？」

萬圭在萬分危急之際，忽然見到對方眼神中流露出惶惑之色，而持劍的手腕卻又微微顫抖，靈機一動，大聲叫道：「戚芳，你來看！」

狄雲聽他大叫「戚芳」，心中一驚，微微側頭去看。不料萬圭這是用計使詐，乘他略一轉頭，立即長劍挺上，奮力上格。狄雲右手手指遭削，持劍不牢，長劍脫手飛出。萬圭大喜，立即挺劍刺出。狄雲連閃兩閃，躲在柴堆之後，順手抽起一條硬柴，以柴當劍，奮力打去。萬圭唰唰兩劍，將他那段硬柴削短了一截。狄雲將手中半截硬柴用力擲出，待他躍身閃避，又抽了一段硬柴，再度攻去。

萬圭見他失了兵刃，自己已操必勝，就算他以柴作劍，戳中自己一下兩下，也無大礙，定了定神，展開劍法緩緩進攻。數招之後，狄雲長聲怒吼，右腕中劍，登時血如泉湧，手指無力，抛下了硬柴。萬圭跟著又一劍刺中他大腿，飛起左足，將他踢倒。狄雲掙扎著還待爬起，萬圭又是一腳踢在他顴骨上，狄雲登時暈去。

萬圭罵道：「裝死嗎？」在他右肩上砍了一劍，見他並不動彈，才知是真的昏暈，心想：「凌知府許下五千兩銀子的重賞，捉拿這兩名囚犯，自然是捉活的好。反正這一次送將官裏去，這人自就難以活命，我何必親手殺他？」一瞥眼，見到柴草堆中露出一隻腳來，不由得又驚又喜：「這裏還有一人！」他不知丁典已死，急忙揮劍，砍在屍體腳上。

狄雲雖遭踢暈，腦子中卻有一個聲音在大叫大喊：「我不能死，我不能死！我答應過丁大哥的，要將他屍身和凌小姐合葬。」這念頭強烈之極，很快便醒了過來，迷迷糊糊的想起：「許多年之前的一天晚上，我也曾給他打倒，也曾給他在頭上重重踢了幾下。」緩緩睜眼，見萬圭正揮劍向丁典的屍身上砍落。他初時還未十分清醒，不知眼前之事是甚麼意思，但隨即見到萬圭將丁典的屍身從柴草裏拖了出來，他大叫一聲：「丁大哥！」突然間全身精力瀰漫，急縱而起，撲在萬圭背上，右臂已扼住了他喉嚨。

萬圭大驚之下，待要反劍去刺，但手臂無法後彎，連劈幾劍，都劈在硬柴堆上，而狄雲扼在他喉頭的手臂卻越收越緊了。

狄雲見他傷殘丁典的屍體，怒發如狂。這人陷害自己、奪去戚芳，這怨仇尚可置之不理，但如此殘害丁典，卻萬萬不能干休，一時心中更無別念，只盼即刻便將敵人扼死。但覺萬圭掙扎了一會，抵抗已漸漸無力，可是狄雲數處受傷，傷口中流血不止，自己手臂上的力氣卻在更快消失。心中不住說：「我再支持一會兒，便能扼死了他。」到後來眼前金星亂舞，腦中亂成一團，終於甚麼也不知道了。

他雖暈去，扼在萬圭喉間的手臂仍沒鬆開。萬圭給他扼得難以呼吸，就在狄雲暈去之時，同時失卻了知覺。

柴草堆上躺著這一對冤家。兩個人似乎都死了，但胸間都還在起伏，口鼻間仍有呼吸。眞不知冥冥間如何安排？若是狄雲先醒轉片刻，他拾起地下長劍，一劍便將萬圭殺了。倘若萬圭先行醒轉，他也不會再存將狄雲生擒活捉的念頭，那實在太過危險，勢必是隨手一劍，砍在他頭上，立時便取了他性命。

世界上甚麼事情都能發生。未必一定好人運氣好，壞人運氣壞。反過來也一樣，也未必壞人運氣好，好人運氣壞。人人都會死的，遲死的人也未必一定運氣好些。

但對於活著的人，對於戚芳和她的小女兒，狄雲先死，還是萬圭先死，中間便有很大差別。倘若這時候要戚芳來抉擇，要她選一個人，讓他先行醒轉，不知她會選誰？

柴房中的兩個人兀自昏暈不醒，有一個人的腳步聲音，慢慢走近柴房。

狄雲耳中聽到浩浩水聲，臉上有冰涼的東西一滴滴濺上來，隱隱生疼，隨即覺得身上很冷，半點也沒力氣。他一有知覺，立即右臂運勁，叫道：「我扼死你！我扼死你！」但臂彎中虛空無物，跟著又發覺自己身子在不住搖晃，在不住移動。驚惶中睜開眼來，眼前黑沉沉地，只覺得一滴滴水珠打在臉上、手上、身上，原來是天在下大雨。

身子仍不住搖晃，胸口煩惡，只想嘔吐。忽然間，身旁有一艘船駛過，船上張了帆，那清清楚楚是一艘船。奇怪極了，怎麼身旁會有一艘船？

只想坐起身來看個究竟，但全身酸軟，連一根指頭也動不了，只能這般仰天臥著，眼見得頭頂有黑雲飄動，那不是在柴房之中。心中突然想起：「丁大哥呢？」一想到丁典，身上驀地裏生出了一股力氣，雙手一按，便即坐起，身子跟著晃了幾晃。

他是在一艘小舟之中。小舟正在江水滔滔的大江中順流而下。是夜晚，天上都是黑雲，正下著大雨，他向船左船右岸上凝目望去，兩邊都黑沉沉地，甚麼也瞧不見。他心中焦急，大叫：「丁大哥，丁大哥！」他知道丁典已經死了，但他的屍身萬萬不能失去。突然之間，左足踢到軟軟一物，低頭一看，不由得驚喜交集，叫道：「丁大哥，你在這裏！」張開雙臂，抱住了他。丁典的屍身，便在船艙中他足邊。

他虛弱得連喘氣也沒力氣，連想事也沒力氣。只覺喉乾舌燥，便張開了口，讓天空中落下來的雨點濕潤嘴唇和舌頭。這般迷迷糊糊的似睡似醒，雙臂抱著丁典的屍身，直至天色漸明，大雨卻兀自不止。晨光熹微之中，忽然見到自己大腿上有一大塊布條纏著，跟著發覺手臂和肩頭的兩處傷口上也都有布帶裹住，鼻中隱隱聞到金創藥的藥氣。一晚大雨，綳帶都濕透了，但傷口已不再流血。

「是誰給我包紮了傷口？要是傷口不裹好，也不用誰來殺我，單是流血便要了我的命。」驀地裏感到一陣難以忍耐的寂寞凄涼：「這世上還有誰來關懷我、幫助我？丁大哥已經死了，更會有誰盼望我活著？會費心來為我裹傷？」細看那幾條綳帶，纏得極不整齊，似乎包紮的人動手時十分心急慌忙，然而綳帶不是粗布，而是上佳的緞子，緞帶的一邊鑲著精致的花邊，另一邊是撕口，顯然，是從衣衫上撕下來的，是女子的衣衫。

是師妹麼？他心中怦然而動，胸口隨即熱了起來，嘴角邊露出了自嘲的苦笑：「她去叫丈夫來殺我，怎麼又會給我裹傷？要不是她通風報信，我躲在柴房裏，萬圭又怎會知道？」

可是自己是在一艘小舟之中，小舟是在江中飄流。不知這地方離江陵已有多遠？無論如何，是暫時脫離了險境，不會再受淩知府的追拿了。
「是誰給我裹了傷口？是誰將我放在小船之中？連丁大哥也一起來了？」他對自己的生死已並不如何關懷，但丁典的屍體也和他在一起，這事卻不能不令他衷心感激。
苦苦思索，想得頭也痛了，始終沒能想出半點端倪。他竭力追憶過去一天中所發生的事，想到萬圭劍砍丁典、自己竭力扼他咽喉之後，就再也想不下去了。以後的事情，腦海中便是一片空白。
一側頭間，額角撞著了一包硬硬的東西，那是用綢布包著的一個小小包袱。他心中一喜，料得這包袱之中定有線索可尋，顫抖著雙手打了開來，只見包裹有五六錠碎銀子，還有四件女子首飾：一朵珠花、一隻金鐲、一個金項圈、一隻寶石戒指。另外是小孩子頸中所掛的一個金鎖片，鎖片上的金鍊是給人匆忙拉斷的，鍊子斷處還鉤上了一小塊衣衫的碎片，顯然，那是臨時從小孩頸中扯了下來，倒像是盜賊攔路打劫而得來一般。金鎖片上刻著「德容雙茂」四個字。狄雲沒讀過多少書，字雖識得，卻不懂這四個字是甚麼意思，心想：「是那小孩的名字罷？她女兒不叫『德容』，也不叫『雙茂』，她叫做『空心菜』！」
他撥弄著這五件首飾，較之適才未見到那包袱之時，心中反更多了幾分胡塗：「銀子和首飾，自然是搭救我的那人給的，以便小舟靠了岸後，我好有錢買飯吃。可是，到底是誰給的呢？首飾不是師妹的，我可從來沒見她戴過。」

浩浩江水，送著一葉小舟順流而下。這一天中，狄雲只苦苦思索：「是誰給我包紮了傷口？是誰給了我銀兩首飾？」

狄雲生怕寶象不吃死鼠，忙道：「自然是活的，還在動！」抓住兩隻老鼠，從神壇下伸手出來給他看。

五　老鼠湯

江陵以下地勢平坦，長江在湘鄂之間迂迴曲折，浩浩東流，小舟隨著江水緩緩飄浮。長江兩岸一個個市鎮村落從舟旁經過，從上游下來的船隻有帆有櫓，一艘一艘越過了他。船上人經過小舟時，對舟中長鬚長髮、滿臉血污的狄雲都投以好奇驚訝的眼色。

將近傍晚時分，狄雲終於有了些力氣，同時肚子裏咕咕的響個不停，也覺餓得厲害。他坐起身來，拿起一塊船板，將小舟慢慢划向北岸，想到小飯店中買些飯吃。可是這一帶甚是荒涼，見不到一家人家。小舟順江轉了個彎，見柳蔭下繫著三艘漁船，船上炊煙升起。他小舟流近漁船時，聽得船梢上鍋子中煎魚之聲吱吱價響，香氣直送過來。

他將小舟划過去，向船梢上的老漁人道：「打魚的老伯，賣一尾魚給我吃，行嗎？」那老漁人見他形相可怖，心中害怕，本是不願，卻不敢拒絕，便道：「是，是！」將一尾煎熟了的青魚盛在碗中，隔船送了過來。狄雲道：「若有白飯，益發買一碗吃。」那老漁人道：「是，是！」盛了一大碗糙米飯給他，飯中混著一大半番薯、高粱。

狄雲三扒兩撥，便將一大碗飯吃光了，正待開口再要，忽聽得岸上一個嘶啞的聲音喝道：「漁家！有大魚拿幾條上來。」

狄雲側頭看去，見是個極高的和尚，兩眼甚大，湛湛有光。狄雲登時心中打了個突，認得是那晚到獄中來和丁典為難的五僧之一，想了一想，記起丁典說過他名叫寶象。那晚丁典擊斃兩僧，重傷兩僧，這寶象見機，帶了兩個傷僧逃走了。

狄雲再也不敢向他多看一眼。丁典說這和尚武功了得，曾叮囑他日後倘若遇上，務須小心。要是給這寶象和尚發覺了丁典屍身，那可糟極。他雙手捧著飯碗，饒是他並非膽小怕死之輩，卻也忍不住一顆心怦怦亂跳，手臂也不禁微微發抖，心中只說：「別發抖，別發抖，可不能露出馬腳！」但越想鎮定，越管不住自己。

只聽那老漁人道：「今日打的魚都賣了，沒魚啦。」寶象怒道：「誰說沒魚？我餓得慌了，快弄幾條來！沒大魚，小的也成。」那老漁人道：「真的沒有！我有魚，你有銀子，幹麼不賣？」說著提起魚簍，翻過來一倒，簍底向天，簍中果然無魚。

寶象已甚為饑餓，見狄雲身旁一條煮熟的大魚，還只吃了一小半，便叫：「兀那漢子，你那裏有魚沒有？」狄雲心中慌亂，見他向自己說話，只道他已認出了自己，更不答話，舉起船板，往江邊的柳樹根上用力一推，小舟便向江心盪了出去。

寶象怒道：「賊漢子，我問你有魚沒有，幹麼逃走？」

狄雲聽他破口大罵，更加害怕，用力划動船板，將小舟盪向江心。寶象從岸旁拾起一塊石頭，用力向他擲去。狄雲見石頭擲來，當即俯身，但聽得風聲勁急，石頭從頭頂掠過，卜的一響，掉入了江中，水花濺得老高。

寶象見他躲避石頭時身法利落，儼然是練家子模樣，決非尋常漁人船夫，心下起疑，喝道：「他媽的快划回來，要不然我要了你狗命！」

狄雲那去理他，拚命的使力划船。寶象蹲低身子，右手拾起一塊石頭，便即擲出，跟著左手又擲一塊。狄雲手上划船，雙眼全神貫注的瞧著石塊的來路。第一塊側身避過，第二塊來得極低，貼著船身平平飛到，當即臥倒躺在艙底。這其間只寸許之差，眼前黑黝黝的一塊東西急速飛過，厲風刮得鼻子和臉頰隱隱生疼。他剛一坐起，第三塊石頭又到，啪的一響，打在船頭，登時木屑紛飛，船頭上缺了一塊。

寶象見狄雲閃避靈活，小船順著江水飄行，越來越遠，當即用力擲出兩塊石頭，卻對準了小船。他若一出手便即擲船，小小一艘木船立時便會洞穿沉沒，但這時相距已遠，接連幾塊石頭雖都打在船上，卻勁力已衰，只打碎了些船舷、船板而已。

寶象見制他不住，大怒喝罵，遠遠見到江風吹拂，狄雲的亂鬚長髮不住飛舞，猛地想起：「這人倒似個越獄囚徒。丁典在荊州府越獄逃走，江湖上傳得沸沸揚揚。說不定從這囚徒身上，倒可打聽到丁典的一些蹤跡。」不由得貪念大盛，怒火卻熄了，叫道：「漁家，漁家，快划我去追上他。」

柳樹下三艘船上的漁人見他飛石打人，甚爲悍惡，早都悄悄解纜，順流而下。寶象連聲呼喊，卻有誰肯回來載他？寶象呼呼呼的擲出幾塊石頭，有一塊打在一名漁人頭上。那漁人腦漿迸裂，倒撞入江。其餘漁人嚇得魂飛魄散，划得更加快了。

寶象沿著江岸疾追，快步奔跑，竟比狄雲的小船迅速得多。寶象在長江北岸追趕，狄雲不住划船斜向南岸。寶象雖趕過了他頭，但和小船仍越離越遠。狄雲尋思：「要是給他在岸邊找到了一艘船，逼得梢公前來趕我，就難以逃脫他毒手。」惶急之中，只有喃喃禱祝：「丁大哥，丁大哥，你死而有靈，叫這惡和尚找不到船隻。」

長江中上下船隻甚多，幸好沿北岸數里均無船隻停泊。狄雲出盡平生之力，將船划到了南岸，將那小包袱往懷裏一揣，抱起丁典屍身，上岸便行。這一帶江面雖然不寬，但樹木遮掩，寶象已望不過來。他突然想起一事，回身將小船用力向江心推去，只盼寶象遙遙望來，還道自己仍在船中，一路向下游追去。

他慌不擇路的向南奔跑，只盼離開江邊越遠越好。奔得里許，不由得叫一聲苦，但見白茫茫一片水色，大江當前，原來長江流到這裏竟也折而向南。

他急忙轉身，見右首有座小小破廟，當即抱著丁典的屍身走到廟前，欲待推門入內，突然膝間一軟，坐倒在地，再也站不起來。他受傷後流血不少，早甚虛弱，划船再加抱屍奔逃，此時筋疲力盡，半點力氣也沒有了。掙扎了兩次，沒法坐起，斜靠在地下呼呼喘氣。見天色漸暗，心下稍慰：「只消到得夜晚，寶象那惡僧總不能找到咱們了。」這時丁典雖然已死，但他心中，仍然當他是親密的伴侶一般。

在廟外直躺了大半個時辰，力氣漸復，才掙扎著爬起，抱著丁典的屍身推門進廟。見是一座土地廟，泥塑的土地神矮小委葸，形貌可笑。狄雲傷頹之餘，見到這小小神像，忽然心生敬畏，恭恭敬敬的跪下，向神像磕了幾個頭，心下多了幾分安慰。

坐在神像座前，抱頭呆呆瞪視著躺在地下的丁典。天色一點點黑了下來，他心中才漸漸多了幾分平安。

他臥在丁典屍身之旁，就像過去幾年中，在那小小牢房裏那樣。

沒到半夜，忽然下起雨來，淅淅瀝瀝的，一陣大，一陣小。狄雲感到身上寒冷，縮成一團，靠到丁典身旁，突然之間，碰到了丁典冰冷冷的肌膚，想到丁大哥已死，再也不能和自己說話，胸中悲苦，兩行淚水緩緩從面頰上流下。

突然間雨聲中傳來一陣蹋躂、蹋躂的腳步聲，正向土地廟走來。那人踐踏泥濘，卻行得極快。狄雲吃了一驚，聽得那人越走越近，忙將丁典的屍身往神壇底下一藏，自己縮身到了神龕之後。

腳步聲越近，狄雲的心跳得越快，只聽得呀的一聲，廟門給人推開，跟著一人咒罵起來：「媽巴羔子的，這老賊不知逃到了那裏，又下這般大雨，淋得老子全身都濕了。」這聲音正是寶象，出家人大罵「媽巴羔子的」已然不該，自稱「老子」，更加荒唐。狄雲於世務所知不多，這幾年來常聽丁典講論江湖見聞，已不是昔年那渾噩無知的鄉下少年，心想：「這寶象雖作和尚打扮，但吃葷殺人，絕無顧忌，多半是個兇悍大盜。」

只聽寶象口中污言穢語越來越多，罵了一陣，騰的一聲，便在神壇前坐倒，跟著瑟瑟有聲，聽得出他將全身濕衣都脫了下來，到殿角去絞乾了，搭在神壇邊上，臥倒在地，不久鼾聲即起，竟自睡熟了。

狄雲心想：「這惡僧脫得赤條條地，在神像之前睡覺，豈不罪過？」又想：「我趁此機會，捧塊大石砸死了他，以免明天大禍臨頭。」但他實不願隨便殺人，又知寶象的武功勝過自己十倍，若不能一擊砸死，只須他稍餘還手之力，自己勢必性命難保。

這時他倘若從後院悄悄逃走，寶象定然不會知覺，但丁典的屍身在神壇底下，決計不能捨之而去，一搬動立時便驚動了惡僧。耳聽得庭中雨水點點滴滴的響個不住，心下徬徨無計，只盼明晨雨止，寶象離此他去。但聽來這雨顯是不會便歇。到得天明，寶象如不肯冒雨出廟，自會在廟中東尋西找，非給他見到屍體不可。雖是如此，心中還是存了僥倖之想：「說不定這雨到天亮時便止了，這惡僧急於追我，匆匆便出廟去。」

忽然間想起：「他進來時破口大罵，說不知那『老賊』逃到了那裏。我年紀又不老，為甚麼叫我『老賊』？難道他又在另外追趕一個老人？」想了一會，猛地省悟：「啊，是了，我滿頭長髮，滿臉長鬚，數年不剃，旁人瞧來自然是個老人了。他罵我是『老賊』，嘿嘿，罵我是『老賊』！」想到了這裏，伸手去摸了摸腮邊亂草般的鬍子。

忽聽得啪的一聲響，寶象翻了個轉身。他睡夢中一腳踢到神壇底下，正好踢中丁典的屍身。他一覺情勢有異，立即醒覺，只道神壇底下伏有敵人，黑暗中也不知廟中有多少人埋伏，搶起身旁鋼刀，前後左右連砍，教敵人欺不近身，喝道：「是誰？媽巴羔子的，賊王八蛋！」連罵數聲，不聽有人答應，屏息不語，仍不聽得有人。

寶象黑暗中連砍十五六刀，使出「夜戰八方式」，四面八方都砍遍了，飛足踢倒神壇，揮刀砍落，啪的一聲響，混有骨骼碎裂之聲，已砍中了丁典屍體。

狄雲聽得清清楚楚，寶象是在刀砍丁典。雖丁典已死，早已無知無覺，但在狄雲心中，仍是他至敬至愛的義兄，這一刀便如是砍在自己身上一般，立時便想衝出去拚命，但這五年的牢獄折磨，已將這樸實鹵莽的少年變成個遇事想上幾想的青年。剛一動念，跟著便想：「我衝出去跟他廝拚，除了送掉自己性命，更沒別樣結果。丁大哥和凌小姐合葬的心願便不能達成。那如何對得起他？」

寶象一刀砍中丁典屍身，不聞再有動靜，黑暗之中瞧不透半點端倪。他身邊所攜火摺早在大雨中浸濕了，沒法點火來瞧個明白，他慢慢一步一步倒退，背心靠上了牆壁，以防敵人自後偷襲，然後凝神傾聽。

這時兩人之間隔了一道照壁，除了雨聲淅瀝，更沒別樣聲息。

狄雲知道只要自己呼吸之聲稍重，立時便送了性命，只有將氣息收得極爲微細，緩緩吸進，緩緩呼出，腦子中卻飛快的轉著念頭：「再過一會，天就明了。這惡僧見到丁大哥的屍體，必定大加蹧蹋，那便如何是好？」

他腦子本就算不得靈活，而要設法在寶象手下保全丁典屍體，更是個極大難題。他苦苦思索，想不出半點主意，焦急萬分，自怨自艾：「狄雲啊狄雲，你這笨傢伙，自然想不出主意。倘若丁大哥不死，他定有法子。」惶急下伸手抓著頭髮用力一扯，登時便扯下了六七根來。

突然之間，腦子中出現了一個念頭：「這惡僧叫我『老賊』。他見我滿臉鬍子，只道我是個老人。我若將鬍子剃得乾乾淨淨，他豈非就認我不出了？只是身邊沒剃刀，怎能剃去這滿臉鬍子？哼，我死也不怕，難道還怕痛？用手一根根拔去，也就是了。」

想到便做，摸到一根根鬍子，一根根的輕輕拔去，惟恐發出半點聲息，心想：「就算那惡僧認我不出，也不過不來殺我而已，我又有甚麼法子保護丁大哥周全？嗯，行一步，算一步，我只須暫且保得性命，能走近惡僧身旁，乘他不備，便可想法殺他。」

待得鬍子拔了一大半，忽又想起：「就算我沒了鬍鬚，這滿頭長髮，還是洩露了我面目。這惡僧在長江邊上追我，自然將我這披頭散髮的模樣瞧得淸淸楚楚了。」一不做，二不休，伸手扯住一根頭髮，輕輕一抖，拔了下來。

拔鬍子還不算痛，那一根根頭髮要拔個淸光，當眞痛得厲害。一面拔著，心中只想：「別說只拔鬚拔髮這等小事，只要是爲了丁大哥，便要我砍去自己手足，也不會皺一皺眉頭。」又想：「我這法子眞笨，丁大哥的鬼魂定在笑我。可是……他再也不能教我一個巧妙的法子了。」

耳聽得寶象又已睡倒，唯恐給這惡僧聽到自己聲息，於是拔一些頭髮鬍子，便極慢極慢的退出一步，直花了小半個時辰，才退入天井，又過良久，慢慢出了土地廟後門。大雨點點滴滴的打在臉上，方輕輕舒了口氣。

在廟外不用擔心給寶象聽見，拔鬚拔髮時就快得多了，終於將滿頭長髮、滿腮鬍子拔了個乾淨。頭頂與下巴疼痛之極，生平從未經歷，但想比之給仇人削去手指、穿了琵琶骨，卻又如何？仇恨滿胸，拔髮拔鬚的疼痛也不怎麼在乎了。他挖開地下爛泥，將拔下的頭髮鬍鬚都塞入泥中，以防寶象發見後起疑，摸摸自己光禿禿的腦袋和下巴，不但已非「老賊」，而且成了個「賊禿」，悲憤之下，終於也忍不住好笑，尋思：「我這麼亂拔一陣，頭頂和下巴必定血跡斑斑，須得好好沖洗，以免露出痕跡。」抬起了頭，讓雨水淋去臉上污穢。

又想：「我臉上是沒破綻了，這身衣服若給惡僧認出，還是糟糕。嗯，沒衣衫好換，我便學惡僧的樣，脫得赤條條的，卻又怎地？」於是將衣衫褲子都脫了下來，烏蠶衣可不能脫，變成了只有內衣、卻無褲子，當下撕開外衣，圍在腰間，又恐寶象識得烏蠶衣來歷，便在爛泥中打了個滾，全身塗滿污泥。

這時便丁典復生，一時之間也認他不出。狄雲摸索到一株大樹之下，用手指挖開爛泥，將小包袱埋在其中，暗想：「若能逃脫惡僧毒手，護得丁大哥平安，日後必當報答這位為我裹傷、贈我銀兩首飾之人的大恩大德。可是他究竟是誰？」

忙到這時，天色已微微明亮。狄雲悄悄向南行去，折而向西，行出里許，天已大明，見大雨兀自未止，料想寶象不會離廟他去。此刻如逕自逃走，寶象說甚麼也找他不到，但保護丁典的屍身、設法去和凌小姐合葬，是當前第一等大事，無論如何，總之不能不守對丁大哥許下的諾言，自己便死十次，也必須做到。要想找一件武器，荒野中卻到那裏找去？只得拾了一塊尖銳的石片，藏在腰間，心想若能在這惡僧的要害處戳上一下，說不定也能要了他性命。最好這惡僧已離廟他去，那便上上大吉。

在積水坑中一照，見到自己模樣古怪，忍不住好笑，但隨即感到說不出的淒苦。

心中記掛著丁典，等不得另找更合用的武器，便向東朝土地廟行去，心想：「我須得瘋瘋顛顛，裝做是本地的一條無賴漢子。」將近土地廟時，放開喉嚨，大聲高唱山歌：

「對山的妹妹，聽我唱啊，

你嫁人莫嫁富家郎，

王孫公子良心壞！

要嫁我癩痢頭阿三，頂上光！」

他當年在湖南鄉間，本就擅唱山歌，湖畔田間，溪前山後，和戚芳倆不知已唱過幾千幾萬首山歌。湖南鄉間風俗，山歌都是應景即興之作，隨口而出，押以粗淺韻腳，與日常說話並無多大差別。他歌聲一出口，胸間不禁一酸，自從那一年和戚芳攜手同遊以來，這山歌已五年多沒出過他的喉頭，這時舊調重唱，眼前情景卻希奇古怪之極。聽歌者不再是那個俏美可喜的小師妹，而是一個赤條條、惡狠狠的大和尚。他明知離寶象近一步，便多一分凶險，但想爲了丁大哥，就算給這惡和尚殺了，也是報答了丁大哥待自己的好處。

他慢慢走近土地廟，逼緊了喉嚨，模擬著女聲又唱了起來：

「你癩痢頭阿三有啥香？
想娶我如花如玉小嬌娘？
貪圖你頭上沒毛不用梳？
貪圖你窮天窮地當清光？」

一句「當清光」還沒唱完，寶象已從土地廟中走了出來。他將上衣圍在腰間，向外一張，要瞧瞧是誰來了，見狄雲口唱山歌而來，頭頂光禿禿地，還道他眞是個癩痢頭禿子，山歌中卻滿口自嘲，不由得好笑，叫道：「喂，禿子，你過來！」

狄雲唱道：

「大師父叫我有啥事？
要送我金子和銀子？
癩痢頭阿三運氣好，
大師父要請我吃肥豬。」

他一面唱，一面走向寶象跟前，雖勉力裝作神色自若，但一顆心忍不住劇烈異常的跳動，臉上也已變色。但寶象那裏察覺，笑嘻嘻的道：「癩痢頭阿三，你去給我找些吃的東西來，大師父重重有賞，有沒肥豬？」狄雲搖搖頭，唱道：

「荒山野嶺沒肥豬……」

寶象喝道：「好好說話，不許唱啊唱的。」

狄雲伸了伸舌頭，勉力想裝出一副油腔滑調的神氣，說道：「癩痢頭阿三唱慣了山歌，講話沒那麼順當。大師父，這裏前不巴村，後不巴店，十里之內，並沒人煙。你別說想吃肥豬，便青菜白飯也難找。這裏西去十五里，有好大一座市鎮，有酒有肉，有鷄有魚，大師父想吃甚麼有甚麼，不妨便去。」他自知無力殺得寶象，報他刀砍丁典之仇，只盼他信得自己言語，向西去尋飲食，自己便可抱了丁典屍身逃走。

可是大雨始終不止，唰唰唰的落在兩人身上。

寶象道：「你去給我找些吃的來，有酒有肉最好，否則殺隻鷄殺隻鴨也成。」

狄雲只掛念著丁典，嘴裏「哦哦」答應，走進殿中，只見丁典的屍身已從神壇下給拖了出來，衣衫盡數撕爛，顯是曾遭寶象仔細搜查過。狄雲心中悲恨，再也掩飾不住，說道：「這……這裏有個死人……是……是你打死的麼？」

他臉色大變，寶象只道他是見到死人害怕，獰笑道：「不是我打死的。你來認認，這人是誰？你認得他麼？」狄雲吃了一驚，一時心虛，還道他已識破自己行藏，若不是決意保護丁典，已然發足便逃，當下強自鎮定，說道：「這人相貌很古怪，不是本村裏的。」寶象笑道：「他自然不是你村子裏的人。」突然厲聲道：「喂，去找些吃的東西來。你不聽話，佛爺肚子餓了，就只好先吃了你，填填肚子。」

狄雲見丁典屍身暫且無恙，稍覺放心，應道：「是，是！」轉身出廟，心想：「我且避他一避，只須半天不回來，他耐不住饑餓，自會去尋食物。他終不成帶了丁大哥走。他已搜查過丁大哥身邊，找不到甚麼，自也可死心了。」

不料只行得兩步，寶象厲聲喝道：「站住！你到那裏去？」狄雲道：「我去給你買吃的啊。」寶象道：「嗯，很好很好！你過多久回來？」狄雲道：「很快的，一會兒功夫就回來了。」寶象道：「去罷！」

狄雲回頭向丁典的屍身望了一眼，向廟外走去。突然背後風聲微動，啪啪兩響，左右雙頰上各吃了一記耳光。幸好寶象只道他是個不會絲毫武功的鄉下漢子，下手不重；又幸好寶象身法奇快，一出手便即打中，否則狄雲腦筋並不靈敏，遇到背後有人來襲，自然而然的會閃身躲避，決計來不及想到要裝作不會武功。

狄雲吃了一驚，道：「你……你……」心想：「他既識破了，那只有拚命了。」只聽寶象道：「你身上有多少銀子，拿出來給我瞧瞧！」狄雲道：「我……我……」寶象怒道：「你身上光溜溜的，諒你這窮漢也沒銀子，憑你的臭面子，又能賒得到、欠得著了？哼，你說去給我買吃的，不是存心想溜麼？」狄雲聽他這麼說，反而寬心：「原來他只瞧破我去買東西是假，那倒不要緊。」寶象又道：「你這禿頭說十里之內並沒人煙，又怎能去買了吃的，即刻便回？這不是明明騙我麼？哼，你給我說老實的，到底想甚麼？」狄雲結結巴巴的道：「我……我……我見了大師父害怕，想逃回家去。」

寶象哈哈大笑，拍了拍長滿黑毛的胸口，說道：「怕甚麼？怕我吃了你麼？」一提到這「吃」字，登時腹中咕咕直響，更餓得難受。天亮之後，他早已在廟中到處搜尋過了，半點可吃之物也沒有。他喃喃的連說幾句：「怕我吃了你麼？怕我吃了你麼？」這般說著，眼中忽然露出兇光，向狄雲上上下下打量。

狄雲給這眼光只瞧得滿身發毛，已猜到惡僧心中在打甚麼主意。寶象果然正在想：「人肉滋味本來不錯，人心人肝更加好吃，眼前現成有一口豬在這裏，幹麼不宰了吃？」

狄雲心下不住叫苦：「我給他殺了，倒也沒甚麼。瞧這惡僧的模樣，顯是要將我煮來吃了，這可冤得很了。我跟你拚了！」可是，拚命一定遭殺，殺了之後，仍給他吃下肚中，拚不拚又有甚麼分別？只見寶象雙眼中兇光大熾，嘿嘿獰笑，一步步逼來，一張醜臉越發顯得猙獰可怖。

寶象笑道：「嘿嘿，你這瘦鬼，吃起來滋味一定不好。這死屍還比你肥胖些，只可惜死屍有毒，吃不得。沒法子，沒肥豬，瘦豬也只好將就著對付。」一伸手，抓住了狄雲左臂。

狄雲奮力掙扎，卻那裏掙扎得開？心中焦急恐懼，當眞難以形容。經過這幾年來的慘受折磨，早已並不如何怕死，但想到要給這惡僧活生生的吃下肚去，確是忍不住全身發抖。

寶象見狄雲無法逃脫，心想不如叫他先燒好湯水，然後再下手宰殺，只可惜這人不會自己宰殺自己，再將自己燒成一大碗紅燒人肉，雙手恭恭敬敬的端將上來，便道：「我殺了你來吃，有兩個法子。一是生割你腿上肌肉，隨割隨烤，那麼你就要受零碎苦頭。第二個法子是一刀將你殺了，煮肉羹吃。你說那個法子好？」

狄雲咬牙道：「你要……將我殺了，你……你……你這惡和尚……」欲待破口大罵，卻怕他一怒之下，更讓自己慘受凌遲之苦，罵人的話到得口邊，終於忍住。

寶象笑道：「不錯，你知道就好，越是聽話，越死得爽快。你倔強掙扎，這苦頭可就大了。喂，癩痢頭阿三，我說啊，你去廚房裏把那隻鐵鑊拿來，滿滿的燒上一鑊水。」狄雲明知他是要用來烹食自己，還是忍不住問：「幹甚麼？」

寶象笑道：「這個就不用多問了。快去！」狄雲道：「要燒水，在廚房裏燒好了。」寶象道：「廚房裏滿是灰塵、蜘蛛網，老佛爺一進去便直打噴嚏。我不瞧著你，你這小癩痢定要逃走。」狄雲道：「我不逃走便是。」寶象怒道：「我說甚麼，便是甚麼。」說著一掌揮出，在他右臉上重重一擊，又將他踢了個觔斗。

狄雲滾在地下，突然想起：「他叫我燒水，倒是個機會，等得一大鑊水燒滾，端起來潑在他身上。他赤身裸體，豈不立時燙死了？」心中存了這個主意，登時不再恐懼，便到廚房去將一隻破鑊端了出來。見那鐵鑊上半截已然殘破，只能裝得小半鑊水，半鑊滾水只怕未必能燙死這惡僧，但想就算整他不死，燙他個半死不活也好。

他將鐵鑊端到殿前天井中，接了簷頭雨水，先行洗刷乾淨，然後裝載雨水，直至水齊破口，無法再裝為止。寶象讚道：「好極，好極！癩痢頭阿三，我倒真不捨得吃了你。你這人做事乾淨利落，煮人肉羹是把好手！」

狄雲苦笑道：「多謝大師父誇獎。」拾了七八塊磚頭，架在鐵鑊下面。破廟中多的是破桌斷椅，狄雲急於和寶象一決生死，快手快腳的執起破舊木料，堆在鐵鑊之下。可是要尋火種，卻就難了。狄雲張開雙手，作個無可奈何的神態。

寶象道：「怎麼？沒火種嗎？我記得他身上有的。」說著向丁典的屍身一指。狄雲見丁典的大腿給寶象砍得血肉模糊，胸中一股悲憤之氣直衝上來，轉頭向寶象狠狠瞪視，恨不得撲上前去咬他幾口。寶象卻似老貓捉住了耗子一般，要玩弄一番，這才吃掉，對狄雲的憤怒絲毫不以為意，笑吟吟的道：「你找找去啊。倘若生不了火，大和尚吃生肉也成。」

狄雲俯下身去，在丁典的衣袋中一摸，果然摸到兩件硬硬的小物，正是一把火刀，一塊火石，尋思：「咱二人同在牢獄之時，丁大哥身邊可沒這兩件東西，他卻從何處得來？」翻轉火刀，見刀上鑄得有一行陽文招牌：「荊州老合興鐵店」。狄雲曾和丁典去鐵店斬斷身上銬鐐，想來這便是那家鐵店的店號。狄雲握了這對刀石，心想：「丁大哥顧慮周全，在鐵店中取這火刀火石，原意是和我同闖江湖之用，不料沒用上一次，便已命赴陰世。」怔怔的瞧著火刀火石，不由得潸然淚下。

寶象只道他發見火種後自知命不久長，是以悲泣，哈哈笑道：「大和尚是千金貴體，你前世幾生修到，竟能拿大和尚的腸胃作棺材，拿大和尚的肚皮作墳墓，福緣深厚，運氣不壞！快生火罷！」

狄雲更不多言，在廟中找到了一張陳舊已極的黃紙籤，放在火刀、火石之旁，便打著了火。火燄燒到黃紙籤上，本來給灰塵掩蔽著的字跡露了出來，只見籤上印著「下下」、「求官不成」、「婚姻難諧」、「出行不利」、「疾病難愈」等字樣，片刻之間，火舌便將紙籤燒去了半截。狄雲心想：「我一生不幸，不用求籤便知道了。」當即將紙籤去點燃了木片，鑊底的枯木漸燒漸旺。

鐵鑊中的清水慢慢生出蟹眼泡沫，他知這半鑊水過不到一炷香時分便即沸滾。他心神緊張，望望那水，又望望寶象裸露著的肚皮，心想生死存亡在此一舉，一雙手不自禁的打起顫來。終於白氣蒸騰，破鑊中水泡翻湧。狄雲站直身子，端起鐵鑊，雙手一抬，便要向寶象頭上淋去。

豈知他身形甫動，寶象已然驚覺，十指伸出，搶先抓住了他的手腕，厲聲喝道：

「幹甚麼？」狄雲不會說謊，用力想將滾湯往寶象身上潑去，但手腕給抓住了，便似套在一雙鐵箍中一般，竟移動不得分毫。

寶象若要將這鑊滾湯潑在狄雲頭上，只須手臂一甩，自是輕而易舉，但卻可惜了這半鑊熱湯，淋死了這癩痢頭阿三，自己重新燒湯，未免麻煩。他雙臂微一用勁，平平下壓，將鐵鑊放回原處，喝道：「放開了手！」

狄雲如何肯放開鐵鑊，雙手又運勁回奪。寶象右足踢出，砰的一聲，將他踢得直跌出去，頭後腳前，撞入神壇之下。寶象心想：「這癩痢頭手勁倒也不小。」這時也不加細想，喝道：「老子要宰你了。乖乖的自己解去衣服，省得老子費事。」

狄雲摸出腰間藏著的尖石，便想衝出去與這惡僧一拚，忽見神壇腳邊兩隻老鼠肚子向天，身子不住抽搐，將死未死，這一下陡然在黑暗中看到一絲光明，叫道：「我捉到了兩隻老鼠，給你先吃起來充饑，好不好？老鼠的滋味可鮮得緊呢，比狗肉還香。」

寶象道：「甚麼？是老鼠？是死的還是活的？」狄雲生怕他不吃死鼠，忙道：「自然是活的，還在動呢，只不過給我捏得半死不活了。」抓住兩隻老鼠，從神壇下伸手出來給他看。

寶象曾吃過老鼠，知道鼠肉之味與瘦豬肉也差不多，眼見這兩頭老鼠毫不肥大，想是破廟之中無甚食物之故，一時沉吟未決。

狄雲道：「大師父，我給你剝了老鼠皮，煮一大碗湯喝，包你又快又美。」

寶象生性大懶，要他動手殺人洗剝，割切煮食，想起來就覺心煩，聽狄雲說給他煮老鼠湯，倒是投其所好，道：「兩隻老鼠不夠吃，你再去多捉幾隻。」

狄雲心想：「我現下功夫已失，手腳不靈，老鼠那裏捉得到？」但好容易出現了一線生機，決不能放過，忙道：「大師父，我給你先煮了這兩隻大老鼠作點心，立刻再捉！」寶象點頭道：「那也好，要是我吃得個飽，饒你一命，又有何妨？」

狄雲從神壇下鑽了出來，說道：「我借你的刀子一用，切了老鼠的頭。」

寶象渾沒當這鄉下小禿子是一回事，向鋼刀一指，說道：「你用罷！」跟著又補上一句：「你有膽子，便向老子砍上幾刀試試！」狄雲本來確有搶到鋼刀、迴身便砍之意，但給他先行點破，倒不敢輕舉妄動了，兩刀砍下鼠頭，開膛破肚，剝下鼠皮，將老鼠的腸胃心肺一併用雨水洗得乾淨，然後放入鑊中。

寶象連連點頭，說道：「很好，很好。你這禿頭，煮老鼠湯是把好手。快再去捉幾隻來。」狄雲道：「好，我去捉。」轉身向後殿走去。寶象道：「你若想逃走，我定將你身上的肉，一塊塊活生生的割下來吃了。」狄雲道：「捉不到老鼠便捉田雞，江裏有魚有蝦，甚麼都能吃。我服侍你大師父，吃得飽飽的，舒舒服服，何必定要吃我？癩痢頭阿三身上有瘡有癩，吃了擔保你拉肚子，發寒熱。」寶象道：「哼，別讓我等得不耐煩了。喂，你不能走出廟去，知不知道？」

狄雲大聲答應，爬在地下，裝著捕老鼠的神態，慢慢爬到後殿，站直了身子。他東張西望，想找個隱蔽處躲了起來，從後門望出去，見左首有個小小池塘，當下不管三七二十一，快步奔去，輕輕溜入池塘，只露出口鼻在水面透氣，更抓些浮萍亂草，堆在鼻上。他自幼生於水濱，水性倒是甚好，只可惜這地方離江太遠，否則躍入大江之中，順流而下，寶象無論如何追趕不上。

過了好一會，只聽得寶象叫道：「好湯！老鼠湯不錯。可惜老鼠太少。癩痢頭阿三，捉到了老鼠沒有？」叫了幾聲，跟著便大聲咒罵起來。狄雲將右耳伸出水面，聽他的動靜。但聽他滿口污言穢語，罵得粗俗不堪，跟著踢踢蹚蹚，踏著泥濘尋了出來。只跨得幾步，便到了池塘邊。狄雲那裏還敢露面，揑住鼻子，全身鑽在水底。幸好那池塘生滿了青萍水藻，他一沉入塘底，在上面便看不到了。

但水底不能透氣，他一直熬到忍無可忍，終於慢慢探頭上來，想輕輕吸一口氣，剛吸得半口，忽喇一聲，一隻大手抓將下來，已抓住了他後頸。寶象大罵：「不把你這小禿子割成十七八塊，老子不是人。你膽敢逃走！」狄雲反手抱住他胳臂，一股勁兒往池塘內拉扯。寶象沒料到他竟敢反抗，塘邊泥濘，腳下一滑，撲通一聲，跌入了塘中。

狄雲大喜，使勁將他背脊往水中按去。只是池塘水淺，寶象人又高大，池水淹不過頂，他一踏到塘底，反手便扣住狄雲手腕，跟著左手將他頭撳下水去。狄雲早豁出了性命不要，人在水底，牢牢抱住了寶象身子，說甚麼也不放手。寶象一時倒給他弄得無法可施，破口大罵，一不小心，吞進了幾口污水，怒氣更盛，提起拳頭，直往狄雲背上擂去。狄雲只覺這惡僧一拳打來，雖給塘水阻了一阻，力道輕了些，卻也疼痛難忍，只要再挨得幾拳，非昏去不可。他絕無還手之力，只有將腦袋去撞寶象的胸膛。

正糾纏得不可開交，突然間寶象大叫一聲：「啊喲！」抓住狄雲的手慢慢放鬆，舉在半空的拳頭也不擊落，竟緩緩垂下，跟著身子挺了幾挺，沉入了塘底。

狄雲大奇，忙掙扎著起來，見寶象一動不動，顯已死了。他驚魂未定，不敢去碰他身子，遠遠站在池塘一邊觀看。只見寶象直挺挺的躺在塘底，一動也不再動，隔了良久，看來眞的已死，狄雲兀自不敢放心，捧起塊石頭擲到他身上，見仍不動，才知不是裝死。

狄雲爬上岸來，猜不透這惡僧到底如何會突然死去，忽然閃過一個念頭：「難道我的神照功已大有威力，自己可還不知？在他胸口撞得幾頭，便送了他性命？」試一運氣，只覺「足少陽膽經」一脈中的內息，行到大腿「五里穴」，無論如何便不上行，而「手少陽三焦經」一脈，內息行到上臂「淸冷淵」也即遇阻滯。比之在獄中時反退步了，想是這幾日來心神不定，擱下了功夫。顯然，要練成神照功，時日火候還差得挺遠。

他怔怔的站在池塘旁，對眼前的情景始終不敢相信是眞事。但見雨點一滴滴的落在池塘水面，激起一個個漪漣。寶象的屍身躺在塘底，了無半絲生氣。

呆了一陣，回到殿中，見鐵鑊下的柴火已經熄滅，鐵鑊旁又有兩隻老鼠死在地下，肚皮朝天，耳朵和後足兀自微微抖動。狄雲心想：「嗯，原來寶象自己倒捉到了兩隻老鼠，沒福享受，便給我打死了。」一見鑊中尚有碗許殘湯，是寶象喝得剩下來的，他肚中正饑，端起鐵鑊，張口便要去喝老鼠湯。突然之間，鼻中聞到一陣奇特的香氣。

他一呆之下，雙手持著鐵鑊，縮嘴不喝，尋思：「這是甚麼香氣？我聞到過的，那決不是甚麼好東西。」再聞了聞老鼠湯中的奇香，登時省悟，大叫：「好運氣！」雙手一抬，將鐵鑊向天井中拋了出去，轉身向著丁典的屍身含淚說道：「丁大哥，你雖在死後，又救了兄弟一命。」在千鈞一髮的瞬息之間，他明白了寶象的死因。

丁典中了「金波旬花」的劇毒，全身血肉都含奇毒。寶象刀砍丁典屍身，老鼠在傷口中噬食血肉。老鼠食後中毒而死，寶象煮鼠爲湯而食，跟著便也中毒。兩人在池塘中糾纏鬥毆，寶象突然毒發身亡。眼前鐵鑊旁這兩頭死鼠，也是喝了鑊中的毒湯而死的。

狄雲心想：「倘若那金波旬花不是有這麼一股奇怪的香氣，倘若我心思轉得稍慢片刻，這毒湯已然下肚去了。」又想：「我第一次聞到這『金波旬花』的香氣，是在凌小姐的靈堂之中，凌知府塗在他女兒的棺木上。丁大哥以前曾聞到過的，曾中過毒，第二次怎能不知？是了，那時丁大哥見到凌小姐的棺木，心神大亂，甚麼都不知道了。」

他曾數度萬念俱灰，自暴自棄，不想再活在人世，但此刻死裏逃生，卻又慶幸不已。天空仍烏雲重重疊疊，大雨如注，心中卻感到了一片光明，但覺只須留得一條命在，便有無盡生趣，無限風光。

他定了定神，先將丁典的屍身端端正正的放在殿角，然後出外將寶象的屍身從池塘裏拉起，挖個坑埋了。回到殿中，見寶象的衣服搭在神壇之上，壇上放著一個油布小包，另有十來兩碎銀子。

他好奇心起，拿過油布小包，打了開來，見裏面又包著一層油紙，再打開油紙，見是一本黃紙小書，封皮上彎彎曲曲的寫著幾行字不像字、圖不像圖的花樣，也不知是甚麼。翻將開來，見第一頁上繪著一個精瘦乾枯的裸體男子，一手指天，一手指地，面目甚爲詭異，旁邊注滿了五顏六色的怪字，形若蝌蚪，或紅或綠。狄雲瞧著圖中男子，見他鉤鼻深目，曲髮高顴，面目黝黑，不似中土人物，形貌甚爲古怪，而怪異之中，更似蘊藏著一股吸引之力，令人不由自主的心旌搖動，神不守舍。他看了一會，便不敢再看。

翻到第二頁，見紙上仍繪著這裸體男子，只姿式不同，左足金鷄獨立，右足橫著平伸而出，雙手反在身後，左手握著右耳，右手握著左耳。一路翻將下去，但見這裸體人形的姿式越來越怪，花樣變幻無窮，有時雙手撐地，有時飛躍半空，更有時以頭頂地倒立，下半身卻憑空生出六條腿來。到了後半本中，那人手中卻持了一柄彎刀。

他回頭翻到第一頁，再向圖中那人臉上細瞧，見他舌尖從左邊嘴角中微微伸出，同時右眼張大而左眼略瞇，臉上神情古怪，便因此而生。他好奇心起，便學著這人的模樣，也舌尖微吐，右眼張而左眼閉，這姿式一做，只覺得顏面間甚是舒適，再向圖形中看去時，隱隱見到那男子身上有幾條極淡的灰色細線，繪著經脈。狄雲心道：「是了，原來這人身上不繪衣衫，是為了要顯出經脈。」

丁典在獄中授他神照功之時，曾將人身的經脈行走方位，解說得極是詳細明白，練這項最上乘的內功，基本關鍵便在於此。他早記得熟了，這時瞧著圖中人身上的經脈線路，不由自主便調運內息，體內一股細微的真氣便依著那經脈運行起來。

尋思：「這經脈運行的方位，和丁大哥所教的恰恰相反，只怕不對。」但隨即轉念：「我便試他一試，又有何妨？」當即催動內息，循圖而行，片刻之間，便覺全身軟洋洋地，說不出的輕快舒暢。他練神照功時，全神貫注的凝氣而行，那內息便要上行一寸、二寸，也萬分艱難，但這時照著圖中的方位運行，霎時之間便如江河奔流，竟絲毫不用力氣，內息自然運行。他又驚又喜：「怎麼我體內竟有這樣的經脈？莫非連丁大哥也不知麼？」跟著又想：「這冊子是那惡和尙的，書上文字圖形又都邪裏邪氣，定不是甚麼正經東西，還是別去沾惹的爲是。」

但這時他體內的內息運行正暢，竟不想就此便停，心中只想：「好罷，只玩這麼一次，下次不能再玩了。」漸覺心曠神怡，全身血液都暖了起來，又過一會，身子輕飄飄地，好似飽飲了烈酒一般，禁不住手舞足蹈，口中嗚嗚嗚的低聲呼叫，腦中一昏，倒在地下，便甚麼也不知道了。

過了良久，這才知覺漸復，緩緩睜眼，只覺日光照耀，原來大雨早停，太陽晒進殿來。狄雲一躍而起，只覺精神勃勃，全身充滿了力氣，心想：「難道這本冊子上的功夫，竟有這般好處？不，不！我還是照丁大哥所授的功夫用心習練才是，這種邪魔外道，一沾上身，說不定後患無窮。」拿起冊子，要想伸手撕碎，但轉念又想，總覺其中充滿秘奧，不捨得便此毀去。

他整理一下衣衫，見破爛已極，實難蔽體，丁典屍身上的衣褲也都已撕爛斬碎，見寶象的僧衣和褲子搭在神壇之上，倒是完好，於是取過來穿在身上。雖穿了這惡僧的僧袍，心中甚覺彆扭，但總勝於褲子上爛了十七八個破洞，連屁股也遮不住。他將那本冊子和十多兩碎銀都揣在懷裏，到大樹下的泥坑中將那包首飾和銀兩挖了出來收起，抱起丁典屍身，走出廟去。

行出百餘丈，迎面來了個農夫，見他手中橫抱死屍，大吃一驚，失足摔在田中，滿身泥濘的掙扎起來，快步逃走。狄雲知道如此行走，必定惹事，但一時卻也想不出甚麼善策。幸好這一帶甚是荒僻，一路走去，不再遇到行人。他橫抱著丁典，心下只想：「丁大哥，丁大哥，我捨不得和你分手，我捨不得和你分手。」

忽聽得山歌聲起，遠遠有七八名農夫荷鋤走來，狄雲忙一個箭步，躲入山旁的長草之中，待那些農夫走過，心想：「若不焚了丁大哥的遺體，終究不能完成他與凌小姐合葬的心願。」到山坳中拾些枯枝柴草，一咬牙，點燃了火，在丁典屍身旁焚燒起來。

火舌吞沒了丁典頭髮和衣衫，狄雲只覺得這些火燄是在燒著自己的肌肉，撲在地下，咬著青草泥土，淚水流到了草上土中，又流到了他嘴裏……

狄雲細心撿起丁典的骨灰，鄭重包在油紙之中，外面再裹以油布。這油紙油布本是寶象用來包藏那本黃紙册子的。包裹外用布條好好的縛緊了，這才貼肉縛在腰間。再用手挖了一坑，將剩下的灰燼撥入坑中，用土掩蓋了，拜了幾拜。

站起身來，心下茫然：「我要到那裏去？」世上的親人，便只師父一人，自然而然的想起：「我且回沅陵去尋師父。」師父刺傷萬震山而逃去，料想不會回歸沅陵老家，必是隱姓埋名，遠走高飛。但這時除了回沅陵去瞧瞧之外，實在想不出還有旁的甚麼地方可去。

轉上了大路，向鄉人一打聽，原來這地方大地名叫塔市口，對江便是湖北監利縣，當地已屬湖南地界。此處江邊荒僻，狄雲到了塔市口，取出碎銀買些麵食吃了。

出得店來，只聽得喧嘩叫嚷，人頭湧湧，不少人吵成一團，跟著砰砰聲響，好些人打了起來。狄雲好奇心起，便走近去瞧瞧熱鬧。只見人叢之中，七八條大漢正圍住一個老者毆打。那老者青衣羅帽，家人裝束。那七八條漢子赤足短衣，身邊放著短秤魚簍，顯然都是魚販。狄雲心想這是尋常打架，沒甚麼好瞧的，正要退開，只見那老家人飛足將一名壯健魚販踢了個觔斗，原來他竟身有武功。

這一來，狄雲便要瞧個究竟了。只見那老家人以寡敵衆，片刻間又打倒了三名魚販。旁邊瞧著的魚販雖衆，一時竟無人再敢上前。忽聽得衆魚販歡呼起來，叫道：「頭兒來啦，頭兒來啦！」只見江邊兩名魚販飛奔而來，後面跟著三人。那三人步履頗爲沉穩，狄雲一眼瞧去，便知身有武功。

那三人來到近前，爲首一人是個四十來歲漢子，蠟黃臉皮，留著一撇鼠鬚，向倒在地下哼哼唧唧的幾名魚販望了一眼，說道：「閣下是誰，仗了誰的勢頭，到我們塔市口來欺人？」他這幾句話是向那老家人說的，可是眼睛向他望也沒望上一眼。

那老家人道：「我只是拿銀子買魚，甚麼欺人不欺人的？」那頭兒向身旁的魚販問道：「幹麼打了起來？」那魚販道：「這老傢伙硬要買這對金色鯉魚。我們說金色鯉魚難得，是頭兒自己留下來合藥的。這老傢伙好橫，非買不可。我們不賣，他竟動手便搶。」

那頭兒轉過身來，向那老家人打量了幾眼，說道：「閣下的朋友，是中了藍砂掌麼？」那老家人一聽，臉色變了，說道：「我不知道甚麼紅砂掌、藍砂掌。我家主人不過想吃鯉魚下酒，吩咐我拿了銀子來買魚。普天下可從來沒有甚麼魚能賣、甚麼魚又不能賣的規矩？」魚販頭兒冷笑道：「眞人面前說甚麼假話？閣下主人是誰？倘若是好朋友，別說金色大鯉可以奉送，在下還可送上一粒專治藍砂掌的『玉肌丸』。」

那老家人臉色更加驚疑不定，隔了半晌，才道：「請問閣下是誰？如何知道藍砂掌？如何又有玉肌丸？難道，難道……」魚販頭兒道：「不錯，在下和那使藍砂掌的主兒，確有三分淵源。」

那老家人更不打話，身形一起，伸手便向一隻魚簍抓去，行動甚爲迅捷。魚販頭兒冷笑道：「有這麼容易？」呼的一掌，便往他背心上擊去。老家人回掌一抵，借勢借力，身子已飄在數丈之外，提著魚簍，急步疾奔。那魚販頭兒沒料到他有這一手，眼見追趕不上，手一揚，一件暗器帶著破空之聲，向他背心急射而去。

那老家人奪到鯉魚，滿心歡喜，一股勁兒的發足急奔，沒想到有暗器射來。魚販頭子發射的是一枚瓦楞鋼鏢，他手勁挺大，去勢頗急。狄雲眼見那老家人不知閃避，心中不忍，順手提起地下一隻魚簍，從側面斜向鋼鏢擲去。

他武功已失，手上原沒多少力道，只是所站地位恰到好處，只聽得卜的一聲響，鋼鏢插入了魚簍。那魚簍向前又飛了數尺，這才落地。

那老家人聽得背後聲響，回頭瞧時，只見那魚販頭子手指狄雲，罵道：「兀那小賊禿，你是那座廟裏的野和尚，卻來理會長江鐵網幫的閒事？」

狄雲一怔：「怎地他罵我是小賊禿了？」見那魚販頭子聲勢洶洶，又說到甚麼「長江鐵網幫」，記得丁大哥常自言道，江湖上各種幫會禁忌最多，要是不小心惹上了，往往受累無窮。他不願無緣無故的多生事端，便拱手道：「是小弟的不是，請老兄原諒。」

那魚販頭子怒道：「你是甚麼東西，誰來跟你稱兄道弟？」跟著左手一揮，向手下的魚販道：「把這兩人都拿下了。」

便在此時，只聽得叮噹叮噹，叮玲玲，叮噹叮噹，叮玲玲一陣鈴聲，兩騎馬自西至東，沿著江邊馳來。那老家人面有喜色，道：「我家主人親自來啦，你跟他們說去。」

魚販頭子臉色一變，道：「是『鈴劍雙俠』？」但隨即臉色轉爲高傲，道：「是『鈴劍雙俠』便又怎地？還輪不到他們到長江邊上來耀武揚威。」

說話未了，兩乘馬已馳到身前。狄雲只覺眼前一亮，但見兩匹馬一黃一白，神駿高大，鞍轡鮮明。黃馬上坐著個青年男子，二十五六歲，一身黃衫，身形高瘦。白馬上乘的是個少女，二十歲上下年紀，白衫飄飄，左肩上懸著一朵紅綢製的大花，臉容白嫩，相貌甚爲俏麗。兩人腰垂長劍，手中都握著條馬鞭，兩匹馬一般的高頭長身，難得的是黃者全黃，白者全白，身上竟沒一根雜毛。黃馬頸下掛了一串黃金鸞鈴，白馬的鸞鈴則是白銀所鑄，馬頭微一擺動，金鈴便發出叮噹叮噹之聲，銀鈴的聲音又是不同，叮玲玲、叮玲玲的，更爲清脆動聽。端的是人俊馬壯。狄雲一生之中，從沒見過這般齊整標致的人物，不由得心中暗暗喝一聲采：「好漂亮！」

那青年男子向著那老者道：「水福，鯉魚找到了沒有？在這裏幹甚麼？」那老家人道：「汪少爺，金色鯉魚找到了一對，可是……可是他們偏不肯賣，還動手打人。」

那青年瞥眼見到地下魚簍上的鋼鏢，說道：「嘿，誰使這般歹毒的暗器？」馬鞭一伸，鞭絲已捲住鋼鏢尾上的藍綢，提了回來，向那少女道：「笙妹，你瞧，是見血封喉的『蝎尾鏢』！」那少女道：「是誰用這鏢了？」話聲甚是清亮。

那魚販頭子微微冷笑，右手緊握腰間單刀刀柄，說道：「鈴劍雙俠這幾年闖出了好大的名頭，長江鐵網幫不是不知。可是你們想欺到我們頭上，只怕也沒這麼容易。」他語氣硬中帶軟，顯然不願與鈴劍雙俠發生爭端。

那少女道：「這蝎尾鏢蝕心腐骨，太過狠毒，我爹爹早說過誰也不許再用，難道你不知道麼？幸好你不是用來打人，打魚簍子練功夫，倒也不妨。」

水福道：「小姐，不是的。這人發這毒鏢射我。多蒙這位小師父斜刺裏擲了這隻魚簍過來，才擋住了毒鏢。要不然小的早已沒命了。」他一面說，一面指著狄雲。

狄雲暗暗納悶：「怎地一個叫我小師父，一個罵我小賊禿，我幾時做起和尚來啦？」

那少女向狄雲點了點頭，微微一笑，示意相謝。狄雲見她一笑之下，容如花綻，更加嬌艷動人，不由得臉上一熱，微感羞澀。

那青年聽了水福之言，臉上登時如罩了層嚴霜，向那魚販頭子道：「此話當眞？」不待對方回答，馬鞭抖動，鞭上捲著的鋼鏢疾飛而出，風聲呼呼，帕的一響，釘在十數丈外的一株柳樹上，手勁之強，實足驚人。

那魚販頭子兀自口硬，說道：「逞甚麼威風了？」那青年公子喝道：「便是要逞這威風！」提起馬鞭，向他劈頭打落，那魚販頭子舉刀便格。不料那公子的馬鞭忽然斜出向下，著地而捲，招數變幻，直攻對方下盤。魚販頭子急忙躍起相避。這馬鞭竟似是活的一般，倏的反彈上來，已纏住了他右足。那公子足尖在馬腹上輕輕一點，胯下黃馬立時前衝。那魚販頭子的下盤功夫本來甚是了得，這青年公子就算用鞭子纏住了他，也未必拖他得倒。但這公子先引得他躍在半空，令他根基全失，這才揮鞭纏足。那黃馬這一衝有千斤之力，魚販頭子力氣再大，也禁受不起，他身軀給黃馬拉著，凌空而飛。衆魚販大聲吶喊，七八個人隨後追去，意圖救援。

那黃馬縱出數丈，將那馬鞭綳得有如弓弦，青年公子蓄勢借力，振臂甩出，那魚販頭子便如騰雲駕霧般飛了出去。他空有一身武功，卻半點使不出來，身子不由自主的向江中射去。岸上衆人大驚之下齊聲呼喊。只聽得撲通聲響，水花濺起老高，魚販頭子摔入了江中，霎時間沉入水底，無影無蹤。

那少女拍手大笑，揮鞭衝入魚販羣中，東抽一記，西擊一招，將衆魚販打得跌跌撞撞的四散奔逃。魚簍魚網撒了一地，鮮魚活蝦在地下亂爬亂跳。

那魚販頭子一生在江邊討生活，水性自是精熟，從江面上探頭出來，已在下游數十丈之外，污言穢語的亂罵，卻也不敢上岸再來廝打。

水福提起盛著金鯉的魚簍，打開蓋子，歡歡喜喜的道：「公子請看，紅嘴金鱗，難得又這般肥大。」那青年道：「你急速送回客店，請花大爺用來救人。」水福道：「是。」走到狄雲身前，躬了躬身，道：「多謝小師父救命之恩。不知小師父的法名怎生稱呼？」狄雲聽他左一句小師父，右一句小師父，叫得自己心中發毛，一時答不上話來。那青年道：「快走，快走。千萬不能躭擱了。」水福道：「是。」不及等狄雲答話，快步去了。

狄雲見這兩位青年男女人品俊雅，武藝高強，心中暗自羨慕，頗有結納之意，只是對方並不下馬，想要請教姓名，頗覺不便。正猶豫間，那公子從懷中掏出一錠黃金，說道：「小師父，多謝你救了我們老家人一命。這錠黃金，請師父買菩薩座前的香油罷。」輕輕拋出，將金子向狄雲投了過來。狄雲左手抄過接住，向他回擲過去，說道：「不用了。請問兩位尊姓大名。」

那青年見他接金擲金的手法，顯是身有武功，不等金子飛到身前，馬鞭揮出，已將金子捲住，說道：「師父既然也是武林中人，想必得知鈴劍雙俠的小名。」

狄雲見他抖動馬鞭，將那錠黃金舞弄得忽上忽下，神情舉止，頗有輕浮之意，便道：「適才我聽那魚販頭子稱呼兩位是鈴劍雙俠，但不知閣下尊姓大名。」那青年怫然不悅，心道：「你既知我們是鈴劍雙俠，怎會不知我的姓名？」口中「嗯」了一聲，也不答話。便在此時，一陣江風吹了過來，拂起狄雲身上所穿僧袍的衣角。

那少女一聲驚噫，道：「他……他是青海黑教的……的……血刀惡僧。」那青年滿臉怒色，道：「不錯。哼，滾你的罷！」

狄雲大奇，道：「我……我……」向那少女走近一步，道：「姑娘你說甚麼？」那少女臉上現出又驚又恐的神態，道：「你……你……你別走近我，滾開。」狄雲心中一片迷惘，問道：「甚麼？」反而更向她走近了一步。

那少女提起馬鞭，唰的一聲，從半空中猛擊下來。狄雲萬料不到她說打便打，轉頭欲避，已然不及，唰的一聲響處，這一鞭著著實實的打在臉上，從左額角經過鼻樑，通向右邊額角，擊得好不沉重。狄雲驚怒交集，道：「你……你幹麼打我？」見那少女又揮鞭打來，伸手便欲去奪她馬鞭，不料這少女鞭法變幻，他右手剛探出，馬鞭已纏上了他頭頸。

跟著只覺得後心猛地一痛，已給那青年公子從馬上出腿，踢了一腳，狄雲立足不定，向前便倒。那公子催馬過來，縱馬蹄往他身上踹去。狄雲百忙中向外滾開，昏亂中只聽得銀鈴聲叮玲玲的響了一下，一條白色的馬腿向自己胸口踏將下來。狄雲更沒思索餘地，情知這一腳只要踹實了，立時便會送命，急忙縮身，但聽得喀喇一響，不知斷了甚麼東西，眼前金星飛舞，甚麼也不知道了。

待得他神智漸復，醒了過來，已不知過了多少時候。迷迷糊糊中撐手想要站起，突然左腰一陣劇痛，險些又欲暈去，跟著哇的一聲，吐出一大口鮮血。他慢慢轉頭，只見左腿褲腳上全是鮮血，一條左腿扭得向前彎轉。他好生奇怪：「這條腿怎會變成這個樣子？」過了一會，這才明白：「那姑娘縱馬踹斷了我的腿。」

他全身乏力，腿上和背心更痛得厲害，一時之間自暴自棄的念頭又生：「我不要活了，便這麼躺著，快快死了才好。」他也不呻吟，只盼速死。可是想死卻並不容易，甚至想昏去一陣也是不能，心中只想：「怎麼還不死？怎麼還不死？」

過了良久，這才想到：「我跟他二人無冤無仇，沒半點地方得罪了他們，正說得好好地，幹麼忽然對我下這毒手？」苦苦思索，心中一片茫然，實無絲毫頭緒，自言自語：「我就這麼蠢，倘若丁大哥在世，就算不能助我，也必能給我解說這中間的道理。」一想起丁典，立時轉念：「我答應了丁大哥，將他與凌小姐合葬。這心願未了，我無論如何不能便死。」伸手向腰間摸去，發覺丁典的骨灰包沒給人踢破，心下稍慰，用力坐起身來，喉頭一甜，又是鮮血上湧。他知道多吐一口血，身子便衰弱一分，強自運氣，想將這口血壓將下去，卻覺口中鹹鹹的，一張嘴，又是一攤鮮血傾在地下。

最痛的是那條斷腿，就像幾百把小刀不住在腿上砍斬，終於連爬帶滾的到了柳蔭下，心想：「我不能死，說甚麼也得活下去。要活下去便得吃東西。」見地下的魚蝦早已停止跳動，死去多時，便抓了幾隻蝦塞入口中，胡亂咀嚼，心想：「先得接好斷腿，再想法子快快離開。」

遊目四顧，見眾魚販拋在地下的各樣物事兀自東一件、西一件的散著，於是爬過去取了一柄短槳，又取過一張漁網，先將漁網慢慢拆開，然後搬正自己斷腿，將短槳靠在腿旁，把漁網的麻繩纏了上去。纏一會，歇一會，每逢痛得要暈去時，便閉目喘氣，等力氣稍長，又再動手。

好容易綁好斷腿，心想：「要養好我這條腿，少說也得兩個月時光。卻到那裏去養息才好？」瞥眼見到江邊的一排漁舟，心念一動：「我便住在船中，不用行走。」他生怕這批魚販回來，更遭災難困厄，雖已筋疲力盡，卻不敢稍歇，向著江邊爬去，爬上一艘漁船，解下船纜，扳動短槳，慢慢向江心划去。

一低頭時，只見身上一角僧袍翻轉，露出黑色衣襟上一把殷紅帶血的短刀，乃以大紅絲線所繡，刀頭上有三點鮮血滴下，也是紅線繡成，形狀生動，甚爲可怖。他驀地醒悟：「啊，是了，這是寶象惡僧的僧袍。這兩人只道我是惡僧一夥。」一伸手，便摸到了自己光禿禿的腦袋。

他這才恍然，爲甚麼那老家人口口聲聲的稱自己爲「小師父」，而長江鐵網幫的魚販頭子又罵自己爲「小賊禿」，原來自己早已喬裝改扮做了個和尚，卻兀自不覺。又想：「我衣角翻開，那姑娘便說我是青海黑教的甚麼血刀惡僧。這把血刀的模樣這麼難看，這派和尚又定是無惡不作之人，單看寶象，便可想而知。」

他無端端的給踹斷了腿，本來惱怒悲憤之極，一想明白其間的原因過節，登時便對「鈴劍雙俠」消了敵意，反覺這對青年英俠嫉惡如仇，實是大大的好人。只是這二人武功高強，人品俊雅，自己便算解釋明白了誤會，也不配跟他們結交。

將漁船慢慢划出十餘里，見岸旁有個小市鎮，遠遠望去，人來熙往的甚是熱鬧，心想：「這件僧衣披在身上，是個大大的禍胎，須得儘早換了去才好。」當下將船划近岸邊，撐著短槳拄地，忍痛掙扎著一跛一拐，走上岸去。市上行人見這青年和尚跛了一條腿，滿身血污，向他瞧去時臉上都露出驚疑神色。

對這等冷漠疑忌的神氣，狄雲這幾年來受得多了，倒也不以爲意。他緩緩在街上行走，見到一家舊衣店，便進去買了一件青布長袍，一套短衫褲。這時更換衣衫，勢須先行赤身露體，只得將青布長袍穿在僧袍之外，又買了頂氈帽，蓋住光頭，然後到西首一家小飯鋪中去買飯充饑。待得在飯鋪的長櫈上坐定，累得幾欲暈倒，又嘔了兩大口血。

店伴送上飯菜，是一碗豆腐煮魚，一碗豆豉臘肉。狄雲聞到魚肉和米飯的香氣，精神爲之一振，拿起筷子，扒了兩口飯，夾起塊臘肉送進口中，咀嚼得幾下，忽聽得西北角上叮噹叮噹、叮玲玲，叮噹叮噹、叮玲玲，一陣陣鸞鈴之聲響了起來。

他口中的臘肉登時便嚥不下咽喉，心道：「鈴劍雙俠又來了。要不要迎出去說明誤會？我平白無辜的給他們縱馬踩成這般重傷，若不說個淸楚，豈不冤枉？」

可是他這些日子中受苦太深，給人欺侮慣了，轉念便想：「我這一生受的冤枉，難道還算少了？再給他們冤枉一次，又有何妨？」但聽得鸞鈴之聲越響越近，狄雲轉過身來，面朝裏壁，不願再和他們相見。

便在這時，忽然有人伸手在他肩頭一拍，笑道：「小師父，你幹下的好事發了，我們太爺請你去喝酒。」

狄雲一驚，轉身過來，見是四個公人，兩個拿著鐵尺鐵鍊，後面兩人手執單刀，滿臉戒備之色。狄雲叫聲「啊喲！」站起身來，順手抓起桌上一碗臘肉，劈頭向左首那公人擲去，跟著手肘上抬，掀起板桌，將豆腐、白飯、菜湯，齊向第二名公人身上倒去，心道：「荊州府的公人追到了。我若再落在凌退思的手中，那裏還有命在？」

兩名公人給他夾頭夾腦的熱菜熱湯潑在身上，忙向後退，狄雲已搶步奔出。但只跨得一步，腳下一個踉蹌，險些摔倒，他在惶急之際，竟忘了左腿已斷。第三名公人瞧出便宜，舉刀砍來。狄雲武功雖失，對付這些公人卻仍綽綽有餘，抓住他手腕擰轉，已奪過了他單刀。四名公人見他手中有了兵器，那裏還敢欺近，只是大叫：「採花淫僧拒捕傷人啊！」「血刀惡僧又犯了案哪！」「姦殺官家小姐的淫僧在這裏啊！」

這麼一叫嚷，市鎮上眾人紛紛過來，見到狄雲這麼滿臉都是傷痕血污的可怖神情，都遠遠站著，不敢走近。狄雲聽得公人的叫嚷，心道：「難道不是荊州府派來捉拿我的？」大聲喝道：「你們胡說些甚麼？誰是採花淫僧了？」

叮噹叮噹、叮玲玲幾聲響處，一匹黃馬、一匹白馬雙雙馳到。「鈴劍雙俠」人在馬上，居高臨下，一切早已看清。兩人一見狄雲，怔了一怔，覺得面容好熟，立時便認出他便是那血刀惡僧，只喬裝改扮了，想要掩飾本來面目。

一名公人叫道：「喂，大師父，你風流快活，也不打緊，怎地事後又將人家姑娘一刀殺了？好漢一人做事一身當，跟我們到縣裏去打了這樁官司罷。」另一名公人道：「你去買衣買帽，改裝易容，可都給哥兒們瞧在眼裏啦。你今天是逃不走了，還是乖乖的上了綁罷。」狄雲怒道：「你們就會胡說八道，冤枉好人。」一名公人道：「那是決計冤枉不了的。大前天晚上你闖進李舉人府中，姦殺李舉人的兩位小姐，我清清楚楚瞧見了的，眼睛眉毛，鼻頭嘴巴，沒一樣錯了，的的確確便是你。」

「鈴劍雙俠」勒馬站在一旁觀看。

「表哥，這和尚武功沒甚麼了不起啊。剛才若不是瞧在他救了水福性命的份上，早就殺了他。原來他……他竟這麼壞。」

「我也覺得奇怪。雖說這些惡僧在長江兩岸做了不少天理難容的大案，傷了十幾條人命，公人奈何他們不得，可是兩湖豪傑又何必這等大驚小怪？瞧這小和尚的武功，他的師父、師兄們也高明不到了那裏去。」

「說不定他這一夥中另有高手，否則的話，兩湖豪傑幹麼要來求我爹爹出手？又上門去求陸伯伯、花伯伯、劉伯伯？」

「哼，這些兩湖豪傑也當眞異想天開，天下又有那一位高人，須得勞動『落花流水』四大俠同時出手，才對付得了？」

「嘻嘻，勞動一下咱們『鈴劍雙俠』的大駕，那還差不多。」

「表妹，你到前面去等我，讓我一個人來對付這賊禿好了。」

「我在這裏瞧著。」

「不，你還是別在這裏。武林中人日後說起這回事來，只說是我汪嘯風獨自出手，殺了血刀惡僧，可別把水笙水女俠牽扯在內。你知道，江湖上那些人的嘴可有多髒。」

「對，你想得周到，我可沒你這麼細心。」

血刀僧勒轉馬頭，回奔過來，雙馬相交，一擦而過。水笙只覺眼前紅光閃動，鼻尖上微微一涼，隨即覺到放在鼻上的那根頭髮已不在了。

六　血刀老祖

狄雲見四下裏閒人漸圍漸多，脫身更加難了，舉刀舞動，喝道：「快給我讓開！」左腋下撐著那條短槳，便向東首衝去。圍在街頭的閒人發一聲喊，四散奔逃。那四名公人叫道：「採花淫僧，往那裏走？」硬著頭皮追了上去。狄雲單刀斜指，手腕翻處，已劃傷了一名公人手臂。那公人大叫：「拒捕殺人哪！拒捕殺人哪！」

水笙催馬走開。汪嘯風縱馬上前，馬鞭揚出，唰的一聲，捲住了狄雲手中單刀，往外急甩。狄雲手上無力，單刀立時脫手飛出。汪嘯風左臂探出，抓住了他後頸衣領，將他身子提起，喝道：「淫僧，你在兩湖做下了這許多案子，還想活命不成！」右手反按劍把，青光閃處，長劍出鞘，便要往狄雲頸中砍落。

旁觀眾人齊聲喝采：「好極，好極！」「殺了這淫僧！」「大夥兒咬他一口出氣！」

狄雲身在半空，全無半分抗拒之力，暗暗嘆了口氣，心道：「我命中注定要給人冤枉，那也沒法可想。」眼見汪嘯風手中的長劍已舉在半空，他微微苦笑，心道：「丁大哥，不是小弟不願盡力，實在我運氣太壞。」

忽聞得遠處一個蒼老乾枯的聲音說道：「手下留人，休傷他性命！」

汪嘯風回過頭去，見是一個身穿黑袍的和尚。那和尚年紀極老，尖頭削耳，臉上都是皺紋，身上僧袍的質地顏色和狄雲所穿一模一樣。汪嘯風臉色立變，知是青海血刀僧一派，舉劍便向狄雲頸中砍落，準擬先殺小淫僧，再殺老淫僧。劍鋒離狄雲的頭頸尚有尺許，猛覺右手肘彎中一麻，已遭暗器打中穴道。他手中長劍軟軟垂了下來，雖力道全無，但劍刃鋒利，仍在狄雲左頰劃了道血痕。

那老僧身形如風，欺近身來，揮掌將汪嘯風推落下馬，左手抓起狄雲，右腿一抬，竟在平地跨上了黃馬馬背。旁人上馬，必是左足先踏上左鐙，然後右腿跨上馬背，但這老僧既不縱躍，亦不踏鐙，一抬右腿，便上了馬鞍，縱馬向水笙馳去。

水笙聽得汪嘯風驚呼，當即勒馬。汪嘯風叫道：「表妹，快走！」水笙微一遲疑，掉轉馬頭，那老僧已騎了黃馬追到。他將狄雲往水笙身後的白馬鞍子上放落，正要順手將她推下，水笙已拔出長劍，轉身向他頭頂砍落。那老僧見到她秀麗的容貌，不禁一怔，說道：「好美！」手臂前探，點中了她腰間穴道。

水笙長劍砍到半空，陡然間全身無力，長劍噹啷落地，心裏又驚又怕，忙要躍下馬來，突覺後腰上又即酸痛麻軟，雙腿已不聽使喚。那老僧左手牽住白馬韁繩，雙腿力夾，黃馬、白馬便叮噹叮噹、叮玲玲，叮噹叮噹、叮玲玲的去了。

汪嘯風躺在地下，大叫：「表妹，表妹！」眼睜睜瞧著表妹爲兩個淫僧擄去，後果不堪設想，可是他全身酸軟，竭盡平生之力，也動彈不了半分。

但聽得那些公人大叫大嚷：「捉拿淫僧啊！」「血刀惡僧逃走了！」「拒捕傷人啊！」

狄雲身在馬背，一搖一晃的險些摔下，自然而然的伸手一抓，觸手之處，只覺軟綿綿地，低頭看時，見抓住的正是水笙後背腰間。水笙大驚，叫道：「惡和尚，快放手！」狄雲也即吃驚，急忙鬆手，抓住了馬鞍。但他坐在水笙身後，兩人身子無法不碰在一起。水笙只叫：「放開我，放開我！」那老僧聽得厭煩，伸過手來點了她啞穴，這麼一來，水笙連話也說不出來了。

那老僧騎在黃馬背上，不住打量水笙的身形面貌，嘖嘖稱讚：「很標致，好得很！老和尚艷福不淺。」水笙嘴巴雖啞，耳朵卻不聾，只嚇得魂飛魄散，差一點便即暈去。

那老僧縱馬一路西行，儘揀荒僻處馳去。行了一程，覺兩匹坐騎的鸞鈴之聲太過刺耳，叮噹叮噹、叮玲玲的，顯然是引人來追，當即伸手出去，將金鈴、銀鈴一個個都摘了下來。這些鈴子是以金絲銀絲繫在馬頸，他順手一扯便拉下一枚，放入懷中之時，每隻鈴子都已捏扁成塊。

那老僧不讓馬匹休息，行到向晚，到了江畔山坡上一處懸崖旁，見地勢荒涼，四下裏既無行人，又無房屋，將狄雲從馬背抱下，放在地上，又將水笙抱下，再將兩匹馬牽到一株大樹下，繫在樹上。他向水笙上上下下的打量片刻，笑嘻嘻的道：「妙極！老和尚艷福不淺！」這才盤膝坐定，對著江水閉目運功。

狄雲坐在他對面，思潮起伏：「今日遭遇當眞奇怪之極。兩個好人要殺我，這老和尚卻來救了我。這和尚顯然跟寶象是一路，決不是好人，他若去侵犯這姑娘，那便如何是好？」天色漸漸黑了下來，耳聽得山間松風如濤，夜鳥啾鳴，偶一抬頭，便見到那老僧猶似殭屍一般的臉，心中不由得怦怦亂跳，斜過頭去，見到草叢中露出一角素衣，正是水笙倒在其中。他幾次想開口問那老僧，但見他神色儼然，用功正勤，始終不敢出聲打擾。

過了良久，那老僧突然徐徐站起，左足蹺起，腳底向天，右足站在地下，雙手張開，向著山凹裏初升的一輪明月。狄雲心想：「這姿式我在那裏見過的？是了，寶象那本小册之中，便繪得有這個古怪的圖形。」但見那老僧這般單足站立，竟如一座石像一般，絕無半分搖晃顫抖。過得一會，呼的一聲，那老僧斗然躍起，倒轉了身子落將下來，雙手在地下一撐，便頭頂著地，兩手左右平伸，雙足併攏，朝天挺立。

狄雲覺得有趣，從懷中取出那本册子，翻到一個圖形，月光下看來，果然便和那老僧此刻的姿式一模一樣，心中省悟：「這定是他們門中練功的法子。」

眼見那老僧凝神閉目，全心貫注，一個個姿式層出不窮，一時未必便能練完，狄雲將册子放回懷中，心想：「這老僧雖救了我性命，但顯是個邪淫之徒，他擄了這姑娘來，分明不懷好意。乘著他練功入定之際，我去救了那姑娘，一同乘馬逃走。」

他明知此舉十分凶險，可總不忍見水笙好好一個姑娘受淫僧欺辱，當下悄悄轉身，輕手輕腳的向草叢中爬去。他在牢獄中常和丁典一齊練功，知道每當吐納呼吸之際，耳聾目盲，五官功用齊失，只要那老僧練功不輟，自己救那姑娘，他就未必知覺。

他身子一動，斷腿處便痛得難以抵受，只得將全身重量都放在一雙手上，慢慢爬到草叢間，幸喜那老僧果然並未知覺。低下頭來，見月光正好照射在水笙臉上。她睜著圓圓的大眼，臉上神色顯得恐懼之極。狄雲生怕驚動老僧，不敢說話，便打個手勢，示意自己前來相救。

水笙自遭老僧擄到此處，心想落入這兩個淫僧的魔手，以後只怕求生不能，求死不得，所遭的屈辱不知將如何慘酷，苦於穴道被點，別說無法動彈，連一句話也說不出口。她給老僧放在草叢之中，螞蟻蚱蜢在她臉上頸中爬來爬去，早已萬分難受，這時忽見狄雲偷偷摸摸的爬將過來，只道他定然不懷好意，要對自己非禮，不由得害怕之極。

狄雲連打手勢，示意救她，但水笙驚恐之中，將他的手勢都會錯了意，只有更加害怕。

狄雲伸手拉她坐起，手指大樹邊的馬匹，意思說要和她一齊上馬逃走。水笙全身軟軟的全然使不出力。狄雲若雙腿健好，便能抱了她奔下坡去，但他斷腿後自己行走兀自艱難，無論如何不能再抱一人，唯有設法解開她穴道，讓她自行。只是他不明點穴解穴之法，只得向水笙連打手勢，指著她身上各處部位，盼她以眼色指示，何處能夠解穴。

水笙見他伸手向自己全身各處東指西指，不禁羞憤到了極點，也痛恨到了極點：「這小惡僧不知想些甚麼古怪法門，要來折辱於我。我只要身子能動，即刻便向石壁上一頭撞死，免受他百端欺侮。」

狄雲見她神色古怪，心想：「多半她也是不知。」眼前除了解她穴道之外，更沒第二條脫身逃走的途徑，可是說甚麼也不敢開口，暗道：「姑娘，我是一心助你脫險，得罪莫怪。」當下伸出手去，在她背上輕輕推拿了幾下。

這輕輕幾下推揉，於解穴自然毫無功效，但水笙心中的驚恐卻又增了幾分。她表哥汪嘯風自幼在她家跟她父親學藝，和她青梅竹馬，情好彌篤，父親也早說過將她許配給表哥。兩人雖時時一起出門，行俠江湖，但互相以禮自持，連手掌也從不相觸。狄雲這麼推拿得幾下，她淚水已撲簌簌的流了下來。

狄雲微微一驚，心道：「她爲甚麼哭泣？嗯，想必她給點穴之後，這背心穴道一碰到便劇痛難當，因此哭了起來。我試試解她腰裏穴道。」於是伸手到她後腰，輕輕捏了幾下。這幾下一捏，水笙的眼淚流得更加多了。狄雲大為惶惑：「原來腰間穴道也痛，那便怎生是好？」他知道女子身上的尊嚴，這胸頸腿腹等處，那是瞧也不敢去瞧，別說去碰了，尋思：「我沒法子解她穴道，若再亂試，那可使不得。只有背負她下坡，冒險逃走。」於是握著她的雙臂，要將她身子拉到自己背上。

水笙氣苦已極，驚怒之下，數次險欲暈去，見他提起自己手臂，顯是要來解自己衣衫，一口氣塞在胸間，呼不出去。狄雲將她雙臂一提，正要拉起她身子，水笙胸口這股氣一衝，啞穴突然解了，當即叫喚：「惡賊，放開我！別碰我，放開我！」

這一下呼叫突如其來，狄雲大吃一驚，雙手鬆開，將她摔落在地，自己站立不穩，雙腿軟倒，壓在她身上。

水笙這麼一叫，那老僧立時醒覺，睜開眼來，見兩人滾作一團，又聽水笙大叫：「惡僧，你快一刀將姑娘殺了，放開我。」那老僧哈哈大笑，說道：「小混蛋，你性急甚麼？你想先偷吃師祖的姑娘麼？」走上前來，一把抓住狄雲背心，將他提起，走遠幾步，才將他放下，笑道：「很好，很好！我就喜歡你這種大膽貪花的少年，你斷了一條腿，居然不怕痛，還想女人，妙極，妙極，有種！很合我脾胃。」

狄雲為他二人誤會，當眞哭笑不得，心想：「我若說明眞相，這惡僧一掌便送了我性命。只好暫且敷衍，再想法子脫身，同時搭救這姑娘。」那老僧道：「你是寶象新收的弟子，是不是？」不等狄雲回答，咧嘴一笑，道：「寶象一定很喜歡你了，連他的血刀僧衣也賜了給你，他那部《血刀秘笈》有沒傳給你？」

狄雲心想：「《血刀秘笈》不知是甚麼東西？」顫抖著伸手入懷，取出那本黃紙册子。那老僧接過來翻閱一遍，又還了給他，輕拍他頭頂，說道：「很好，很好！你叫甚麼名字？」狄雲道：「我叫狄雲。」那老僧道：「很好，很好！你師父傳過你練功的法門沒有？」狄雲道：「沒有。」那老僧道：「嗯，不要緊。你師父那裏去了？」狄雲那敢說寶象不是自己師父，且早已死了？只得隨口道：「他……他在江裏乘船。」

那老僧道：「你師父跟你說過師祖的法名沒有？」狄雲道：「沒有。」那老僧道：「我法名便叫做『血刀老祖』。你這小混蛋很討我歡喜。你跟著師祖爺爺，包管你享福無窮，天下的美貌佳人哪，要那一個便抱那一個。」

狄雲心想：「原來他是寶象的師父。」問道：「他們罵你……罵咱們是『血刀惡僧』，師……師祖是咱們這一派的掌教了？」血刀老祖笑道：「嘿嘿，寶象這混蛋的口風也真緊，家門來歷，連自己心愛的徒兒也不給說。咱們這一派是青海黑教中的一支，叫做血刀門。你祖師是這一門的第四代掌教。你好好兒學功夫，第六代掌教說不定便能落在你身上。嗯，你的腿斷了，不要緊，我給你治治。」

他解開狄雲斷腿的傷處，將斷骨對準，從懷中取出一個瓷瓶，倒出些藥末，敷在傷處，說道：「這是本門秘製的接骨傷藥，靈驗無比，不到一個月，斷腿便平復如常。咱們明兒上荊州府去，你師父也來會齊。」狄雲心中一驚：「荊州我可去不得。」

血刀老祖包好狄雲的傷腿，回頭向水笙瞧瞧，笑道：「小混蛋，這妞兒相貌挺美，不壞，當眞不壞。她自稱甚麼『鈴劍雙俠』。她老子水岱自居名門正派，說是中原武林中的頂兒尖兒人物，不自量力的要跟咱們『血刀門』爲難，昨天竟殺了你一個師叔，他奶奶的，想不到他的大閨女卻給我手到擒來。嘿嘿嘿，咱爺兒倆要教她老子丟盡臉面，剝光了這妞兒衣衫，縛在馬上，趕著她赤條條的在一處處大城小鎭遊街，教千人萬人都看個明白，水大俠的閨女是這麼一副標致模樣。」

水笙心中怦怦亂跳，嚇得只想嘔吐，不住轉念：「那小的惡僧固惡，這老的更加凶暴，我怎樣才能圖個自盡，保住我軀體淸白和我爹爹顏面？」

忽聽得血刀老祖笑道：「說起曹操，曹操便到，救她的人來啦！」狄雲心中一喜，忙問：「在那裏？」血刀老祖道：「還在五里之外，嘿嘿，一共有一十七騎。」狄雲側耳傾聽，隱隱聽到東南方山道上有馬蹄之聲，但相距甚遠，連蹄聲也若有若無，絕難分辨多寡，這老僧一聽，便知來騎數目，耳力委實驚人。

血刀老祖道：「你的斷腿剛敷上藥，三個時辰內不能移動，否則今後便會跛了。這一二百里內，沒聽說有甚麼大本領之人，這一十七騎追兵，我都去殺了罷。」

狄雲不願他多傷武林中的正派人物，忙道：「咱們躲在這裏不出聲，他們未必尋得著。敵衆我寡，師……師祖還是小心些的好。」

血刀老祖大爲高興，說道：「小混蛋良心好，難得，難得，咱們血刀門中武功強的人多，良心好的人少，師祖爺爺挺喜歡你的。」伸手腰間，一抖之下，手中已多了一柄軟軟的緬刀。刀身不住顫動，宛然是一條活蛇一般。月光之下，但見這刀的刃鋒全作暗紅色，血光隱隱，甚爲可怖。狄雲不自禁的打了個寒噤，問道：「這……這便是血刀了？」血刀老祖道：「這柄寶刀每逢月圓之夜，須割人頭相祭，否則鋒銳便減，於刀主不利。你瞧月亮正圓，難得一十七個人趕來給我祭刀。寶刀啊，寶刀，今晚你可以飽餐一頓人血了。」

水笙聽得馬蹄聲漸漸奔近，心下暗喜，但聽血刀老僧說得十分自負，似乎來者必死，雖不能全信，卻也暗自擔憂，心想：「爹爹來了沒有？表哥來了沒有？」

又過一會，月光下見到一列馬從山道上奔來，狄雲一數，果然不多不少是一十七騎。但見這十七騎銜尾急奔，迅即經過坡下山道，馬上乘者並沒想到要上來查察。

水笙提高嗓子，叫道：「我在這裏，我在這裏！」那一十七騎乘客聽到聲音，立時勒馬轉頭。一個男子大聲呼道：「表妹，表妹！」正是汪嘯風的聲音。水笙待要再出聲招呼，血刀老祖伸指一彈，一粒石塊飛將過去，又打中了她啞穴。

一十七人紛紛下馬，聚在一起低聲商議。血刀老祖突然伸手在狄雲腋下一托，將他身子托將起來，朗聲說道：「青海黑教血刀門，第四代掌門血刀老祖，第六代弟子狄雲在此！」跟著俯身，左手抓住水笙頸後衣服，將她高高提起，朗聲道：「水岱的閨女，已做了我徒孫狄雲第十八房小妾，誰要來喝喜酒，這就上來罷。哈哈，哈哈！」他有意顯示深厚內功，笑聲震撼山谷，遠遠傳送出去。那一十七人相顧駭然，盡皆失色。

汪嘯風見表妹遭惡僧提在手裏，全無抗拒之力，又說甚麼做了他「徒孫狄雲的第十八房小妾」，只怕她已遭污辱，只氣得五內俱焚，大聲吼叫，挺著長劍，搶先向山坡奔上。其餘十六人紛紛吶喊：「殺了血刀惡僧！」「爲江湖上除一大害！」「這等兇殘淫僧，決計容他不得。」

狄雲見了這等陣仗，心中好生尷尬，尋思：「這些人都當我是血刀門的惡僧，我便有一百張嘴，也分辯不得。最好他們打死了這老和尚，將水姑娘救出……可是……可是這老和尚一死，我也難以活命。」一時盼中原羣俠得勝，一時又望血刀老祖打退追兵，自己也不知到底幫的是那一邊。

斜眼向血刀老祖瞧去，只見他微微冷笑，渾不以敵方人多勢衆爲忌，雙手各提一人，一柄血刀咬在嘴裏，更顯得猙獰兇惡。待得追來的羣豪奔到二十餘丈之外，他緩緩放下狄雲，小心不碰動他傷腿，等羣豪奔到十餘丈外，他又將水笙放在狄雲身旁，一柄刀仍咬在嘴裏，雙手叉腰，夜風獵獵，鼓動寬大的袍袖。

汪嘯風叫道：「表妹，你安好麼？」水笙只想大叫：「表哥，表哥！」卻那裏叫得出聲？但見表哥越奔越近，她心中混和著無盡喜悅、擔憂、依戀和感激，只想撲入他懷中痛哭一場，訴說這幾個時辰中所遭遇的苦難和屈辱。

汪嘯風一意只在找尋表妹，東張西望，奔跑得便慢了幾步，羣豪中有七八人奔在他前面。月光之下，但見山坡最高處血刀老祖銜刀而立，凜然生威，羣豪奔到離他五六丈時，不約而同的立定了腳步。

雙方相對片刻，猛聽得一聲呼喝，兩條漢子並肩衝上坡去，一使金鞭，一使雙刀。

兩人衝上數丈，那使雙刀的腳步快捷，已繞到了血刀老祖身後，兩人分據前後，大聲呼喝，同時攻上。血刀老祖略一側身，避過兩般兵器，身子左右閃動，一把彎刀始終銜在嘴裏，突然間左手抓住刀柄，順手揮出，已將那使金鞭的劈去半個頭顱，殺了一人之後，立時又銜刀在口。那使雙刀的又驚又悲，將一對長刀舞得雪花相似，滾動而前。血刀老祖空手在他刀光中穿來插去，驀地裏右手從口中抽出刀來，從上揮落，刀鋒從他頭頂直劈至腰。

羣豪齊聲驚呼，狼狽後退，但見他口中那柄軟刀上鮮血滴滴流下，嘴角邊也沾了不少鮮血。羣豪雖然驚駭，但敵愾同仇，叱喝聲中，四人分從左右攻上。血刀老祖向西斜走，四人大聲叫罵，發足追趕，餘人也蜂擁而上。只追出數丈，四人腳下已分出快慢，兩人在前，兩人在後。血刀老祖忽地停步，回身急衝，紅光閃動，先頭兩人已命喪刀下。後面兩人略一遲疑，血刀及頸，霎時間也均身首異處。

狄雲躺在草叢之中，見他頃刻間連斃六人，武功之詭異，手法之殘忍，實是不可思議，心想：「這般打法，餘下這十一人，只怕片刻間便給他殺個乾乾淨淨。那可如何是好？」忽聽得一人叫道：「表妹，表妹，你在那裏？」正是「鈴劍雙俠」中的汪嘯風。

水笙便躺在狄雲的身旁，只是給血刀老祖點了啞穴，叫不出聲，心中卻在大叫：「表哥，我在這裏。」

汪嘯風彎腰疾走，左手不住撥動長草找尋。忽然間一陣山風，捲起水笙的一角衫子。汪嘯風大叫：「在這裏了！」撲將上來，一把將她抱起。水笙喜極流淚，全身顫抖。汪嘯風只叫：「表妹，表妹，你在這裏！」緊緊抱住了她。二人劫後重逢，甚麼禮儀規矩，早都拋到了九霄雲外。

汪嘯風又問：「表妹，你好麼？」見水笙不答，將她放下。水笙腳一著地，身子便往後仰。汪嘯風學過點穴，雖不甚精，卻也會得基本手法，忙伸手在她腰間和背心三處穴道之上推宮過血，解了她封閉的穴道。水笙叫出聲來：「表哥，表哥。」

狄雲當汪嘯風走近，便知情勢凶險，乘著他給水笙推解穴道之際，悄悄爬開。

水笙聽得草中簌簌有聲，想起這惡僧對自己的侮辱，指著狄雲，對汪嘯風道：「快，快，殺了這惡僧。」這時汪嘯風的長劍已還入鞘中，一聽此言，唰的一聲拔出，劍勢如風，向狄雲疾刺過去。狄雲聽得水笙叫喚，早知不妙，沒等長劍遞到，忙向外打滾，幸好處身所在正是斜坡，順勢便滾了下去。

汪嘯風跟著又挺劍刺去，眼見便要刺中，突然噹的一聲響，虎口劇震，眼前紅光閃動。他百忙中不及細想，順手使出來的便是九式連環的「孔雀開屏」，將長劍舞成一片光屏，擋在身前。但聽得叮叮噹噹，刀劍相交之聲密如聯珠，只一瞬之間，便已相撞了三十餘聲。汪嘯風劍法已頗得乃師水岱眞傳，這套「孔雀開屏」翻來覆去共有九式，平時練得純熟，此刻性命在呼吸之間，敵人的刀招來得迅捷無比，那裏還說得上見招拆招？只是自管自的照式急舞。血刀老祖連攻三十六刀，一刀快似一刀，居然盡數給他擋了開去。

羣豪只瞧得目爲之眩。這時十七人中又已有三人爲血刀老祖所殺，賸下來連水笙在內也只九人。衆人見兩人刀劍快鬥，瞧得都是手心中揑一把冷汗，均想：「鈴劍雙俠名不虛傳，他竟擋得住這般快如閃電的急攻。」

其實血刀老祖只須刀招放慢，跟他拆上十餘招，汪嘯風非命喪血刀之下不可，幸好血刀老祖一時沒想到，對方這套專取守勢的劍招，只不過是練熟了的一路劍法，心道：「好小子，咱們鬥鬥，到底是你快還是我快？」一味的加快強攻。羣豪都想併力上前，將血刀老祖亂刀分屍，只兩人鬥得實在太快，那裏插得下手去？

水笙關心表哥安危，雖手酸腳軟，也不敢再多等待，俯身從地下死屍手裏取過一柄長劍，上前夾攻。她和表哥平時聯手攻敵，配合純熟，汪嘯風擋住了血刀老祖的攻勢，水笙長劍便向敵人要害刺去。血刀老祖數十招拾奪不下汪嘯風，猛地裏一聲大吼，右手仍血刀揮舞，左手卻空手去抓他長劍。汪嘯風大吃一驚，加快揮劍，只盼將他手指削斷幾根，不料血刀老祖的左手竟如不怕劍鋒，或彈或壓，或挑或按，竟將他劍招化解了大半，這麼一來，汪嘯風和水笙立時險象環生。

羣豪中一個老者瞧出勢頭不對，知道今晚「鈴劍雙俠」若再喪命，餘下的沒一人能活著離開此處，大叫：「大夥兒併肩子上，跟惡僧拚命。」

便在此時，忽聽得西北角上有人長聲叫道：「落——花流水！」跟著西方也有人應道：「落花——流水。」「流水」兩字尚未叫完，西南方有人叫道：「落花流——水。」這三人分處三方，高呼之聲也是或豪放，或悠揚，音調不同，但均中氣充沛，內力甚高。

血刀老祖一驚：「卻從那裏鑽出這三個高手來？從聲音中聽來，每一人的武功只怕都不在我下，三個傢伙聯手夾攻，那可不易對付。」他心中尋思應敵之策，手中刀招卻毫不遲緩。

猛聽得南邊又有一人高聲叫道：「落花流水——」這「落花流水」的第四個「水」拖得特長，聲音滔滔不絕的傳到，有如長江大河一般，更比其餘三人近得多。

水笙大喜，叫道：「爹爹，爹爹，快來！」

羣豪中有人喜道：「江南四老到啦，落花流水！哈……」他那哈哈大笑只笑出一個「哈」字，胸口鮮血激噴，已遭血刀砍中。

血刀老祖聽得又來一人，而此人竟是水笙之父，猛地想起一事：「曾聽我徒兒善勇說道，中原武林中武功最厲害的，除丁典之外，有甚麼南四奇、北四怪。北四怪叫甚麼『風虎雲龍』，南四奇則是『落花流水』。當時我聽了說道滾他媽的，外號叫作『落花流水』，還能有甚麼好腳色？可是聽這四個傢伙的應和之聲，可著實有點兒鬼門道。」

他尋思未定，只聽得四人齊聲合呼，「落花流水」之聲，從四個不同方向傳來，只震得山谷鳴響。血刀老祖聽聲音知四人相距尚遠，最遠的還在五里之外，但等得將眼前敵人一一殺了，那四人一合上圍，可就不易脫身。他撮唇作嘯，長聲呼道：「落花流水，我打你們個落花流水！」手指彈處，錚的一聲，水笙手中長劍給他彈中，拿揑不定，長劍直飛起來。

血刀老祖叫道：「狄雲，預備上馬，咱們可要少陪了。」

狄雲答應不出，心中好生爲難，要是和他同逃，難免陷溺越來越深，將來無可收拾。但如留在此處，立時便會給衆人斬成碎塊，要說半句話來分辯的餘裕也無。只聽血刀老祖又叫：「徒孫兒，快牽了馬。」狄雲轉念已定：「眼前總是逃命要緊。我這一生給人冤枉，還算少了？人家心裏對我怎麼想法，那管得了這許多？」等血刀老祖第三次呼叫，便即答應，拾起地下一根花槍，左手支撐著當作拐杖，走到樹邊去牽了兩匹坐騎。

一個使桿棒的大胖子叫道：「不好，惡僧想逃，我去阻住他。」挺起桿棒，便向狄雲趕去。血刀老祖道：「嘿，你去阻住他，我來阻住你。」橫一刀，豎一刀，血刀揮處，那胖子連人帶棒斷爲四截。餘人見到他如此慘死，忍不住駭然而呼。血刀老祖原是要嚇退衆人的牽纏，迴過長臂，攔腰抱起水笙，撒腿便向牽著坐騎的狄雲身前奔來。

水笙急叫：「惡僧，放開我，放開我！」伸拳往他背上急擂。她劍法不弱，拳頭卻出手無力，血刀老祖皮粗肉厚，給她搥上幾下渾如不覺，長腿一邁便是半丈，連縱帶奔，幾個起落，便已到了狄雲身旁。

汪嘯風將那套「孔雀開屏」使發了性，一時收不住招，仍是「東展錦羽」、「西剔翠翎」、「南迎艷陽」、「北迴晨風」，一式式的使動。他見水笙再次被擄，忙狂奔追來，手中長劍雖仍不住揮舞，卻已不成章法。

血刀老祖將狄雲一提，放上了黃馬，又將水笙放在他身前，低聲道：「那四個鬼叫的傢伙都是勁敵，非同小可。這女娃兒是人質，別讓她跑了。」說著跨上白馬，縱騎向東。只聽得「落花流水，落花流水」的呼聲漸近，有時是一人單呼，有時卻是兩人、三人、四人齊聲呼叫。

水笙大叫：「表哥，表哥！爹爹，爹爹！快來救我。」可是眼見得表哥又一次遠遠落在馬後。「鈴劍雙俠」的坐騎黃馬和白馬乃千中挑、萬中選的大宛駿馬。平時他二人以此自豪，常說雙騎腳程之快，力氣之長，當世更沒第三匹馬及得上，可是這時爲敵所用，畜生無知，仍這般疾馳快跑，馬越快，離得汪嘯風越加遠了。

汪嘯風眼看追趕不上，只有不住呼叫：「表妹，表妹！」

一個高呼「表哥」，一個大叫「表妹」，聲音哀淒，狄雲聽在耳中，甚感不忍，只想將水笙推下馬來，但想到血刀老祖之言：「來的都是勁敵，非同小可，這女娃兒是人質，別讓她跑了。」放走水笙，血刀老祖定會大怒，此人殘忍無比，殺了自己如宰鷄犬，又想如給水笙之父等四個高手追上了，自己定也不免冤枉送命。一時猶豫難決，聽得水笙高叫之音已聲嘶力竭，心中一酸：「他二人情深愛重，給人活生生的拆開。我跟師妹……嘿，我跟師妹，何嘗不是這樣？可是，可是她對待我，幾時能像水姑娘對她表哥那樣？」想到此處，不由得傷心，心道：「你去罷！」伸手將她推下了馬背。

血刀老祖雖在前帶路，時時留神後面坐騎上的動靜，忽聽得水笙大叫之聲突停，跟著一聲「啊喲」，掉在地下，還道狄雲斷了一腿，制她不住，當即兜轉馬頭。

水笙身子落地，輕輕一縱，已然站直，當即發足向汪嘯風奔去。兩人此時相距已有五十餘丈，一個自西而東，一個自東而西，越奔越近。一個叫：「表哥！」一個叫：「表妹！」都是說不出的歡喜。血刀老祖微笑勒馬，竟不理會，稍候片刻，眼見汪嘯風和水笙相距已不過二十餘丈，這才雙腿一夾，一聲呼嘯，向水笙追去。

狄雲大驚，心中只叫：「快跑，快跑！」對面幾個倖存的漢子見血刀老祖口銜血刀，縱馬衝來，也齊聲呼叫：「快跑，快跑！」

水笙聽得背後馬蹄之聲越來越近，兩人發力急奔之下，和汪嘯風之間相距也越來越近。她奔得胸口幾乎要炸裂了，膝彎發軟，隨時都會摔倒，卻仍勉強支撐。

突然之間，覺到白馬的呼吸噴到了背心，聽得血刀老祖笑道：「逃得了麼？」水笙伸出雙手，汪嘯風還在兩丈以外，血刀老祖的左手卻已搭上了她肩頭。

她一聲驚呼，正要哭出聲來，只聽得一個熟悉而慈愛的聲音叫道：「笙兒別怕，爹來救你了！」

水笙一聽，正是父親到了，心中一喜，精神陡長，腳下不知從那裏生出一股力量，一縱之下，向前躍出丈餘，血刀老祖的手掌本已搭在她肩頭，竟爾爲她擺脫。汪嘯風向前一湊，兩人左手已拉著左手。汪嘯風右手長劍舞出一個劍花，心下暗道：「天可憐見，師父及時趕到，便不怕那淫僧惡魔了。」

血刀老祖嘿嘿冷笑聲中，血刀遞出。汪嘯風急揮長劍去格，突見那血刀紅影閃閃，迎風彎轉，竟如一根軟帶一般，順著劍鋒曲了下來，刀頭削向他手指。汪嘯風若不放手撤劍，一隻手掌立時便廢了。他百忙中迅捷變招，掌心勁力吐出，長劍向敵人飛擲過去。

血刀老祖左指彈處，將長劍彈向西首飛奔而至的一個老者，右手中血刀更向前伸，直砍汪嘯風面門。汪嘯風仰身相避，不得不放開了水笙手掌。血刀老祖左手迴抄，已將水笙抱起，橫放馬鞍。他卻不拉轉馬頭，仍向前直馳，衝向前面中原羣豪。

攔在道中的幾條漢子見他馳馬衝來，齊聲發喊，散在兩旁。血刀老祖口發嗬嗬怪聲，砍翻一名漢子，縱馬兜了個圈子，迴向狄雲奔去。

突見左首灰影一閃，長劍上反射的月光耀眼生花，一條冷森森的劍光點向他胸口。血刀老祖迴刀掠出，噹的一聲，刀劍相交，只震得虎口隱隱作麻，心道：「好強的內力。」便在此時，右首又有一柄長劍遞到，這劍勢道甚奇，劍尖劃成大大小小的一個個圈子，竟看不清他劍招指向何處。血刀老祖又是一驚：「太極劍名家到了。」

他勁透右臂，血刀也揮成一個圓圈，刀圈和劍圈一碰，噹噹噹數聲，火花迸濺。對方喝道：「好刀法！」向旁飄開，卻是個身穿杏黃道袍的道人。血刀老祖叫道：「你劍法也好！」左首那人喝道：「放下我女兒！」劍中夾掌，掌中夾劍，兩股勁力一齊襲到。

狄雲遠遠望見血刀老祖又將水笙擄到，跟著卻受二人左右夾擊。左首那老者白鬚如銀，相貌俊雅，口口聲聲呼喝「放下我女兒」，自是水笙的父親。但見血刀老祖每接他一劍，身子便隨著一晃，似是內力有所不如，卻見西邊山道上又有兩人奔來，身形快捷如風，顯然也是極強的高手。狄雲心想：「待得那二人趕到，四人合圍，血刀老祖定然不敵，非死即傷。我還是及早逃命罷！」轉念又想：「若不是他出手相救，我早給那汪嘯風一劍殺了。忘恩負義，只顧自身，太也卑鄙無恥。」便勒馬相候。

忽聽得血刀老祖大叫：「你女兒還了你罷！」揚手將水笙凌空拋出，越過水岱頭頂，向狄雲擲了過來。

這一下誰都大出意料之外，水笙身在半空，尖聲驚呼，旁人也不約而同的大叫。狄雲見水笙向自己飛來，勢道勁急，若不接住，勢須落地受傷，忙張臂抱住。這一擲力道本重，幸好狄雲身在馬上，大半力道由馬匹承受了去。血刀老祖將水笙擲出之時，已先點了她穴道，是以她只有聽任擺布，無力反抗，大叫：「小和尚，放開我！」

血刀老祖向水岱疾砍兩刀，又向那老道猛砍兩刀，都是只攻不守、極其凌厲的招數，叫道：「狄雲乖孩兒，快逃，快逃，不用等我。」

狄雲迷迷惘惘的手足無措，但見汪嘯風和另外數人各挺兵刃，大呼「殺了小淫僧」，快步趕來，而血刀老祖又在連聲催促：「快逃，快逃！」當即力提韁繩，縱馬衝出。本來他和血刀老祖縱馬向東，這時慌慌張張，反向西馳去。

血刀老祖一口血刀越使越快，一團團紅影籠罩了全身，笑道：「我要陪你的美貌女兒去，不陪你這糟老頭兒了。」雙腿一夾，胯下坐騎騰空而起，向前躍出。

水岱救女情急，不願多跟他糾纏，施展「登萍渡水」輕功，身子便如在水上飄行一般，向狄雲疾追。可是狄雲胯下所乘，正是水岱當年花了五百兩銀子購來的大宛良馬，腳程之快，除了血刀老祖所乘的那匹白馬，當世罕有其倫。黃馬背上雖乘著兩人，水岱卻仍追趕不上。水岱大叫：「停步，停步！」那馬識得他聲音，但背上狄雲正自提韁力推，竟不能停步。水岱叫道：「小惡僧，你再不勒馬，老子把你斬成十七八塊！」水笙叫道：「爹爹，爹爹！」水岱心痛如割，叫道：「孩兒別慌！」

頃刻之間，一馬一人追出了里許，水岱雖輕功了得，但畢竟年紀老了，長力不濟，和黃馬相距越來越遠，忽聽得呼的一響，背後金刃劈風。他反手迴劍，架開了血刀老祖砍來的一刀，一陣風從身旁掠過，血刀老祖哈哈大笑，騎了白馬追著狄雲去了。

血刀老祖和狄雲快奔一陣，將追敵遠遠拋離，眼見中原羣豪再也追趕不上，血刀老祖怕跑傷了坐騎，這才招呼狄雲按轡徐行。血刀老祖沒口子稱讚狄雲有良心，雖見情勢危急之極，自己催他快走，他卻不肯先逃。狄雲只有苦笑，斜眼看水笙時，見她臉上神色恐懼中混著鄙夷，知她痛恨自己已極，這事反正無從解釋，心道：「你愛怎麼想便怎麼想，要罵我淫僧惡賊，儘管大罵便是。」

血刀老祖道：「喂，小妞兒，你爹的武功挺不壞啊！嘿嘿，可是你祖師爺比你爹爹又勝一籌，他使盡了吃奶的力氣，仍攔不住我。」水笙恨恨的瞪他一眼，並不作聲。血刀老祖道：「那使劍的老道是誰？是『落花流水』中的那一個？」

水笙打定了主意，不管他問甚麼，總給他個不理不睬。

血刀老祖笑道：「徒孫兒，女人家最寶貴的是甚麼東西？」狄雲嚇了一跳，心道：「啊喲，不好！這老和尚要玷污水姑娘的清白？我怎地相救才好？」只得答道：「我不知道。」血刀老祖笑道：「女人家最寶貴的，是她的臉蛋。這小妞兒不回答我說話，我用刀在她臉上橫劃七刀，豎砍八刀，這一招有個名堂，叫做『橫七豎八』，你說美是不美？」說著唰的一聲，將本已盤在腰間的血刀擎在手中。

水笙早就拚著一死，沒指望僥倖生還，但想到自己白玉無瑕的臉蛋要給這惡僧劃得橫七豎八，忍不住打個寒噤，轉念又想，他若毀了自己容貌，說不定倒可保得身子清白而死，倒是不幸中的大幸了。

血刀老祖將一把彎刀在她臉邊晃來晃去，威嚇道：「我問你那老道是誰？你再不答話，我一刀便劃將下來了。你答不答話？」水笙怒道：「呸！你快殺了姑娘！」血刀老祖右手一落，紅影閃處，在她臉上割了一刀。

狄雲「啊」的一聲輕呼，轉過了頭，不忍觀看。水笙已自暈去。血刀老祖哈哈大笑，催馬前行。狄雲忍不住轉頭瞧水笙時，只見她粉臉無恙，連一條痕印也無，不由得心中一喜，才知血刀老祖刀法之精，實已到了從心所欲、不差厘毫的地步。適才這一刀，刀鋒從水笙頰邊一掠而過，只割下她鬢邊幾縷秀髮，肌膚卻絕無損傷。

水笙悠悠醒轉，眼淚奪眶而出，眼見到狄雲的笑容，更加氣惱，罵道：「你……你……你這幸災樂禍的壞……壞……壞人。」她本想用一句最厲害的話來罵他，但她平素從來不說粗俗的言語，一時竟想不出甚麼兇狠惡毒的句子來。

血刀老祖彎刀一舉，喝道：「你不回答，第二刀又割將下來了。」水笙心想反正一刀已然割了，再割幾刀也是一樣，叫道：「你快殺了我，快殺了我！」血刀老祖獰笑道：「那有這麼容易？」嗤的一聲輕響，刀鋒又從她頰邊掠過。

這一次水笙沒失去知覺，但覺頰上微微一涼，卻不感疼痛，又無鮮血流下，才知這老惡僧只是嚇人，原來自己臉頰無損，心頭一喜，忍不住吁了口長氣。

血刀老祖向狄雲道：「乖徒孫，爺爺這兩刀砍得怎麼樣？」狄雲道：「刀法高極啦，當眞了得！」這兩句話確是由衷之言。血刀老祖道：「你要不要學？」狄雲心念一動：「我正想不出法子來保全水姑娘的淸白，若是我纏住老和尚學武藝，只要他肯用心教我，沒功夫別起邪念，我就好想法子救人。可是那非討得他歡喜不可。」便道：「祖師爺這刀上功夫，徒孫兒羨慕得不得了。你教得我幾招，日後遇上她表哥之流的小輩，便不會再受他欺侮，也免得折了你師祖爺爺的威風。」他生平極難得說謊，這時為了救人，這句「師祖爺爺」一出口，自己也覺肉麻，不由得滿臉通紅。

水笙「呸」了一聲，罵道：「不要臉，不害羞！」

血刀老祖大是開心，笑道：「我這血刀功夫，非一朝一夕所能學會，好罷，我先傳你一招『批紙削腐』的功夫。你習練之時，先用一百張薄紙，疊成一疊，放在桌上，一刀橫削過去，將一疊紙上的第一張批了下來，可不許帶動第二張。然後第二刀批第二張，第三刀批第三張，直到第一百張紙批完。」

水笙是少年人的心性，忍不住插口道：「吹牛！」

血刀老祖笑道：「你說吹牛，咱們就試上一試。」伸手到她頭上拔下一根頭髮。水笙微微吃痛，叫道：「你幹甚麼？」血刀老祖不去理她，將那根頭髮放在她鼻尖上，縱馬快奔。其時水笙蜷曲著身子，橫臥在狄雲身前馬上，見血刀老祖將頭髮放在自己鼻尖，微感麻癢，不知他搗甚麼鬼，正要張嘴呼氣將頭髮吹開，只聽血刀老祖叫道：「別動，瞧清楚了！」他勒轉馬頭，回奔過來，雙馬相交，一擦而過。

水笙只覺眼前紅光閃動，鼻尖上微微一涼，隨即覺到放在鼻上的那根頭髮已不在了。只聽得狄雲大叫：「妙極，妙極！」血刀老祖伸過血刀，但見刀刃上平平放著那根頭髮。血刀老祖和狄雲都是光頭，這根柔軟的長髮自是水笙之物，再也假冒不來。

水笙又驚又佩，心想：「這老和尚武功眞高，剛才他這一刀只要高得半分，這根頭髮便批不到刀上，只要低得半分，我這鼻尖便給他削去了。他馳馬揮刀，那比之批薄紙甚麼的更加難上百倍。」

狄雲要討血刀老祖歡喜，諛詞滾滾而出，只不過他口齒笨拙，翻來覆去也不過是幾句「刀法眞好！我可從來沒見過」之類。水笙親身領略了這血刀神技，再聽到狄雲的恭維，也已不覺過份，只覺得這人為了討好師祖，馬屁拍到這等地步，為人太過卑鄙。

血刀老祖勒轉馬頭，又和狄雲並騎而行，說道：「至於那『削腐』呢，是用一塊豆腐放在木板之上，一刀刀的削薄它，要將兩寸厚的一塊豆腐削成二十片，每一片都完整不破，這一招功夫便算初步小成了。」狄雲道：「那還只初步小成？」血刀老祖道：「當然了！你想，穩穩的站著削豆腐難呢，還是馳馬急衝、在妞兒鼻尖上削頭髮難？哈哈，哈哈！」狄雲又恭維道：「師祖爺爺天生的大本事，不是常人所能及的，徒孫兒只要練到師祖爺爺十分之一，也就心滿意足了！」血刀老祖哈哈大笑。水笙則罵：「肉麻，卑鄙！」

要狄雲這老實人說這些油腔滑調的言語，原是頗不容易，但自來拍馬屁的話第一句最難出口，說得多了，自然也順溜起來。好在血刀老祖確具人所難能的武功，狄雲這些讚譽倒也不是違心之論，只不過依他本性，決不肯如此宣之於口而已。

血刀老祖道：「你資質不錯，只要肯下苦功，這功夫是學得會的。好，你來試試！」說著伸手又拔下水笙一根頭髮，放在她鼻尖上。水笙大驚，一口氣便將頭髮吹開，叫道：「這小和尚不會的，怎能讓他胡試？」血刀老祖道：「功夫不練就不會，一次不成，再來一次，兩次不成，便練他個十次八次！」說著又拔了她一根頭髮，放上她的鼻尖，將血刀交給狄雲，笑道：「你試試看！」

狄雲接過血刀，向橫臥在身前的水笙瞧了一眼，見她滿臉都是憤恨惱怒之色，但眼光之中，終於流露出了恐懼的神色。她知狄雲從未練過這門刀法，如照著血刀老祖的模樣，將這利刃從自己鼻尖上掠過，別說鼻子定然給他一刀削去，多半連腦袋也給劈成兩半。她心下自慰：「這樣也好，死在這小惡僧的刀下，勝於受他二人的侮辱。」話雖如此，想到眞的要死，卻也不免害怕。

狄雲自然不敢貿然便劈，問道：「師祖爺爺，這一刀劈出去，手勁須得怎樣？」血刀老祖道：「腰勁運肩，肩通於臂，臂須無勁，腕須無力。」接著便解釋怎麼樣才是「腰勁運肩」，要怎樣方能「肩通於臂」，跟著取過血刀，說明甚麼是「無勁勝有勁」，「無力即有力」。水笙聽他解說這些高深的武學道理，不由得暗暗點頭。

狄雲聽得連連點頭，黯然道：「只可惜徒孫受人陷害，穿了琵琶骨，割斷手筋，再也使不出力來。」血刀老祖問道：「怎樣穿了琵琶骨？割斷手筋？」狄雲道：「徒孫給人拿在獄中，吃了不少苦頭。」

血刀老祖呵呵大笑，和他並騎而行，叫他解開衣衫，露出肩頭，果見他肩骨下陷，兩邊琵琶骨上都有鐵鍊穿過的大孔，傷口尚未愈合，而右手手指被截，臂筋遭割，就武功而言，可說是成了個廢人，至於他被「鈴劍雙俠」縱馬踩斷腿骨，還不算在內。血刀老祖只瞧得直笑。狄雲心想：「我傷得如此慘法，虧你還笑得出來。」

血刀老祖笑道：「你傷了人家多少閨女？嘿嘿，小夥子一味好色貪花，不顧身子，這才失手，是不是？」狄雲道：「不是。」血刀老祖笑道：「老實招來！你給人拿住，送入牢獄，是不是受了女子之累？」狄雲一怔，心想：「我爲萬震山小妾陷害，說我偷錢拐逃，那果然是受了女子之累。」不由得咬著牙齒，恨恨的道：「不錯，這賤人害得我好苦，終有一日，我要報此大仇。」水笙忍不住插口罵道：「你自己做了許多壞事，還說人家累你。這世上的無恥之尤，以你小……小……小和尚爲首。」

血刀老祖笑道：「你想罵他『小淫僧』，這個『淫』字卻有點不便出口，是不是？小妞兒好大的膽子，孩兒，你將她全身衣衫除了，剝得赤條條地，咱們這便『淫』給她看看，瞧她還敢不敢罵人？」狄雲只得含含糊糊的答應一聲。

水笙怒罵：「小賊，你敢？」此刻她絲毫動彈不得，狄雲若是輕薄之徒，依著血刀老祖之言而行，她又有甚麼法子？這「你敢」兩字，也不過是無可奈何之中虛聲恫嚇而已。

狄雲見血刀老祖斜眼淫笑，眼光不住在水笙身上轉來轉去，顯是不懷好意，一瞥之下，見水笙秀麗清純的臉容上全是恐懼，心中不忍，尋思：「怎麼方能移轉他的心思，別儘打這姑娘的主意？」問道：「師祖爺爺，徒孫這塊廢料，還能練武功麼？」血刀老祖道：「那有甚麼不能？便是兩隻手兩隻腳一齊斬斷了，也能練我血刀門的功夫。」狄雲叫道：「那可好極了！」這一聲呼叫卻是眞誠的喜悅。

兩人說著話，按轡徐行，不久轉上了一條大路。忽聽得鑼聲嘡嘡，跟著絲竹齊奏，迎面來了一隊迎親的人衆，共是四五十人，簇擁著一頂花轎。轎後一人披紅戴花，服色光鮮，騎了一匹白馬，便是新郎了。

狄雲一撥馬頭，讓在一旁，心中惴惴，生怕給這一干人瞧破了行藏。血刀老祖卻縱馬直衝過去。衆人大聲吆喝：「喂，喂！讓開，幹甚麼的？」「臭和尚，人家做喜事，你還不避開，也不圖個吉利？」

血刀老祖衝到迎親隊之前兩丈之處，勒馬停住，雙手叉腰，笑道：「喂，新娘子長得怎麼樣，俊不俊啊？」迎親隊中一條大漢從花轎中抽出一根轎槓，搶出隊來，聲勢洶洶的喝道：「狗賊禿，你活得不耐煩了？」那根轎槓比手臂還粗，有一丈來長，他雙手橫持，倒也威風凜凜。

血刀老祖向狄雲笑道：「你瞧淸楚了，這又是一路功夫。」身子向前一探，血刀顫動，刀刃便如一條赤練蛇一般，迅速無倫的在轎槓上爬行而過，隨即收刀入鞘，哈哈大笑。迎親隊中有人喝罵：「老賊禿，你瞎了眼麼？想化緣也不揀時辰！」罵聲未絕，那手持轎槓的大漢「啊喲」一聲，叫出聲來。只聽得啪、啪、啪、啪一連串輕響，一塊塊兩寸來長的木塊掉在地下，他雙手所握，也只是兩塊數寸的木塊。原來適才這頃刻之間，一根丈許長的轎槓，已讓血刀批成了數十截。

血刀老祖哈哈大笑，血刀出鞘，直一下，橫一下，登時將那大漢切成四截，喝道：「我要瞧瞧新娘子，是給你們面子，有甚麼大驚小怪的。」

衆人見他青天白日之下在大道之上如此行兇，無不嚇得魂飛魄散。膽子大些的，發一聲喊，四散走了。一大半人卻腳都軟了，有的人連尿屎也嚇了出來，那敢動彈。

血刀老祖血刀輕晃，已割去了花轎帷幕，左手抓住新娘胸口，拉了出來。那新娘尖聲嘶叫，沒命掙扎。血刀老祖舉刀一挑，將新娘遮在臉前的霞帔削去，露出她驚惶失色的臉來。但見這新娘不過十六七歲年紀，還是個孩童模樣，相貌也頗醜陋。血刀僧呸的一聲，一口痰往她身上吐去，說道：「這般醜怪的女子，做甚麼新娘！天下女人都死光了嗎？」血刀晃動，竟將新娘的鼻子割了。

那新郎僵在馬上，只瑟瑟發抖。血刀老祖叫道：「孩兒，再瞧我一路功夫，這叫做『嘔心瀝血』！」說著手一揚，血刀脫手飛出，一溜紅光，逕向馬上的新郎射去。他血刀脫手，隨即縱馬前衝，快馬繞過新郎，飛身躍起，長臂探手，將血刀抄在手中，又穩穩的坐上了馬鞍。那新郎胸口穿了一洞，血如噴泉，身子慢慢垂下，倒撞下馬。原來那血刀穿過他身子，又給血刀僧接在手裏。

狄雲一路上敷衍血刀僧，一來心中害怕，二來他救了自己性命，於己有恩，總不免有感激之意，此刻見他割傷新娘，又連殺二人，這三人和他毫不相識，竟下此毒手，不由得氣憤，大叫：「你……你怎可濫殺無辜？這些人礙著你甚麼了？」血刀老祖一怔，笑道：「我生平就愛濫殺無辜。要是有罪的才殺，世上那有這許多有罪之人？」說到這裏，血刀揚動，又砍去了迎親隊中一人的腦袋。狄雲大怒，拍馬上前，叫道：「你……你不能再殺人了。」血刀老祖笑道：「小娃兒，見到流血就怕，是不是？那你有甚麼屁用？」

便在此時，只聽得馬蹄聲響，有數十人自遠處追來。有人長聲叫道：「血刀僧，你放下我女兒，咱們兩下罷休，否則你便逃到天邊，我也追你到天邊。」聽來馬蹄之聲尚遠，但水岱這聲呼叫，卻字字清晰。水笙喜道：「爹爹來了！」

又聽得四個人的聲音齊聲叫道：「落花流水兮——水流花落！落花流水兮——水流

花落！」四人嗓音各自不同，或蒼老，或雄壯，或悠長，或高亢，但內力之厚，各擅勝場。血刀僧皺起眉頭，罵道：「中原的狗賊，偏有這許多臭張致！」

只聽水岱又叫道：「你武功再強，決計難敵我『南四奇』落花流水聯手相攻，你放下我女兒，大丈夫言出如山，不再跟你爲難就是。」血刀僧尋思：「適才已見識過水岱和那老道的功夫。一對一相鬥，我決計不懼。他二人聯手，我便輸多贏少，非逃不可。他三人聯手，我是一敗塗地，只怕逃也逃不走了。四人聯手攻我，血刀老祖死無葬身之地。嘿嘿，這些中原江湖中人，說話有甚麼狗屁信用？擄著這妞兒爲質，尚有騰挪餘地，一將她放走，要不要跟我爲難，就全憑他們喜歡了！」

血刀僧長聲呦喝，揮鞭往狄雲所乘的坐騎臀上抽去，左手提韁，縱馬向西奔馳，提起內力，回過頭來，長聲叫道：「水老爺子，血刀門的兩個和尚都已做了你女婿。第四代掌門是你女婿，第六代弟子也是你女婿。丈人追女婿，口水點點滴，妙極，妙極！」

水岱一聽之下，氣得心胸幾乎炸破。他早知血刀門的惡僧姦淫燒殺，無惡不作，師徒二人一同污辱自己女兒，在他血刀門事屬尋常。別說眞有其事，單是這幾句話，已勢必讓人在背後說上無窮無盡的污言穢語。一個稱霸中原數十年的老英雄，今日竟受如此侮辱，若不將血刀師徒碎屍萬段，日後如何做人？便催馬力追。

這時隨著水岱一齊追趕的，除了和水岱齊名、並稱「南四奇」的陸、花、劉三老之外，尚有中原三十餘名好手，或爲捕頭鏢客，或爲著名拳師，或爲武林隱逸，或爲幫會首腦。血刀門的衆惡僧最近在湖廣一帶鬧得天翻地覆，不分青紅皀白的做案，將中原白道黑道的人物盡都得罪了。武林羣豪動了公憤，得知訊息後，大夥兒都追了下來，均覺這不只是助水岱奪還女兒而已，若不將血刀門這老少二惡僧殺了，所有中原的武林人士盡皆臉上無光。羣豪一路追來，每到一處州縣市集，便掉換坐騎。衆人換馬不換人，在馬背上嚼吃乾糧，喝些清水，便又急追。

血刀老祖仗著雙騎神駿，遇到茶鋪飯店，往往還打尖休息，但住宿過夜卻終究不敢，亦無餘暇污辱水笙。便因中原羣豪追得甚緊，水笙這數日中終於保得清白。

如此數日過去，已從湖北追進了四川境內。兩湖羣豪與巴蜀江湖上人物向來聲氣相通。川東武人一得到訊息，紛紛加入追趕。待到渝州一帶，川中豪傑不甘後人，又都參與其事，他們與此事並非切身相關，但反正有勝無敗，正好湊湊熱鬧，結交朋友，也顯得自己義氣爲重。待過得渝州，追趕的人衆已逾二三百人。四川武人有錢者多，大批騾馬跟隨其後，運送衣被糧食。只是這干人得到訊息之時，血刀老祖與狄雲、水笙已然西去，只能隨後追趕，卻不及迎頭攔截。

西蜀武人與追來的羣豪會面，慰問一番之後，都道：「唉，早知如此，我們攔在當道，說甚麼也不放那老少兩個淫僧過去，總要救得水小姐脫險。」水岱口中道謝，心下忿怒：「說這些廢話有屁用？憑你們這幾塊料，能攔得住那老少二僧？」

這一前一後的追逐，轉眼間將近二十日，血刀老祖幾次轉入岔道，想將追趕者撇下。但羣豪中有一人是來自關東的馬賊，善於追蹤之術，不論血刀老祖如何繞道轉彎，他總能跟蹤追到。只這麼一來，一行人越走越荒僻，已深入川西的崇山峻嶺。羣豪均知血刀僧是想逃回西藏、青海，一到了他老巢，血刀門本門僧眾已然不少，再加上奸黨淫朋，勢力雄厚，那時再和中原羣豪一戰，有道是強龍不鬥地頭蛇，勝敗之數就難說了。

西北行地勢漸高，氣候寒冷，過得兩天，忽然天下大雪。其時已到了西川邊陲的石渠，更向西北行便是青海。當地一帶是巴顏喀喇山山脈，地勢高峻，遍地冰雪，馬蹄滑溜，寒風徹骨是不必說了，最難受的是人人心跳氣喘，除了內功特高的數人之外，餘人均感周身疲乏，恨不得躺下來休息幾個時辰。

但參與追逐之人個個頗有名望來頭，誰都不肯示弱，壞了聲名。這時多數人已萌退志，若有人倡議罷手不追，大半人便要歸去。尤其是川東、川中的豪傑之中，頗有一些養尊處優的富家子弟，武功雖不差，卻吃不起苦頭。有的見地勢險惡，心生怯意，藉故落後；更有的乘人不覺，悄悄走上了回頭路。

這一日中午時分，羣豪追上了一條陡削的山道，忽見一匹黃馬倒斃在道旁雪堆之中，正是汪嘯風的坐騎。水岱和汪嘯風大喜，齊聲大叫：「惡賊倒了一匹坐騎，咱們快追，淫僧逃不掉啦！」羣豪精神一振，都大聲歡呼起來。

叫喊聲中，忽見山道西側高峯上一大片白雪緩緩滾將下來。

一名川西的老者叫道：「不好，要雪崩，大夥兒退後！」話聲未畢，但聽得雷聲隱隱，山頭上滾下來的積雪漸多漸速。羣豪一時不明所以，七張八嘴的叫道：「那是甚麼？」「雪崩有甚麼要緊？大夥兒快追！」「快，快！搶過這條山嶺再說。」

只隔得片刻，隱隱的雷聲已變作轟轟隆隆、震耳欲聾的大響。衆人這時才感害怕。那雪崩初起時相距甚遠，但從高峯上一路滾將下來，沿途挾帶大量積雪，更有不少巖石隨而俱下，聲勢越來越大，到得半山，當眞如羣山齊裂、怒潮驟至一般，說不出的可怖可畏。

羣豪中早有數人撥轉馬頭奔逃，餘人聽著那山崩地裂的巨響，似覺頭頂的天也塌了，一齊壓將下來，只嚇得心膽俱裂，也都紛紛回馬快奔。有幾匹馬嚇得呆了，竟然不會舉足，馬上乘客見情勢不對，只得躍下馬背，展開輕功急馳。

但雪崩比之馬馳人奔更加迅捷，頃刻間便已滾到了山下，逃得較慢之人立時給壓在如山如海的雪中，連叫聲都立時爲積雪淹沒，任他武功再高，也半點施展不出了。

羣豪直逃過一條山坡，見崩衝而下的積雪給山坡擋住，不再湧來，各人又各奔出數十丈，這才先後停步。但見山上白雪兀自如山洪暴發，河堤陡決，滾滾不絕的衝將下來，瞬息之間便將山道谷口封住了，高聳數十丈，平地陡生雪峯。

衆人呆了良久，才紛紛議論，都說血刀僧師徒二人惡貫滿盈，葬身於寒冰積雪之下，自是人心大快，不過死得太過容易，倒便宜他們了，更累得如花似玉的水笙和他們同死。也有人惋惜相識的朋友死於非命，但各人大難不死，誰都慶幸逃過了災劫，爲自己歡喜之情，遠勝於悼惜朋友之喪。

各人驚魂稍定，檢點人數，一共少了一十二人，其中有「鈴劍雙俠」之一的汪嘯風，以及南四奇「落花流水」四人。水岱關心愛女，汪嘯風牽掛愛侶，自是奮不顧身的追在最前，其餘三奇因與水岱的交情特深，也均不肯落後。想不到這一役中，名震當世、武功絕倫的「南四奇」，竟一齊喪身在川青之交的巴顏喀喇山中。

各人歎息了一番，便即覓路下山。大家都說，不到明年夏天，嶺上的百丈積雪決不消融，死者的家屬便要前來收屍，也得等上大半年才行。

有些人心中，暗暗還存在一個念頭，只不便公然說出口來：「南四奇和鈴劍雙俠這些年來得了好大名頭，耀武揚威，不可一世。死得好，死得妙！」

血刀老祖帶著狄雲和水笙一路西逃，敵人雖愈來愈衆，但他離藏青老巢卻也越來越近。只連日趕路，再加上漫天風雪，山道崎嶇，所乘的兩匹良駒腳力再強，也已支持不住。這一日黃馬終於倒斃道旁，白馬也一跛一拐，眼看便要步黃馬的後塵。

血刀老祖眉頭深皺，心想：「我一人要脫身而走，那是容易之極，只是徒孫兒的腿跛了，行走不得，再讓這美貌的女娃兒給人奪了回去，委實心有不甘，血刀老祖失了威風。」想到此處，突然兇性大發，回過身來，一把摟住水笙，便去扯她衣衫。

水笙嚇得大叫：「你……你幹甚麼？」血刀僧喝道：「老子不帶你走了，你還不明白？」狄雲叫道：「師祖，敵人便追上來啦！」血刀僧怒道：「你囉唆甚麼？」便在這危急當口，忽聽得頭頂悉悉瑟瑟，發出異聲，抬頭一看，山峯上的積雪正滾滾而下。

血刀僧久在川邊，見過不少次雪崩大災，他便再狂悍兇淫十倍，也不敢和這天象奇變作對，連叫：「快走，快走！」遊目四顧，只南邊的山谷隔著個山峯，或許能不受波及，眼下情勢危急，無暇細思，牽了白馬，發足便向南邊山谷中奔去。饒是他無法無天，這時臉色也自變了。這山谷旁的山峯上也有積雪。積雪最受不起聲音震盪，往往一處雪崩，帶動四周羣峯上積雪盡皆滾落。

血刀老祖展開輕功疾行。白馬馱著狄雲和水笙二人，一跛一拐的奔進山谷。這時雪崩之聲大作，血刀老祖望著身側的山峯，憂形於色，這當兒眞所謂聽天由命，自己作不起半點主，只要身側山峯上的積雪也崩將下來，那便萬事全休了。

雪崩從起始到全部止息，也只一盞茶工夫，但這短短的時刻之中，血刀僧、狄雲、水笙三人全是臉色慘白，你望望我，我望望你，眼光中都流露出恐懼之極的神色。水笙忘了自己在片刻之前，還只盼立時死了，免遭這淫僧師徒的污辱，但這時天地急變之際，不期而然的對血刀僧和狄雲生出依靠之心，總盼這兩個男兒漢有甚麼法子能助己脫此災難。

突然山峯上一塊小石子骨溜溜的滾將下來。水笙嚇了一跳，尖聲呼叫。血刀僧伸左掌按住了她嘴巴，右手啪啪兩下，打了她兩記巴掌。水笙兩邊臉頰登時紅腫。

幸好這山峯向南，多受陽光，積雪不厚，峯上滾下來一塊小石之後，再無別物滾下。過得片刻，雪崩的轟轟聲漸漸止歇。血刀僧放脫了按在水笙嘴上的手掌，和狄雲二人同時舒了口長氣。水笙雙手掩面，也不知是寬心，是惱怒，還是害怕。

血刀僧走到谷口，巡視了一遍回來，滿臉鬱怒堆積，坐在一塊山石上，不聲不響。狄雲問道：「師祖爺爺，外面怎樣？」血刀僧怒道：「怎麼樣？都是你這小子累人！」

狄雲不敢再問，知道情勢不妙，過了一會，終於忍不住又道：「是敵人把守住谷口嗎？師祖爺爺，你不用管我，你自己獨個兒先走罷。」

血刀僧一生都和兇惡奸險之徒爲伍，不但所結交的朋友從不眞心相待，連親傳弟子如寶象、善勇、勝諦之輩，面子上對師父敬畏，心中卻無一不是爾虞我詐，只求損人利己，這時聽狄雲叫他獨自逃走，不由得甚是欣慰，臉上露出一絲笑容，讚道：「乖孩子，你良心倒好！不是敵人把守谷口，是積雪封谷。數十丈高、數千丈寬的大雪，不到春天雪融，咱們再也走不出去了。這荒谷之中，有甚麼吃的？咱們怎能挨到明年春天？」

狄雲一聽，也覺局勢凶險，但眼前最緊迫的危機已過，終究心中一寬，說道：「你放心，船到橋洞自會直，就算餓死，也勝於在那些人手中受盡折磨而死。」血刀僧咧嘴一笑，道：「乖孫兒說得不錯！」從腰間抽出血刀，站起身來，走向白馬。

水笙大驚，叫道：「喂，你要幹甚麼？」血刀僧笑道：「你倒猜猜看。」其實水笙早就知道，他是要殺了白馬來吃。這白馬和她一起長大，一向就如是最好的朋友一般，忙叫：「不！不！這是我的馬，你不能殺。」血刀僧道：「吃完了白馬，便要吃你了。老子人肉也吃，爲甚麼不能吃馬肉！」水笙求道：「求求你，別害我馬兒。」無可奈何之中，轉頭向狄雲道：「請你求求他，別殺我馬兒。」

狄雲見了她這副情急可憐的模樣，心下不忍，但想情勢至此，那有不宰馬來吃之理，吃完了馬肉，只怕連馬鞍子也要煮熟了來吃。他不願見到水笙的傷心神情，只得轉過了頭。

水笙又叫道：「求求你，別殺我馬兒。」血刀僧笑道：「好，我不殺你馬兒！」水笙大喜，道：「謝謝你！謝謝你！」忽聽得嗤的一聲輕響，血刀僧狂笑聲中，馬頭已落，鮮血急噴。水笙連日疲乏，這時驚痛之下，竟又暈去。

待得悠悠醒轉，便聞到一股肉香，她肚餓已久，聞到肉香，不自禁的歡喜，但神智略醒，立即知道是她愛馬在慘遭烤炙。一睜眼，只見血刀僧和狄雲坐在石上，手中各捧了一大塊烤得焦黃的燒肉，正自張口大嚼，石旁生著一堆柴火，一根粗柴上吊著一隻馬腿，兀自在火上燒烤。水笙悲從中來，失聲而哭。血刀僧笑道：「你吃不吃？」水笙哭道：「你這兩個惡人，害了我的馬兒，我……我定要報仇！」

狄雲好生過意不去，歉然道：「水姑娘，這雪谷裏沒別的可吃，咱們總不能眼睜睜的餓死。要好馬嘛，只要日後咱們能出得此谷，總有法子找到。」水笙哭道：「你這小惡僧假裝好人，比老惡僧還要壞。我恨死你，我恨死你。」狄雲無言可答，要想不吃馬肉罷，實在是餓得難受，心道：「你便恨死我，我也不得不吃。」張口又往馬肉上咬去。

血刀僧口中咀嚼馬肉，斜目瞧著水笙，含含糊糊的道：「味道不壞，當眞不壞。嗯，過幾天烤這小妞兒來吃，未必有這馬肉香。」又想：「吃完了那小妞兒，只好烤我這個乖徒孫來吃了。這人很好，吃了可惜。嗯，留著他最後吃，總算對得他住。」

兩人吃飽了馬肉，在火堆中又加些枯枝，便倚在大石上睡了。

狄雲矇矓中只聽到水笙抽抽噎噎的哭個不住，心中突然自傷：「她死了一匹馬，便這麼哭個不住。我活在世上，卻沒一人牽掛我。等我死時，看來連這頭牲口也還不如，不會有誰爲我流一滴眼淚。」